ZHONGHAN XIANDAI WENXUE DE
SHENMEI XIANDAIXING BIJIAO

中韩现代文学的审美现代性比较

赵萍 孙波 ◎著

中国书籍出版社
China Book Press

图书在版编目（CIP）数据

中韩现代文学的审美现代性比较 / 赵萍，孙波著
. -- 北京：中国书籍出版社，2023.1
ISBN 978-7-5068-9338-1

Ⅰ.①中… Ⅱ.①赵… ②孙… Ⅲ.①中国文学—当代文学—文学研究②现代文学—文学研究—韩国 Ⅳ.
① I312.606.5

中国国家版本馆 CIP 数据核字（2023）第 022276 号

中韩现代文学的审美现代性比较

赵 萍 孙 波 著

图书策划	尹 浩 李若冰
责任编辑	尹 浩
责任印制	孙马飞 马 芝
出版发行	中国书籍出版社
地　　址	北京市丰台区三路居路 97 号（邮编：100073）
电　　话	（010）52257143（总编室）（010）52257140（发行部）
电子邮箱	eo@chinabp.com.cn
经　　销	全国新华书店
印　　刷	廊坊市博林印务有限公司
开　　本	710 毫米 × 1000 毫米 1/16
字　　数	245 千字
印　　张	11.5
版　　次	2023 年 1 月第 1 版
印　　次	2023 年 1 月第 1 次印刷
书　　号	ISBN 978-7-5068-9338-1
定　　价	52.00 元

版权所有　翻印必究

前　言

现代文学作为文化的一面镜子，反映了社会、政治、思想和审美等多方面的变迁。在这个充满变革和创新的时代，中国和韩国两个亚洲国家的文学传统都经历了深刻的变化，塑造了各自独特的审美现代性。中国现代文学自20世纪初开始兴起，经历了五四运动等历史事件，塑造了其特有的审美现代性。从鲁迅的现实主义到沈从文的田园诗意，中国文学展现了其多样性。而韩国现代文学则承载着朝鲜半岛复杂的历史背景，包括日本殖民统治和朝鲜战争。这些历史事件深刻影响了韩国文学的审美现代性，从抒情诗到政治寓言都反映了对自身身份和命运的思考。

本书以中韩两国现代文学为研究对象，以比较文学理论为指导，坚持元典实证和文本细读的原则，全面、准确地勾勒出两国现代文学的整体轮廓，并对现代中韩文学关系的变化进行评尽研究。在全书论述中不乏对重要作品作家的比对及影响探源，基于此，本书从审美性和现代性之间的关系入手，以中韩两国典型作家的典型文学作品为辅助，深入分析中韩现代文学中审美主义和现代性问题，以期能够帮助读者了解中韩现代文学的发展。

具体来说，本书在阐述中韩现代文学基本情况的基础上，分七章内容进行论述。第一章介绍了现代化、现代性、审美现代性的概念，分析了现代性与中国现代文学思潮的发端。第二章从中国传统美学的三大范式与思维方式、中国审美现代性的四大范式及其命运、大众艺术的正名与中国审美现代性、文学论争与中国审美现代性等方面分析了中国审美现代性。第三章阐述了审美现代性与社会现代性。第四章介绍了韩国文学审美与中韩现代文学观念。第五章为中韩现代文学中的人物形象比较。第六章为中韩现代女作家的女性意识比较。第七章为中国文学家与韩国现代文学。

◆ 中韩现代文学的审美现代性比较

笔者在撰写本书的过程中，参考和借鉴了国内外很多相关的研究成果，在此对相关作者表示诚挚的感谢。由于笔者的学识和经验有限，书中难免会有疏漏和不足之处，恳请各位专家学者与广大读者批评指正。

笔 者
2022 年 11 月

目 录

绪论　中韩现代文学概述 …………………………………… 1

第一章　现代性的相关概念界定 …………………………… 9
第一节　现代化的概念 ………………………………… 11
第二节　现代性的概念 ………………………………… 15
第三节　审美现代性的概念 …………………………… 19
第四节　现代性与中国现代文学思潮的发端 ………… 22

第二章　中国审美现代性 …………………………………… 35
第一节　中国传统美学的三大范式与思维方式 ……… 37
第二节　中国审美现代性的四大范式及其命运 ……… 43
第三节　大众艺术的正名与中国审美现代性 ………… 54
第四节　文学论争与中国审美现代性 ………………… 60
第五节　现代性是现代中国文学的审美诉求 ………… 69

第三章　审美现代性与社会现代性 ………………………… 77
第一节　中国文明特质与审美范式 …………………… 79
第二节　中国审美现代性与社会现代性 ……………… 82
第三节　浪漫范式的缺失与中国审美现代性 ………… 84
第四节　梁启超、陈独秀美学之变的现代性根源 …… 86

1

第四章　韩国文学审美与中韩现代文学观念 ………………………… 95
 第一节　韩国文学的文化审美 ………………………………………… 97
 第二节　中国文学对韩国文学的影响 ………………………………… 98
 第三节　中韩现代文学观念的建构 …………………………………… 100

第五章　中韩现代文学中的人物形象比较 ……………………………… 105
 第一节　中国现代文学中的韩国人形象 ……………………………… 107
 第二节　韩国现代文学中的中国人形象 ……………………………… 114

第六章　中韩现代女作家的女性意识比较 ……………………………… 117
 第一节　中韩女性文学的背景与发展 ………………………………… 119
 第二节　中韩女性文学的题材对象与人生情怀 ……………………… 127
 第三节　中韩女性文学的人物形象塑造模式 ………………………… 135

第七章　中国文学家与韩国现代文学 …………………………………… 147
 第一节　胡适对韩国现代文学的影响 ………………………………… 149
 第二节　梁启超与鲁迅对韩国文学的影响 …………………………… 159
 第三节　周作人与李光洙文学思想比较 ……………………………… 165

参考文献 …………………………………………………………………… 178

绪论　中韩现代文学概述

所谓"现代文学",不仅是时间概念上所划定的这一通常所说的"现代"阶段的文学,更是"现代"性质意义上所指的有别于传统文学的新的文学,即用现代文学语言与文学形式,表达现代人的思想、情感、心理的文学。"现代"作为时间的标志,表明了现代文学与传统文学的联系性;"现代"作为性质的标志,则表明了现代文学是与传统文学有着本质区别的一种新型文学。

一、中国现代文学

文学,作为一种艺术形式,既受经济基础的影响和制约,又有其自身运动发展的规律。同时,它还有对经济基础的反作用力和对其他意识形态的渗透影响作用,呈现出相当复杂、活跃的状态。中国现代文学,十分突出地表现了上述特征。

中国现代文学,即新文学,犹如一颗璀璨的明珠,镶嵌于近、当代文学之间,是中国文学的一个具有彻底革命意义的发展阶段。对属于中国现代第一次文学的时间划分,通常以1917年的"文学革命"为起点,迄于1949年7月第一次中华全国文学艺术工作者代表大会,约三十二年历史。

中国现代文学扎根于新民主主义革命的背景,以其深刻展现了革命历程和社会变革的重大事件而独具特色。它不仅具有鲜明的革命性和人民性,同时也充分展示了无产阶级领导、人民大众反对帝国主义和封建主义的本质。革命民主主义文学与20世纪20年代末30年代初兴起的无产阶级革命文学是中国现代文学的主流,它们共同构成了现代文学丰富、生动、多角度的结构。这种文学体现了无产阶级思想领导下最广泛的统一战线的特点,这在世界进步文学中也是非常罕见的。中国广大作家群在爱国主义、反帝反封建的旗帜下，风雨共济，一展才华，使新文学园地绽放出多姿多彩的花卉。

中国现代文学不仅是新民主主义革命时期的产物，也对我国古代文学、近代文学以及旧民主主义文学中的优秀传统进行了继承和发扬。在"五四"文学革命中，对封建文学进行了强烈的批判和进攻，甚至在理论上否定了过去文学的全部。但实际上，过去文学中民主性的精华对新文学的形成和发展产生了积极影响。宋元的话本、明清的白话小说，以及晚清的"诗界革命"和"小说界革命"等，都可以看作是"文学革命"中白话文取代文言文的先声。无论在思想内容、文体形式、创作手法还是白话口语运用上，"五四"新文学都是对历代文学优良传统的延续和发展。这是文学自身发展的必然规律，而不是某个人主观意愿的决定。

在19世纪中叶，"西学东渐"的文化潮流席卷了中国。一些知识界的先觉人士，如周桂笙、徐念慈、王国维、马君武、苏曼殊、伍光建等人开始介绍外国文化思想和文学作品，他们成了西方美学著作和文学著作最早的介绍者。当时，一些有着相当社会影响力的刊物，比如《小说林》《小说月报》《小说时报》等，也开始刊载翻译作品。林琴南的翻译系列工程在晚清和民国初期非常有代表性，他的翻译小说为新文学的先行者如鲁迅、郭沫若、茅盾、周作人等提供了丰富的艺术营养，对新文学的诞生产生了巨大影响。

作为新文学起点的"五四"文学革命，其中一个重要方面是大量介绍外国文化思想和文学作品。新文学运动的主要人物，如鲁迅、周作人、郭沫若、茅盾、瞿秋白、田汉、刘半农、郑振铎、耿济之等，几乎都是外国文化的积极传播者，他们形成了一支重要的"拿来主义"队伍。他们的文化思想和文学观念受到了进化论、泛神论、人道主义、个性主义等外国文化思想的影响。他们的艺术中既有以人生为核心的艺术作品，也有以艺术本身为核心的作品，这两种艺术风格都渗透着古典主义、批判现实主义、浪漫主义乃至现代主义的基因。

大约在1928年之后，中国现代文学总体上开始向苏联文学转向。这与无产阶级革命文学运动的兴起密切相关，是当时革命现实需要的结果。高尔基的《母亲》、法捷耶夫的《毁灭》、绥拉菲摩维支的《铁流》、革拉特珂夫的《士敏土》等名著陆续被翻译介绍到中国。同时，也出现了翻译马克思主义文艺理论著作的热潮。这既是为了满足一般读者的需求，也为作家和文学青年提供了学习的材料。在抗日战争和解放战争时期，引进苏联文学和马克思主义文艺理论的热情更加高涨。但即使是革命文学作家，在积极借鉴苏联文学的同时，也没有忽视莎士比亚、巴尔扎克、雨果以及狄更斯的作品。总之，从"五四"文学革命开始的三十多年里，中国现代文学呈现出向世界文学多方面、多系列、多渠道、多层次的开放态势。借鉴外国文学的经验，为中国民族文化的繁荣发展提供了借鉴。

中国现代文学在其发生发展的过程中，始终存在着新与旧、正确与错误以及各式各样的文艺思想之间的矛盾和斗争。

在"五四"新文学的发生期，首先与以文言为形式的封建文学进行了斗争，接着又粉碎了"学衡"和"甲寅"等封建复古派的进攻。这一阶段的斗争主要集中在文学要不要革命，要不要用白话文取代文言文，要不要反对、清算封建文化等重大问题上。在陈独秀、李大钊、鲁迅等一大批文化新军的有力反击下，封建复古派一败涂地。虽然在以后的某种适宜气候下，死灰时有复燃，沉渣或再泛起，但已成不了气候了。而文学革命顺应时代的要求蓬勃发展如旭日东升。

中国现代文学的发展过程中存在着无产阶级和资产阶级文艺思想的斗争。中国资产阶级具有两重性，其在不同阶段和时期对政治革命的态度也不同，在文学艺术领域中也有不同的表现形式。尽管资产阶级在反对封建主义、封建文化方面可以成为革命的同盟军，但当无产阶级革命文学要占据主导地位并蓬勃发展时，他们表现出恐惧、厌恶和反对的态度。1928年后的革命文学与资产阶级的"人性论"之间的争论，以及针对胡秋原、苏汶等代表的"自由人""第三种人"的论争都是很好的证明。这些论争的实质是承认或否认文学的阶级性和无产阶级革命文学的存在。通过否认文学的阶级性，他们企图诋毁和否定无产阶级革命文学。从政治原则上讲，这种观点与无产阶级的利益相对立，但具体情况各异。他们代表一种资产阶级的文艺思潮，是历史积淀在无产阶级革命兴起时期再次在文学领域中出现的反映，这在重大历史变动时期的意识形态领域内是必然发生的趋势。正因为他们与潮流背道而驰，所以，"新月派""自由人""第三种人"的理论显得苍白而无力，并且自相矛盾。在以鲁迅为旗手、左翼文艺阵营的批判下，他们最终只能黯然退场，以失败告终。

此外，在新文学阵营内部也存在着文艺思想的论争。1928年关于革命文学的论争以及1936年的"两个口号"论争，都是在大目标一致、整体利益一致的前提下，不同思想认识、观点和方法之间的较量。这些论争体现了不同作家在面对新时期的文艺创作中，对于问题的看法和处理方式上的差异。鲁迅在《对于左翼作家联盟的意见》《上海文艺之一瞥》《论现在我们的文学运动》等重要文章中，详细阐述了他对于革命文学队伍内部存在的问题的理论观点，这些观点被实践证明是正确的，并且具有重要的指导意义。1942年延安文艺界开展了整风运动，实际上是对新文学诞生以来作家思想（包括文艺思想）进行深化和检查的过程，也是集中的、系统的、全面的马克思主义文艺观的教育。毛泽东在《在延安文艺座谈会上的讲话》中，从理论与实践相结合、历史与现状相融合的高度总结了新文学二十五年来的发展和斗争历程。

在中国现代文学史上，文艺大众化是衡量一个民族的文艺是否成熟的重要标志之一，也是文艺民族化的内容之一。这个概念实际上就是要让文艺作品更好地与大众接轨、深入人心。在"五四"新文学运动中，我们见证了文艺大众化运动的初步启蒙与开端。白话取代文言成为作家创作语言的一大转变，文学形式得到革新，文学内容突出了对普通人的发现和关怀，"乡土文学"的大量问世，同时也涌现了众多的作者群体。所有这些都使新文学以一种崭新而活泼的方式向着文艺大众化的方向迈进。

20世纪30年代，随着无产阶级革命文学的倡导和左翼文学运动的发展，文艺大众化成为极为重要的课题被广大作家所重视，展开了三次讨论，形成了运动的高潮。这三次讨论包括对文学语言、文学形式和文学内容等方面的探讨。作家们开始倡导用通俗易懂的语言写作，使作品更贴近普通大众，同时，尝试创新文学形式，使文艺作品更具亲和力和吸引力。此外，对于文学内容，开始关注人民生活、社会问题和社会现象，积极探索展现工农群众生活的方式。通过这些探讨和实践，文艺界逐渐认识到大众化是文艺发展的必然趋势，也是为了更好地服务人民大众。

抗战期间，文艺大众化运动有了新的发展，取得了可喜的成绩。特别是以延安为代表的解放区文艺呈现出丰富多彩的人民文艺的新风貌。群众文艺创作如雨后春笋破土而出，"新鲜活泼的、为中国老百姓所喜闻乐见的中国作风和中国气派"成了解放区文艺的显著特色。中国真正的革命的大众文艺，只有在人民当家做主的政治民主的时代，才能得以顺利发展。

"五四"新文学的开放性特点为新文学创作带来了丰富性和多样性，同时也导致了各种创作方法和流派之间的交融状态。在当时，以鲁迅和文学研究会为代表的"为人生"派和以创造社为代表的"为艺术"派崛起，形成了现实主义和浪漫主义两大主潮。这两大主潮所产生的文学浪潮在当时非常壮观。虽然两派在表达方式上有所不同，但实质上反映现实和表达态度的背景却是相同的。无论是"为人生"派还是"为艺术"派，他们都以生活为基础，注重对现实的审视和表达，因此在实质上是相通的。

在新文学的创作中，常常可以看到"为人生"派作品中存在着浪漫主义因素，而"为艺术"派的作品则体现了现实主义精神。这两种创作方法的同步性和交融性是非常显著的。随着新文学进入发展期，受外国文学的影响，又出现了许多不同的流派，但这些流派与两大主潮之间都存在内在的联系。例如，20世纪20年代的新月诗派、象征诗派，30年代的现代诗派以及心理分析小说派、自叙传小说派、神话历史小说派等，在创作方法上都受到浪漫主义文艺观念的影响，并形成了以抒写自我感受、表现意象和情绪等为特征的"主情"风格。另一方面，"语丝"派、"乡土文学"派、早期白话诗、红色鼓动诗、"七月"诗派、赵树理小说派等则更多地体现出现实主义精神。值得注意的是，无论是现实主义流派还是浪漫主义流派，在艺术手法的运用上都是多样化的，互相交融、互相借鉴，并吸取了西方现代主义、象征主义、表现主义、意识流等手法，从而增强了作品的艺术表现力。

总之，中国现代文学确是一座弥足珍贵的、丰富多彩的宝库，而且是世界性的。鉴赏它的"美"，发掘它的"真"，体味它的"善"，探索它发生发展的规律，吸收有益的思想艺术营养，为建设中国特色社会主义新文学提供借鉴，是我们研究中国现代文学的目的。

二、韩国现代文学

关于韩国现代文学的起点，一直以来学界存在相当多的争论，但不管怎样，经过19世纪末20世纪初的时代巨变，到20世纪10年代，文学已呈现出与古代文学不同的特点。

李光洙的《无情》是韩国现代小说的开端之作，此后，小说摆脱了"新小说"的大众娱乐性与教化功能，无论在形式还是内容上都呈现了新的特点，小说也步入了快速发展的时期。崔南善与李光洙一起，是20世纪10年代文坛的另一代表，不过，他创作的重点则是诗歌，《海致少年》是韩国现代诗歌的开端，此后的诗歌不再遵循旧俗，逐渐确立了自由诗的创作形式。10年代由于韩国刚刚沦为日本的殖民地，日本采取了很多极为严酷的统治手段，致使很多文人流亡海外，10年代的文坛可以说是李光洙与崔南善的二人时代。

随着1919年"三一运动"的爆发，日本当局看到了韩国民众的反抗情绪，意识到一味地镇压也不是办法，于是改变了统治策略，推行所谓的"文化统治"。虽然其统治的根本目的并没有发生变化，但是一方面却促进了韩国文学的发展。20世纪20年代是韩国现代小说确立的重要时期，如果说此前的现代小说创作是李光洙一枝独秀的话，那么20年代随着金东仁、罗稻香、玄镇健等作家的声名鹊起，小说也出现了多彩斑斓的创作特点。尤其，浪漫主义、唯美主义以及现实主义等诸多流派的纷至沓来，小说更是出现了前所未有的创作手法，取得了骄人的成果。这一时期的诗歌也没有裹足不前，象征主义诗论的传入为韩国诗歌的发展注入了新的元素，同时，具有浓厚韩国乡土气息的金素月与韩龙云的诗歌创作又延续了传统诗歌的创作元素，诗歌也呈现出多样化的特点。20年代还有无产阶级理论的传入以及无产阶级同盟的建立，促进了韩国无产阶级运动的发展，并控制了20年代中期到30年代中期的主流文坛。韩国无产阶级文学经历了初期萌芽时期的新倾向派阶段，以及卡普组织建立之后的两次方向转换，到1935年解散，可谓波澜壮阔，成果丰富。同时，也为韩国解放后，无产阶级作家迅速组成自己的组织打下了基础。

20世纪30年代，随着世界范围内反法西斯战争的全面爆发，日本也加强了对韩国的统治，大规模地组织结社活动也变得不可能。所以，30年代后半期的韩国文坛是纯文学占据主流地位的时代。同时，西方的现代主义也传入韩国，成为影响30年代后半期文学创作的重要文学思潮。诗文学派、生命派等众多诗歌流派活跃了30年代的诗歌文坛。朴泰远、蔡万植、李孝石、金东里等则是小说文坛上的健将。同时，20年代兴起的女性作家创作到了30年代逐渐成熟，涌现出如姜敬爱、崔贞熙等知名的女性作家。40年代初期的文坛相对于30年代来说比较孤寂，残酷的社会现实使得很多文人选择了封笔，直到1945年韩国解放才得以打破文坛的沉寂。但一时间，早就存在的左、右翼阵营的对立也随着解放而重新出现，最终随着南北双方的分别建国，文坛也出现了南北对立。

朝鲜战争爆发后，"战争"成为20世纪50年代韩国文学的代名词，战争的惨烈、后方的凋敝、扭曲的人性都成了文学创作的主要素材。人们的心灵饱受战争摧残，后期现代主义运动正好适应了韩国当时的国情，于是在韩国又掀起了一次现代主义的高潮。不过，50年代韩国接受的现代主义与30年代的不同，这次接受的主要是存在主义与意识流。

20世纪50年代的文学更多地反映了战争本身以及战争带来的各种后遗症,而1960年爆发的"4·19"运动使人们又重新回到关注社会现实上来。60年代后半期开始的产业开发与现代化建设又使传统经济、传统的价值观念遭到破坏,产业化给农村造成巨大变化,产生了一些不能融入现代社会的边缘群体,为70年代的文学创作提供了广泛的素材。80年代反美小说的大量出现,使人们开始重视从属于美国的现实给韩国带来的影响,另外,还出现了大量以分裂为题材的小说作品,赵廷来、李文烈的小说创作取得重大成就;诗歌方面,受民族文学论的影响,反映当时民族现实状况的诗歌被大量创作出来。

综上所述,中国和韩国现代文学的发展历程都经历了政治、社会和文化的巨大变革,塑造了各自独特的审美现代性。这些历程不仅反映了两国的文学传统,还深刻影响了作家们的创作和文学思想。通过比较分析这些历程,我们可以更好地了解中韩现代文学的共性和差异,以及它们如何反映了各自国家的历史、文化和社会背景。这种跨文化的研究有助于我们更全面地把握这两个国家的文学历程,以及文学如何反映和塑造了社会的现代性。

第一章
现代性的相关概念界定

第一节 现代化的概念

社会学家认为，社会的现代性是从农业社会向城市工业社会的"现代化"过程中形成的一个新社会的标准，这个新社会在各个方面都有自己明确的指标以区别于旧的传统的非现代社会。在社会学家那里，"现代性"就意味着社会在各个层面的现代化。那么，什么是"现代化"呢？

在《不列颠百科全书》中对"现代化"是这样解释的："现代化：指从一个传统的乡村的农业社会转化成一个城市工业社会。人类文明进程大致可分为三个主要的阶段，第一阶段是原始社会和公社的出现；第二阶段是原始社会联结起来并转化为文明状态社会；第三阶段是随着工业革命的到来而产生的现代社会。现代社会的特点主要表现为：第一，现代社会结构将个人作为基本单位，而不是如同农业社会那样将群体或群落作为基本单位。第二，现代机构在一个劳动分工高度发达的社会体系中担负着有限的、专门化的任务。第三，现代机构服从由科学方法和科学发现取得合法性的一般规则，而不是隶属于特定的群体或个人的权利或特权或受制于风俗习惯与传统。拥有土地不再具有古代那种社会价值，土地所有者的优越地位逐渐被商人和手工业者所替代。前现代社会有土地者和无土地者的区分让位于雇主和工人的区分。从一开始，现代性便具有两副面孔，一副是能动的、有远见的、进步的、预示着空前的丰富、自由与满足。另一副同样清晰可见的面孔是冷酷无情，暴露出疏远、贫困、犯罪和污染等许多新问题。"[①] 在这里，工业化、个体性、高度劳动分工和科学合法性成了现代社会的标志，同时，它也指出了"现代性"进步与带来新灾难的两面性。这种从农业社会向工业社会的转变的观念基本上是人们对"现代化"的共识。

尼日利亚学者詹姆斯·奥康内尔在《现代化的概念》一文中说："在社会科学中，有一个名词用以指一个过程，在这个过程中，传统的社会或前技

---

① 不列颠百科全书 第11册[M]. 北京：中国大百科全书出版社，1999：281.

术的社会逐渐消逝,转变成为另一种社会,其特征是具有机械技术以及理性的或世俗的态度,并具有高度差异的社会结构。这个名词就是现代化。"①奥康内尔同样把一个高度机械化、按照理性规则行事的新社会形态归结为现代社会的特点,而且他还在文章中非常详细具体地介绍了现代社会的"现代"之处:陈旧的农业工具和耕作方法让位于拖拉机和化肥;食品的多样化和更好的医疗条件提高了人们的健康水平;机械的速度使距离缩短;通信方法的改进使较大的政治单位可以存在;印刷和其他视听交流手段补充了口头交流;过去孤立和独立的社区之间的相互依存关系逐渐形成;人口从农村转移到城镇,城市化迅速实现;货币更为广泛地用作交易媒介,取代了笨拙的物物交换制度;持续的经济增长开始出现;对消费品的爱好逐渐多样化;工业和其他部门的工资雇佣制度开始广泛实行,比较非个人的劳动关系占据主导地位;按照合理的机会均等的原则建立的文官制度取代了不想有所作为的宫廷和村长的个人行政管理制度,等等。在奥康内尔这里,"现代"与"古代"的区别在各行各业每一个细节上都作了细致的规定和区分。

在其他学者那里也是一样,比如美国学者苏顿在《社会理论与比较政治学》中指出,农业社会与现代工业社会的差别是:农业社会是先赋性的、特殊主义的、扩散性的模式占支配地位,稳定的地方群体和有限的空间流动,相对简单而稳定的职业分化,具有扩散效应的不得轻易冒犯的分层系统;现代工业社会是普遍主义的、专门化的、自治性的规范占支配地位,大量的社会流动,发达的职业体系,以抽象的职业成就模式为基础的平等的阶级系统,团体的广泛存在,这些团体在功能上是专门化的,结构是非先赋性的,等等。可以说,在很多学者看来,现代化就等于工业化了,现代社会就是工业社会,传统社会就是农业社会。

在美国学者丹尼尔·贝尔看来,整个社会发展经历着一个前工业社会、工业社会向后工业社会的发展,前工业社会就是前现代社会,工业社会就是现代社会,后工业社会就是后现代社会,工业化是衡量现代化的标志。前工业社会是以农民、矿工、渔民和未经培训的工人为主,而工业社会则是以经过部分培训的工人和工程师为主,后工业社会则是以专业技术性科学家为主。前工业社会主要是"与自然界的博弈",人们主要是在采矿业、

---

① 西里尔·E·布莱克. 比较现代化[M]. 杨豫,陈祖洲,译. 上海: 上海译文出版社,1996:19.

捕捞业、林业和农业等领域，从自然界摄取生产和生活资料。工业社会则集中于"与改造过的自然界的博弈"，也就是社会被大机器支配，因而需要大规模地调配、计划、统筹和组织各种资源。这个工业化的现代世界"是一个调度和编排程序的世界，部件准时汇总，加以组装。这是一个协作的世界，人、材料、市场，为了生产和分配商品而紧密结合在一起。"[①] 相对于前工业社会的那个"自然世界"来说，现代的工业社会就是一个"技术的世界"。从商品生产为主的工业社会转到以服务为主的后工业社会，后工业社会是一种"人与人之间的博弈"。贝尔在此指出了现代社会的特点，而且指出现代社会正在走向一种新的社会形态，即后现代社会。

因此，在社会学家那里，社会的"现代化"是农业社会向工业社会转变过程中所形成的不同于古代社会的特点，这几乎成了人们定义"现代化"的一个共识。比如，美国普林斯顿大学社会学教授罗兹曼在《中国的现代化》中也同样把农业社会向工业社会的转变称为现代化，他说："这里所谓走向现代化，指的是从一个以农业为基础的人均收入很低的社会，走向着重利用科学和技术的都市化和工业化社会的这样一种巨大转变。"[②] 罗兹曼把现代化视作各社会在科学技术革命的冲击下，业已经历或正在进行的转变过程，它是一个涉及社会各个层面的转变过程。它包括：国际依存的加强，非农业生产尤其是制造业和服务业的相对增长，出生率和死亡率由高向低的转变，持续的经济增长，更加公平的收入分配，各种组织和技能的增生及专门化、官僚科层化、政治参与大众化以及各级水平上的教育扩展等。可见，在人们定义现代化的过程中，普遍把在科学技术下由农业社会向工业社会的巨大而深刻的转变看作"现代化"。正如美国学者迪恩.C.蒂普斯曾经指出的，现代化的大多数概念可以归纳为两类：一类是"关键因素"论，意思是把现代化等同于社会变化的一种类型，比如等同于工业化；另一类是"两极对立"理论，把现代化概括为传统向现代的转化过程。所以，"现代化"可以说实际上就是传统农业社会转变为新的工业社会的过程。

这个"现代化"了的社会有许多具体的标准，比如根据美国的标准，

---

① 丹尼尔·贝尔.资本主义文化矛盾[M].赵一凡，蒲隆，任晓晋，译.北京：三联书店，1989：198.

② 罗兹曼.中国的现代化[M].国家社会科学基金比较现代化课题组，译.南京：江苏人民出版社，2003：1.

理想的现代社会的标准按照劳动力的分配的比例是：农业＝10％，采矿业＝2.5％，制造业＝30％，建筑业＝10％，公用事业＝2.5％，商业＝20％，交通运输业＝10％，服务业＝15％。还有其他的计算标准，比如以美元计算的人均国内生产总值；以兆瓦小时计算的人均总能源消费量；以每千人拥有的机动车数量；每天每千人拥有的报纸发行量；每千人拥有的电话机台数；在非体力性职业中的男性比例；25岁及25岁以上完成初等教育的人口比例，等等。在经济学家、社会学家那里，社会现代化带来的社会在经济、政治、生产和人的生活各个方面，比如生产工具、能源消费、劳动力比例、交通工具、资讯信息等各个方面的"现代性"都是非常明确的，具有一个个明确的衡量标准。比如，经济学家认为"现代性"是指工业和服务业在社会中占有绝对的优势并起着主导作用，可以用人均国民收入来衡量，也可以用三个产业在国民总收入中所占的比重来衡量，或者以非生命能源的运用在全部能源中所占的比例来衡量，比例较高的社会就是现代社会，反之就是比较传统的社会。在政治领域中，简单的村社权威系统让位于以普选制度、党派制度和科层制度为基础的民主制度；在教育领域中，减少文盲，增强经济生产技能；在家庭领域中，扩展性的亲缘纽带失去控制作用；在社会阶层的分化上，地理和社会的流动趋向于失去固定的、裙带关系的等级系统，等等。总的说来，在社会学家、经济学家、政治学家那里，社会的"现代性"就是社会"现代化"在社会各个部门所形成的后果，它是有形的、可见的社会形态、社会制度的变化，具有各种数字化的标准。现代化带来的社会城市化、机械化、工业化、科学化、商品化、民主化、层级化、理性制度化以及各行各业更高的生活标准等都是可见的社会形式的现代化的标志。

　　实际上，现代化是一个社会的巨变，是一个多层次、全方位的社会形态的变化。哈佛大学亨廷顿认为："现代化是一个多层面的进程，它涉及人类思想和行为所有领域里的变革。"他认为这些变革在如下几个方面表现明显："从心理层面讲，现代化涉及价值观念、态度和期望方面的根本转变。持传统观念的人期待自然和社会的连续性，他们不相信人有改变和控制两者的能力。相反，持现代观念的人则承认变化的可能性，并且相信变化的可取性。从智能的层面讲，现代化涉及人类自身环境所具有的知识的巨大扩展，并通过日益增长的文化水准、大众媒介及教育等手段将这种知识在全社会广泛传播。"同时，"现代化意味着生活方式的改变、健康水平和平均寿命的明显提高、职业性和地域性流动的增长，以及个人升降沉浮速度的加快，特别是和农村相比，城市人口的迅猛增长。"[1]我们可以看到，现代化带来的，主要还是一种心理态度、价值观和生活方式的改变，是一种新的"文明形式"。所以，现代化实际上包含至少两个层面：一是实在的、外在的、表层的，是直接可见的物质、制度等的现代化，这一维度包括社会生产的技术化和机器化、经济运行的理性化、行政管理的科层化、公共领域的自律化、公共权力的民主化和契约化，等等。但现代化还有一个虚化的、内在的、深层的维度，是一种精神气质、心理感受、情绪氛围，这种精神维度的现代化包括个体的主体性与自我意识；理性化的和契约化的公共文化精神以及新的现代孤独、失落等复杂情绪。这种文化心理层面的"现代化"是更潜在的、纷杂的，更难以准确界定的。

第二节 现代性的概念

作为对"现代化"了的社会物质、精神等方面综合特质的描绘，"现代性"这个词的内涵究竟是什么，就显得更困难了。人文科学学者福柯就曾经指出："我要说，我对于所提出的有关现代性的问题感到踌躇。首先是因为我从来都不是很了解，在法国，'现代性'这个词究竟包含什么意义。当然，在波德莱尔那里，是有过这个词。但是我认为它的意义后来慢慢消失了。我不知道德国人赋予现代性什么意义。我知道美国人准备召开某种研讨会，打算请哈贝马斯和我参加。我知道，哈贝马斯准备在那里提出现代性的论题。但是我很踌躇，因为我并不了解它到底是讲什么，也不知道这个词究竟是针对什么类型的问题。"[2]福柯这句话实际上揭示出了现代性内涵的多义性与歧义性。

如果单就"现代性"这个词来讲，它出现得也比较早，文化批评家弗雷德里克·詹姆逊说："'现代性'一词经常与现代相联系，以至于当我们发现这个词实际上早在公元5世纪就已经存在时我们不免大吃一惊。基拉西厄

---

[1] 塞缪尔·亨廷顿. 变化社会中的政治秩序 [M]. 北京：三联书店，1988.

[2] 冯俊，等. 后现代主义哲学讲演录 [M]. 北京：商务印书馆，2003：455.

斯教皇一世在使用该词时，它仅仅用于区分不同于先前教皇时代的当代，并不含有现在优越于过去的意思。"① 可以说，"现代性"这个词在早期与"现代"一词的用法大致差不多，表示不同于先前的现在，还不是一种社会文明形态特质的名称。1672 年出版的《牛津英语词典》，首次收选了 modernity（现代性）一词，表明某种现代意识得到了认可。英国小说家托拉斯·华尔普尔在 1782 年的一封信里，谈到英国诗人查特顿的诗时写道：这些诗节奏的现代性，使凡是有敏锐听力的人没有不为之惊叹的。在法语里"现代性"一词则出现得比较迟，一直到 19 世纪中叶以后才开始使用这个词。据最近的《罗贝尔词典》认为，这个词最早出现在法国早期浪漫主义代表作家夏多布里昂的《墓畔回忆录》里，不过，夏多布里昂的 modernite 是个贬义词，指日常的"现代生活"的庸俗和低劣，他写道："海关大楼和护照的庸俗及现代性，同风暴、哥特式的大门、号角的声音和急流的喧闹，形成了对照。"②

在对现代性的阐释中，有人强调其科学性、民主性、主体性、独立性、合理性等解放人类的进步作用；有的强调现代性的"风险"与"成本"，如现代性带来的社会意义的丧失、自由的丧失、魅力的丧失以及诗意的丧失等，以至于人们把现代性区分为不同的现代性，比如法兰克福学派的魏尔曼就将现代性区分为"启蒙的现代性"和"浪漫的现代性"。前者按照启蒙的规则，像德国古典哲学创始人康德所设想的那样，关心将人性从依赖自我欺骗的条件下解脱出来这样的问题，而浪漫的现代性，则是一种反抗的力量，反对作为合理化过程的启蒙形式。德国社会学家乌尔里希·贝克则将现代性分为"标准现代性"与"高级现代性"，认为"标准现代性"追求财富与公平，而"高级现代性"关心的则是安全。美国文学批评家马泰·卡林内斯库也强调："有两种彼此冲突却又相互依存的现代性：一种从社会上讲是进步的、理性的、竞争的、技术的；另一种从文化上讲是批判与自我批判的，它致力于对前一种现代性的基本价值观念进行非神秘化。"③ 卡林内斯库在这里把现代性分成了彼此对立的"社会现代性"和"文

---

① 弗雷德里克·詹姆逊.对现代性的重新反思[J].王丽亚,译.文学评论,2003(01):166-175.

② 陈嘉明,等.现代性与后现代性[M].北京:人民出版社,2001:1.

③ 马泰·卡林内斯库.现代性的五副面孔[M].顾爱彬,李瑞华,译.北京:商务印书馆,2002:284.

第一章　现代性的相关概念界定

化现代性"。我认为倒不是真有两种现代性，"社会现代性"和"文化现代性"并不是分离的，这种区分实际上告诉我们现代性的内涵本身就是一个历史的产物，是一个发展的概念而不是一个僵化不变的概念，在不同的时期，它的内涵不尽相同。现代性无疑是"现代化"社会的特性，现代化本身是一个历史的过程，因此，现代性也是一个有不同发展阶段的概念。在英国历史学家阿诺德·约瑟夫·汤因比看来，西方现代文明就经过了四个时期：早期现代（早期文艺复兴），现代（文艺复兴及其以后），晚期现代（17—19世纪），后现代（开始于19世纪七八十年代）。不管他这种划分是否合适，但这告诉我们，"现代性"本身就是一个历史发展的过程，有不同的发展时期，这个过程中不同时期的特性自然不会完全相同。20世纪犹太裔德国作家、哲学家列奥·斯特劳斯在《现代性的三次浪潮》中也指出，西方社会的现代性经过了"三次浪潮"：现代性的第一次浪潮是意大利历史学家尼可罗·马基雅维利，他拒绝了哲学与神学的传统，认为必须从人实际上如何生活开始，必须把目光从"神"那里降下来，而不是一味从人应该如何生活开始；现代性的第二次浪潮是18世纪法国启蒙思想家卢梭，卢梭开始了对人的自然本性在现代社会的境遇的关注；现代性的第三次浪潮是从德国哲学家尼采开始的，构成它的是一种对生存情绪的崭新理解。这也告诉我们，西方现代性绝不是一蹴而就的，这个概念本身的内涵和外延也是有历史性的。

我们知道，西方社会的现代性是在西方社会环球航行、工业革命、启蒙运动、法国大革命等社会现代化中渐次形成的。现代性的内涵不仅是现代的理想蓝图、启蒙的设计，它也是这个蓝图的实践过程，启蒙设计的后果；现代性不只是现代的启蒙设计者设计的一张图纸，也是按照这个"图纸"来建造的大厦和整个建造的过程；它不仅是工业化，也是工业化的后果；不仅是理性，也是理性的后果；不仅是政治革命，也是政治革命的后果；不仅是现代化，也是现代化的后果。在早期阶段，现代性这个概念主要是指理性、科学、民主、人性、合理性等"积极的现代性"设想，而现代性越往后发展，人们对它所产生出来的"消极性"的担忧也越来越多、越来越深，它所导致的人生、社会的意义丧失、价值失落，存在"异化""失序"等也开始成为现代性不可缺少的一个内涵了。现代性这个"巨型怪兽"的这种"双重性"使得人们对现代性本身的态度和情感也变得复杂起来，从单纯的向往、歌颂到歌颂与批判、绝望兼而有之，而且这种对现代性的多重情感本身也成为现

17

代性的内涵。从这个意义上讲，现代性就是"矛盾性"，就是美好与邪恶前所未有地同时出现，相互渗透交融。

由于现代性的理想和这种理想的付诸实施，人类社会进入了一个崭新的与古代社会不同的社会形态，现代性因而是一个新时代的代名词，它表示一个不同于以前的时代，因此，它首先是一种时代、时间的概念了，表示一个特定的历史时期。这一时期工业化、城市化、科层化、世俗化、市民社会、资本主义、殖民主义、民族主义、世俗政治权力的确立、现代民族国家的建立、市场经济的形成、传统社会秩序的衰落和社会的分化与分工、世俗文化的兴起等，都是它的指标。应该说，作为一个历史分期的概念，现代性标志了一种断裂或者一个时期的当前性或现在性。它是一个量的时间范畴，一个可以划界的时段，但是，它又是一个质的概念，标志着社会现代化而来的新的社会组织方式和人的行为方式、精神、心灵、情感方式。这时，现代性已经不再只是一个历史时期的概念了，它是某种特定形态的社会组织形式、生活方式、精神面貌、理想追求、情感方式的代名词了，它已是某种特定方式的文明的代名词了。正如福柯所言："人们是否能把现代性看作一种态度而不是历史的一个时期。我说的态度是指对与现实性的一种关系方式：一些人所作的自愿选择，一种思考和感觉的方式，一种行动、行为的方式。它既标志着属性，也表现为一种使命，当然，它也有点儿像希腊人叫作气质的东西。"[①]现代性已经成为一种新的特质的社会、新的特质的人的概念了，这种新的特质的社会使人有了一种新的情感方式与行动方式。可以说，现代性是指以一个新的理想设计的理性、科学、民主的社会以及在实现这个新社会理想的过程中出现的这个"理想"的过度发展所带来的人的生活意义的困惑、痛苦与反思。现代的理想以及这个理想在实现的过程中所带来的新烦恼，是现代性一个问题的两个方面，就像一张纸的两面，是不可分割的。这个对现代性的"烦恼"与"怨愤"的情感，是社会经过几百年充分"现代化"以后的一种真实的必然产物，是有着某种历史必然性的。"现代"的这种新精神、新社会以及由此带来的新烦恼的情感方式，都是现代性的，现代性就是"现代"的设想、"现代"的过程和"现代"的结果。这个结果中有一个就是审美的现代性。

---

① 杜小真编选. 福柯集 [M]. 上海：上海远东出版社，1998：534.

第三节 审美现代性的概念

什么是审美现代性呢？较早明确指出审美、艺术的"现代性"这个概念的人是法国诗人波德莱尔。波德莱尔在评价法国画家贡斯当丹·居伊的画时使用了"现代性"这个词，他在这里用这个词是指居伊的画所呈现出来的与传统绘画不一样的某种瞬间性和流动性的特质。波德莱尔说："现代性就是过渡、短暂、偶然，就是艺术的一半，另一半是永恒和不变。"[①]波德莱尔认为构成美的一种成分是永恒的、不变的，其多少极难加以确定；另一种成分则是相对的，暂时的，可以说它是时代、风尚、道德、情欲，或是其中一种，或是兼容并蓄，没有它，第一种成分将是不能消化和不能品评的，将不为人性所接受和吸收。波德莱尔在此认为艺术和美有两种构成要素：一种是传统古典式的永恒与不变，另一种则是完全与之相对的新因素偶然性与瞬间性的"现代性"。福柯曾经指出波德莱尔的现代性有以下两个重要的内涵：一个是所谓与传统断裂以及创新的情感，另一个则是一种将当下即是的瞬时时间加以英雄化的态度。这种追求当下即是而不是彼岸永恒真理的感受性态度成为波德莱尔审美现代性的重要内涵。正如挪威戏剧家易卜生在 1882 年的剧作《人民公敌》中借医生斯多克芒的口说到的："一种寻常的真理，寿命一般大约只有十七八年，最长的不过二十年，更长的很罕见。"[②]现在，人们对传统的那种不变的理性知识、永恒的客观真理的观念已经不再相信了，开始怀疑、嘲弄那些曾经自明的东西和价值，把眼光转向个人瞬间的感觉。在这里，波德莱尔实际上已经提出了艺术审美领域中一种与传统断裂的新的美学范式、新的价值追求，这就是审美领域的"现代性"。审美现代性就是一种与古典艺术规则、古典价值范式、

---

① W. 波德莱尔. 波德莱尔美学论文选 [M]. 郭宏安，译. 北京：人民文学出版社，1987：485.

② 袁可嘉，等. 现代主义文学研究 上 [M]. 北京：中国社会科学出版社，1989：52.

古典审美理想不同的新范式的代名词,这是一种崭新的审美追求。

而审美现代性的内涵是什么?人们的理解也不尽一致。比如英国评论家马修·阿诺德在《论文学中的现代因素》中认为,文学中的现代因素的含义就是:"宁静、信任、忍耐、身体健康、自由自在地考虑问题以获得新的思想。"[1]这种含义含有用理性来衡量事实和探索事物的规律的意思,可以说他还是在"标准现代性"的含义上来认识文学中的现代性因素,而排除那些非理性的力量、个人的深深的沮丧和社会无政府状态的强烈情绪。而1961年美国社会文化批评家与文学家莱昂内尔·特里林在《论现代文学中的现代因素》中则提出了与阿诺德完全相反的关于文学现代性的看法:"我们头脑中所认为的现代因素,几乎正好与阿诺德所说的现代因素相反——它是虚无主义,是敌视文明的痛苦方式,是使文化本身失却魅力。"[2]因此,在特里林眼中的审美现代性就是"敌视文明"的方式,就是表达对工业文明造成的现代病不满。审美现代性实际上是审美领域理性、科学意识追求和反理性、个人生存体验的碰撞交锋与共存,其实是科学主义与现代人文主义的交替。这是我们尤其要注意的,因为在提到审美现代性时,人们容易把非理性、无意识、梦幻、反现代的"人本主义"的诗意关怀等同于审美现代性,把那些反异化的和表现现代人迷惘、颓废、失意、孤独的"现代派"艺术作为审美现代性的代表,比如意识流、存在主义、野兽派、印象派、超现实主义、未来主义、达达主义、黑色幽默、荒诞派等,这些从形式到内容与传统大异其趣的艺术作为审美现代性的象征,但实际上西方审美领域追求科学性、精密性的艺术主张表现出强烈的科学主义精神,同样是现代性启发下自觉的审美追求,是审美现代性的重要内涵,我们不可偏废一极。

科学主义形而上的认知方式的艺术追求尽力正确、公正而不带偏见地认识文学现象,寻找客观标准,如德国文学批评家凯瑟尔所说的文学的批评研究工作"是一种发现诗作的固有性质和价值的科学性工作,不容许批评者有丝毫的主观偏见。不论这种偏见源于何处,来自批评者个人或是社会"[3]。

---

[1] 袁可嘉,等.现代主义文学研究·上[M].北京:中国社会科学出版社,1989:234.

[2] 袁可嘉,等.现代主义文学研究·上[M].北京:中国社会科学出版社,1989:234.

[3] 郭宏安,等.20世纪西方文论研究[M].北京:中国社科出版社,1996:298.

像作家传记批评、社会历史批评、俄国形式主义、新批评、结构主义等文论家，都要不带"偏见"地寻找客观公正的文学解释，把文学研究工作当作严密的科学工作，排除个人情感、个人思想。如结构主义文论创始人列维·斯特劳斯就说："就其本性来说，只有精密科学和自然科学的方法才是科学的，当人文科学研究作为这个世界的一部分的人类时，应努力采取这种方法。"[①]并由此如数学公式般广纳总结文学作品的普遍的结构功能原则，使其有严密的科学性。新批评文论家也要求对作品本身作精细分析，只在作品中寻求客观正确答案。作家传记批评论者把文学作品唯一意义寄托在作家身上，在作家的无边的传记材料中苦苦寻找那唯一的作者"原意"。俄国形式主义文论家只研究作品纯粹的形式上的技巧，认为"艺术是非感情的"，只能对其作科学的分析研究，建立"文学科学"。这一类的文论便是作家从理性主义科学的认知方式出发而建构的以客观科学为目的的文学研究。

另一类如阐释学、接受美学、读者反映批评、精神分析学、意识流、直觉主义、新历史主义、解构主义的文艺理论观，则不再以寻找唯一客观标准为务，而是强调主体的历史性、能动性、情感性、创造性、差异性，表现出强烈的现代人本主义色彩，使客观主义所追寻的唯一的意义标准成了一个不断变化增值的曲线、不断流淌的河流。德国哲学家伽达默尔的阐释学就坚持对任何事物的理解都必须以人的历史性的生存为基础，人在其历史局限中形成自己的"视野"，这个视野是其个体的"合法偏见"，人不可能完全抛掉自身的"偏见"，它是理解进行的动力。对文学的阐释也不可避免地带上主观者自身的独特的视野，在与作者作品所包含的视野的对话交流中，改变自身的视野与作者原有的视野，任何理解活动都是理解者执行的偏见活动，都是理解者把自身的意义投射到作品上当成作品原来就有的意义。因而，作品意义不可能是完全客观的、固定不变的，科学精密的标准只是一种人为的理想。精神分析学、意识流都强调作家创作中隐藏在理性意识之下的无意识心理活动、直觉活动，而不是去追寻那一一可证的清晰逻辑，它们这样的创作理论使创作的跳跃性极大，甚至是随意组合起来的"自动"创作的实验，是无意义的呢喃。而法国哲学家雅克·德里达的解构主义更是直斥那种先设置一个绝对客观真理、中心，待人去认

---

① 马毅.现代西方哲学概述[M].长春：吉林大学出版社，1995：254.

识并相信人可以最终认识的理性主义形而上的认知观认为，意义的产生是一个"滑动"的过程，是一个"分延""撒播""替补"而形成的一系列"踪迹"，并无固定的意义，形成了一个多元的意义网。每个理解者自身的差异便导致对文本意义理解的差异，这个意义是个"无底的棋盘"，在"意义不确定"中颠覆了形而上认知承认并追寻的中心、标准。在他们眼中，创作本身也只是一种"零度写作"，并无确切意指。这样的现代人本主义认知方式下的文论都追寻一种更自由、更宽容的意义观，以此营造更解放自由的人文生存环境，这是它们激烈的虚无主义言辞下的"良苦用心"，科学主义形而上认知和现代人本主义认知这两种认知方式都是审美现代性的重要内涵。

因此，那种把审美现代性与社会现代性对立起来，认为是两种现代性的说法实际上是有问题的。社会现代性是理性、科学的胜利，同时也是理性科学过度发展的两面性后果。审美现代性是社会现代性的必然结果，也是社会现代性的组成部分。审美现代性一方面承袭社会现代性中理性科学的一维，力图提倡科学主义；另一方面又极力指陈科学主义的"异化"与"迫害"，这两方面都是审美现代性不可缺少的维度，只有其中一维便不是健全的现代性。这种多重复杂性、矛盾性追求的内在张力正是审美现代性结构，也是审美现代性不同于古典性的丰富性之所在。

第四节 现代性与中国现代文学思潮的发端

中国现代文学思潮是适应现代性以及现代民族国家双重历史要求的产物。在现代性的不同历史阶段，文学对现代性的态度也各有不同，于是就形成了各种文学思潮的流变：新古典主义是对建立现代民族国家的肯定性回应；浪漫主义是对现代工具理性和现代城市文明的反动；现实主义是对现代性带来的社会灾难的揭露和批判；现代主义是对现代理性的反叛以及对生存意义的反思。"五四"以前是中国现代文学思潮的滥觞阶段，形成了三种倾向：争取现代性的启蒙主义，争取现代民族国家的新古典主义，反思、超越现代性的审美主义。这三种文学潮流构成了中国现代文学思潮的发端，也影响了"五四"及其以后的中国文学思潮的发展。

一、中国现代性与现代民族国家的兴起以及文学的回应

现代性是使现代社会成为可能的力量，其核心是理性精神（科学精神和人文精神）。现代民族国家是现代性的产物，也是现代性的政治实体，它区别于传统的王朝国家，是民族利益的代表。自鸦片战争至五四运动，中国从被动到主动地接受了从西方传来的现代性；同时，也开始了争取现代民族国家的斗争。这就是说，中国存在着启蒙（现代性）与救亡（现代民族国家）双重历史任务。启蒙就是从西方引进科学精神和人文精神，以革除几千年封建主义文化的积弊。于是，就有了西方科学知识和人文思想的传播。戊戌变法、辛亥革命前后，对西方现代文明的引进、学习就已经形成热潮，康有为、梁启超、谭嗣同、严复等思想先驱都秉承西方科学、民主思想而加以变造，发动了一场旨在改造人心、改造文化的"新民"运动。这种热潮一直延续到五四运动，形成高潮。同时，争取建立现代民族国家的运动也在兴起。鸦片战争之后，传统的王朝国家陷入危机，民族意识觉醒，反帝救亡、争取民族独立、建立新的现代民族国家的历史运动开展起来，维新变法和辛亥革命都体现了争取民族独立和建立现代民族国家的历史要求。在这种运动开展的同时，民族主义、国家主义以及文化保守主义兴起，成为与启蒙主义对峙的主要社会思潮。本来，现代性与现代民族国家是一致的，但是在中国二者却存在着冲突。由于中国现代性没有本土的思想资源，只能从西方引进，而建立现代民族国家又必须反对西方帝国主义、殖民主义，于是，就出现了这样的历史的吊诡：一方面，争取现代性必须向西方学习；另一方面，建立现代民族国家又必须反对西方，这意味着反对现代性。这就是所谓"救亡压倒启蒙"的更深层的含义。现代性与现代民族国家的关系主导着中国现代历史："五四"以前，争取现代性的启蒙运动与争取现代民族国家的革命运动同时发生；"五四"时期，偏重争取现代性的启蒙运动；由于建立现代民族国家的紧迫性，"五四"以后，现代性退潮，现代民族国家压倒了现代性，形成了延续大半个世纪的革命运动。

面对现代性与现代民族国家的兴起，文学必须作出回应，于是现代文学思潮就应运而生。现代文学思潮是现代性（包括现代民族国家）的产物，是文学对现代性的回应。现代性发生以前，没有可能发生现代文学思潮，因为在传统社会，人的生存方式凝固不变，人对世界的体验集体性的同一，因此文学也难以发生大规模的、根本性的变革。而在现代性发生以后，人的生存

方式发生了根本改变，个体生存体验也急剧分化，致使文学倾向发生革命性的变迁，形成大规模的现代文学思潮。在现代性的不同历史阶段，文学对现代性的态度也各有不同，或者肯定，或者否定，于是就形成上文提到的各种文学思潮的流变。

二、启蒙主义的滥觞

启蒙主义是争取现代性的社会思潮，也是一种文学思潮。欧洲启蒙主义发生于18世纪，而中国的启蒙主义高潮是五四运动，但它的滥觞期在19世纪末。中国启蒙主义与欧洲启蒙主义具有共同的性质，就是争取现代性。同时，中国启蒙主义也有自己的特点。中国早期启蒙主义有以下特性：

第一，以文学开发民智，改造国民。梁启超认为变法首在新民："苟有新民，何患无新制度，无新政府，无新国家。非尔者，则随今日变一法，明日易一人，东涂西抹，学步效颦，吾未见其能济也。夫吾国言新法数十年而效不睹者何也？则于新民之道未有留意者也。"①因此，他在《论小说与群治之关系》中提出以小说新民的主张。

第二，以文学争取现代性，呼唤科学民主，抨击封建社会的黑暗腐朽。当时兴起的政治小说、科学幻想小说、教育小说和社会小说，都承担了宣传现代性的启蒙使命。

第三，取法现代西方文学，冲破传统文学思想，改造传统文学形式，走向世界文学。"三界革命"就是以西方现代文学为楷模，对传统文学的形式、思想内容进行改造的运动。梁启超说："今欲易之，不可不求之于欧洲。欧洲之意境、语句，甚繁富而玮异，得之可以陵轹千古，涵盖一切；今尚未有其人也。"（《夏威夷游记》）。

第四，强调文学的通俗化，以达到最大限度的宣传效果。启蒙主义的文学作品一般都比较通俗易懂，启蒙主义的倡导者也自觉地主张文学的通俗化，他们发动的"三界革命"，就是要使新文学具有更普及的形式和更现代的内容。

改良派是中国启蒙主义的推动者，他们宣传西方的人文精神，企图开启民智，推动改良。在这个过程中，改良派也进行了文学革新，推动了一个启蒙主义的文学思潮。这种启蒙主义文学思潮是以梁启超的"三界革命"为代

---

① 梁启超．饮冰室合集·专集 卷三十五[M]．北京：中华书局，1994：47．

表的。梁启超发动了"诗界革命""文界革命""小说界革命",目的在于创造出一个区别于旧文学的、为启蒙服务的现代新文学。

所谓"诗界革命",就是对旧体诗进行革新,使之承担启蒙的新内容。它发端于黄遵宪的新诗探索,继之由梁启超发扬、倡导而成为一种运动。梁启超认为:"能以旧风格含新意境,斯可以举革命之实也。"(《饮冰室诗话》)而所谓"新意境"者,就是"欧洲之意境、语句"。其实质就是在保留旧体诗的格律、体裁的基础上,吸收新名词和口语,以适应宣传"欧洲之精神思想"的需要。"诗界革命"虽然对旧文学有冲击,但由于没有突破旧诗体裁的束缚,难以克服形式与内容的尖锐矛盾,因此,没有创造出新的诗体,但也为现代新诗歌的产生做了准备。

"文界革命"是梁启超等人发动的批评旧文体、建立新文体的运动。他们批判古文,认为八股、辞章、义理、考据等皆为"谬种",而提倡灵感,创立"条理细备,词笔锐达"的新文体。它大量吸收新词汇,运用外国语法,裘廷梁甚至提出"崇白话而废文言"的主张。但是,由于没有从根本上以白话文代替文言文,因此"文界革命"仅成为由文言文到白话文的过渡阶段,并没有达到创立新文体的效果。

"三界革命"中成就最大者为"小说界革命"。梁启超意识到小说作为现代文学体裁将取代诗文成为主要的文学形式,因此,他强调要发挥小说的启蒙宣传作用,使之成为新民救国的工具。他认为西方文明开化,小说之功甚伟。因此,他大呼:"欲新一国之民,不可不先新一国之小说。故欲新道德,必新小说……欲新政治,必新小说;欲新风俗,必新小说;欲新学艺,必新小说;乃至欲新人心,欲新人格,必新小说。"[①]他还探讨了小说产生巨大社会功能的心理根源,认为小说有"支配人道"的四种力:"一曰熏","二曰浸","三曰刺","四曰提"。

除了改良派的启蒙主义文学主张以外,还有周作人等人的启蒙主义文学主张。"五四"前,周作人在《河南》1908年第5号、第6号上发表了《论文章之意义及其使命因及中国近时论文之失》的长文,阐述了他的文学思想。他首先对文学的本质作出了界定,认为"文章者,人生思想之形现也",具有"神思""感兴""美致"的特性。他特别强调文学具有"阐释时代精神"

---

① 陈平原,夏晓红.二十世纪中国小说理论资料[M].北京:北京大学出版社,1997:50、51、103。

的使命，尤其在国运衰微时，不能"漠然坐视"，而应"排众独起，为国人指导，强之改进者"。这体现了他的启蒙主义文学思想倾向。

启蒙主义文学思潮不仅有理论主张，也有创作实践，既包括对西方文学著作的翻译，也包括自己的创作。大体上说，有以下四类小说：

第一类：政治幻想小说。这类小说多演绎和想象政治理想，用以形象地启迪民众、鼓舞民众。如梁启超的《新中国未来记》，叙述了中国举办纪念"维新"成功50周年大庆典的情景。那时中国已是一个跻身世界文明先进国家行列并领导世界和平的大国。《新中国未来记》开创了一种宏大的未来幻想的叙事模式。继梁启超之后，萧然郁生写了《乌托邦游记》，春帆写了《未来世界》，还有陆士鄂的《新中国》等，这类小说都以幻想的形式展望新中国的富强、民主、自由。这些作品虽然艺术性不高，但是发挥了思想启蒙作用。

第二类：科幻小说。中国现代科幻小说，是从20世纪初鲁迅翻译法国著名科幻作家儒勒·凡尔纳的小说开始的。科幻小说的兴起，反映出中国对西方工业文明、科学技术的推崇和对现代化的渴望，并试图使国人"获一斑之智识，破遗传之迷信，改良思想，补助文明"[①]。当时问世的科幻小说，更多属于翻译作品，创作的数量不多，不过，都带着浓厚的启蒙色彩，如荒江钓叟的《月球殖民地小说》、徐念慈的《新法螺先生谭》、吴趼人的《新石头记》等。

第三类：教育小说。1905年科举制度的废除，强烈地冲击了传统文化和晚清社会。吴蒙的《学究新谈》、悔学子的《未来教育史》、雁叟的《学界镜》等，就是在这样的背景下产生的。晚清的教育小说，一方面展示了清末教育体制改革的真实状貌，批判了中国教育的现状和国民的劣根性；另一方面对未来教育的构想充满热情，肯定了开通知识、引进西学对启蒙民众的重要性。

第四类：社会小说。这类小说主要揭露和谴责现实社会黑暗，其中最著名的便是被鲁迅命名为"谴责小说"的《官场现形记》《老残游记》《孽海花》和《二十年目睹之怪现状》。它们虽然没有正面讴歌启蒙理想，但对现实的揭露和批判，也呼应了改革社会的要求。

总之，这些作品积极响应了梁启超在"小说界革命"中倡导的启蒙主义文学观点，在作品内部有意识地演绎西方文明的启蒙理性精神，并以此来批

---

① 郭延礼. 中西文化碰撞与近代文学[M]. 济南：山东教育出版社，1999：172-183.

判中国封建制度的黑暗以及国民的愚昧。

三、新古典主义的滥觞

19世纪末，面对西方列强的侵略，中国人民的民族意识开始觉醒，在争取现代性的同时，也在争取建立现代民族国家，而后者就成为新古典主义文学思潮的社会基础。以"南社"为代表的革命派文人自觉地以诗文鼓动革命；以章太炎为代表的文化保守主义者也主张振兴中华民族、复兴中华文化，于是就有了新古典主义的滥觞。中国新古典主义与西方17世纪新古典主义有基本的一致性，即对建立现代民族国家历史任务的肯定性回应、强调理性规范等。同时，由于中国的新古典主义处于不同的历史条件下，因此具有自己的特殊性，主要表现出以下特点：

第一，强调文学的政治性，鼓吹民族主义，为现代民族国家张目。他们认为文学可以直接鼓动革命，为推翻清王朝的封建统治、建立资产阶级民主共和国服务。他们说，文学可以"鼓动一世风潮"，"打破这污浊世界，救出我这庄严的祖国来"（柳亚子《复报发刊辞》）；文学还可以"张吾民族之气而助民国之成……获共和之幸福"（陈去病《大汉报发刊词》）。因此，在维新派举行"三界革命"之后，革命派人士也要求在文学领域进行一次革命，而且要自觉地掌握文学革命的领导权。这个阶段，不仅有大量的文学作品表现民族主义，而且还翻译了许多国外作品，借以抒发民族主义思想情绪。如鲁迅翻译了一些被压迫民族的文学作品，以图激发民气。林纾等翻译的《黑奴吁天录》，对激发民族主义起了很大的作用。

第二，具有鲜明的文化保守主义倾向。在西方现代文化的冲击之下，不仅有启蒙主义的正面回应，也有保守主义的否定回应。文化保守主义主张复兴传统文化，抵制西方文化入侵。"南社"、章太炎等人都采取了文化保守主义的立场，这也体现在他们的文学主张和文学创作上。高旭在《南社启》中说："国有魂，则国存，国无魂，则国将从此亡矣……然则国魂果何所寄？曰寄国学。欲存国魂必自从存国学始。"章太炎在《东京留学生欢迎会演说辞》中说得更具体："近来有一种欧化主义的人，总说中国人比西洋人所差甚远，所以自甘暴弃，说中国必定灭亡，黄种必定剿绝。因为他不晓得中国的长处，见得别无可爱，就把爱国爱种的人，一日衰薄一日。若他晓得，我想就是全无心肝的人，那爱国爱种的心，必定风发泉涌，不可遏抑的。"革命派的文学理论家大力宣传中国的文学冠于全球,认为中国文学可以"称伯五洲":"彼白伦、莎士比、福禄特儿辈固不逮我少陵、太白、稼轩、白石诸先辈远甚也"①,并称"年来爱国好古之士……共谋保存国粹,商量旧学,于是诗词歌曲,顿复旧观,晦盲否塞之文学界,遂有光明灿烂之望矣"②。高旭、林獬等人认为,改良派人士所倡导的以引进欧洲启蒙思想为主导的"三界革命"是"季世一种妖孽"③,甚至说:"新意境、新理想、新感情的诗词,终不若守国粹的用陈旧语句为愈有味也。"④

第三,崇尚阳刚文风。新古典主义文学鼓吹革命、救国,因此要反对柔弱倾颓文风,倡导战斗风格。林纾出于爱国思想,译介西方小说,极力推崇具有悲剧精神与崇高风格的作品,以此扫除旧文学之颓废之风。他在《埃司兰情侠传·序》中说:"阳刚而阴柔,天下之通义也。自光武欲以柔道理世,于是中国姑息之弊起,累千数百年而不可救。吾哀其极柔而将夭于人口,思以阳刚振之,又老耄不能任兵,为国民捍外侮,则唯一闭户抵几罝。"章太炎、柳亚子等人都倡导雄健、阳刚文风,主张"震以雷霆之声""为文章踔厉奋发,荡人心魄"。

第四,主张平民主义的文学观,提倡文学样式的通俗化。与欧洲新古典主义的贵族化文学观以及崇尚高雅文风不同,中国新古典主义出于宣传革命的需要,提出文学有"化里巷""鼓动平民"的任务。柳亚子等人说:"拔山倒海之事业,掀天揭地之风潮,非一人独立所能经营。"⑤而要使文学能动员广大民众,就必须通俗。他们认为小说、戏曲最具有"入之易,出之神"的艺术感染的"同化力",所以大力提倡通俗戏曲,从理论上提高戏曲等通俗文艺的地位。他们指出,"博雅之士,言必称古,每每贵远贱近,谓今不逮昔。曲之于文,横被摈斥,至格于正规之外,不得与诗词同科"。而事实上,"曲之作也,术本于诗赋,语根于当时,取材不拘,放言无忌,故能文物交辉,心手双畅","语似浅而实深,意若隐而常显"。通俗的戏曲最适宜表

---

① 《梦罗浮馆词集序》。

② 《南社》二十一集。

③ 《无尽庵诗话》。

④ 《愿无尽庐诗话》。

⑤ 柳亚子.中国民族主义女军人梁红玉传[J].女子世界,1907(7).

现现代生活,因此"持运动社会、鼓吹风潮之大方针者"①应该提倡通俗文艺。清末民初以宣传革命为宗旨的通俗文体小说、戏曲的出现,与革命派文学理论家的大力鼓吹不无关系。

革命派文人在进行革命斗争时,就运用文学的武器,宣传反清革命。新古典主义文学的代表是"南社"。"南社"文人在政治上主张反清革命,在文学上也贯穿着这个宗旨。如王钟麒认为:"吾以为吾侪今日,不欲救国则已;今日诚欲救国,不可不自小说始。"这与梁启超的小说新民论殊途同归,一是旨在救国,二是旨在启蒙,都是强调文学的政治功利性。"南社"要借助文学"揭橥民族,倡导国民",以大量的诗作来抒发革命之志。它主张文学作品要表现豪迈的气概,要"合空灵雄健为一炉"。"南社"代表人物柳亚子从文学的政治立场上批判宋诗派"曲学阿世,迎合时宰,不惜为盗臣民贼之功狗"②,明确主张文学艺术为反清革命服务。

除"南社"以外,新古典主义的代表还有章太炎等人。章太炎在政治上是革命派,在文化上则是保守主义者。他主张明华夷之辨,批判西方文明,复兴中华传统文化。同时,他还主张文学为革命政治服务。他在为邹容《革命军》作的序言中批判旧文学的优柔、蕴藉习气,而主张"震以雷霆之声",借文学鼓动革命,而为"义师之先声"。

与维新派主张以"新民"为宗旨,要求文学直接为启蒙现代性服务不同,革命派文学家直接宣扬民族主义和革命,要求文学直接为建立现代民族国家服务,这决定了革命派文学的新古典主义性质;又由于这种古典主义文学要通过暴力革命去达到建立现代民族国家的目的,所以是"革命"的古典主义,这是中国新古典主义的特点。当然,迫于晚清内忧外患的时局,建立现代民族国家的任务压倒一切,所以即使在维新派的改良思想里也包含着激进主义的革命思想;相应地,启蒙主义文学思想里也包含着新古典主义的文学思想,二者之间并没有以后那样泾渭分明,如梁启超等人也高度关注、提倡政治小说;周作人也在《哀弦篇》中赞美波兰等被压迫民族的反抗文学,从而强调了文学想象现代民族国家的功用。

---

① 姚华. 曲海一勺 [M]. 贵阳:文通书局,1942.

② 柳亚子. 胡寄尘诗序 [A]. 中国近代文论选 下 [C]. 北京:人民文学出版社,1962:455.

四、审美主义的滥觞

审美主义是一种哲学思潮，是对现代性的反思与批判。现代性发生后，由于现代性的负面价值凸显，理性对人的束缚加重，于是有了在哲学上对现代性的反思与批判，这就产生了审美主义。审美主义认为理性并不是最高的价值，只有审美领域才有自由，审美价值才是最高价值。在文学理论中，审美主义表现为强调文学的超现实性、超功利性的审美本质，认为文学体现了生存意义。审美主义主张非理性主义，反抗现代性，体现了精英意识和贵族精神。审美主义为以后的反现代性文学思潮如浪漫主义、现实主义以及现代主义开辟了道路。

中国的审美主义发生于 20 世纪初期，重要代表人物有王国维、蔡元培和鲁迅。王国维的美学思想有三个成因：一是对中国现代化进程的抵触，主要表现在他对辛亥革命后的共和政治的反感与对清室的忠诚眷恋；二是接受了康德、叔本华的哲学和美学思想；三是继承了中国美学思想，并企图融会中西，使中国美学现代化。王国维的审美主义表现在他提倡的审美人生论，认为审美观照可以使人进入"纯粹之知识"的境界，使世界成为纯粹之形式，自我成为"纯粹无欲之我"，从而忘掉人生痛苦。他说："美术之务，在描写人生之苦痛与其解脱之道，而使吾侪冯生之徒，于此桎梏之世界中，离此生活之欲之争斗，而得其暂时之平和，此一切美术之目的也。"① 后期的王国维又受到尼采的影响，认为生活之欲不能自我否定，而只能通过"蕴藉之道"得以张扬、升华，这就是审美的途径。所以，他宣布："美术文学非徒慰藉人生之具，而宣布人生最深之意义之艺术也。一切学问、一切思想，皆以此为极点。"② 这是审美主义的人生观。王国维反对启蒙主义和新古典主义的功利主义文学观，认为："……观近数年之文学，亦不重文学自己之价值，而唯视为政治与教育之手段，与哲学无异，如此者其亵渎哲学与文学之神圣之罪，固不可逭，欲求其学术之价值，安可得也？"③

---

① 陈平原，夏晓红．二十世纪中国小说理论资料[M]．北京：北京大学出版社，1997：50、51、103．

② 王国维．论哲学家与美术之天职[A]．王国维遗书（册五）[C]．上海：上海古籍书店据商务印书馆 1940 年版影印，1983．

③ 王国维．论近年之学术界[A]．静安文集[C]．北京：商务印书馆，1940．

王国维的主要美学著作有《〈红楼梦〉评论》《屈子文学之精神》《论古雅在美学上之位置》《人间词话》等。王国维接受了叔本华的悲观意志论哲学，认为审美是对人的欲望的解脱。他以这种观点来阐释《红楼梦》，认为该书的意义在于揭示人生之痛苦，对欲望之解脱。这是以西方现代美学观点阐释中国古典文学作品的第一个尝试，它超越了中国传统的主情说。他还对屈原进行了现代的阐释，认为屈原作品表现了他的人生困境，即其内心的入世与遁世两种心态的冲突，于是只好以"幽默"排遣之。王国维还从中国审美文化的实际出发，对西方美学范畴进行了增补，认为除了有优美、宏壮范畴作为"第一形式"之美外，还有古雅范畴作为"第二形式"之美。这是一种会通中西美学的努力。王国维的最大贡献在于提出了意境（境界）理论。他认为诗歌艺术价值的最高标准是意境，而意境实际上是一种超越现实世界的审美世界。因此，意境标志着"真感情""真景物"，具有"神秀""不隔"等特征，意境说有自己独特的学术贡献。西方叙事文学发达，故形成"典型"范畴，作为叙事文学的典范；中国抒情文学发达，故提出了"意境"范畴，作为抒情文学的典范，从而补充了西方文论之不足，完备了人类的文学理论宝库。意境说可以看作王国维会通中西文论的最重要的成果。

蔡元培的美育思想也具有审美主义倾向。蔡元培接受了康德的美学理论，同时又超越康德。康德认为，审美是现象界到本体界的中介、桥梁。蔡元培进而认为：审美有两种特性，一是普遍，以打破人我之见；二是超脱，以透出利害关系，所以可以认识人生之价值。由于审美的普遍、超脱品格，因此要提倡美育。① 可以看出，蔡元培已经突破了康德的美学体系。蔡元培的审美主义与他受到西方现代哲学的影响有关，如他提出"人的一生，不外乎意志活动，而意志是盲目的"②，这种思想来源于叔本华，而不是康德。康德认为，本体是意志的领域，而意志具有理性品格，因而称为"实践理性"。而叔本华则认为，意志是人的无休止的欲望，是盲目的、非理性的，它只会给人带来痛苦。蔡元培接受叔本华的非理性主义，同时又受到席勒的影响。席勒虽然是启蒙主义者，但又是审美主义的鼻祖。他接受了康德美学，把审美当作由感性到理性的中介、手段；同时，又把审美当作超越感性和理性的

---

① 蔡元培. 蔡元培美学文选 [M]. 北京：北京大学出版社，1983：180、220.

② 同上.

自由的活动，美育成为人的全面发展的途径，从而走向审美主义。蔡元培也把审美当作自由的活动，把美育当作自由人格的培养途径。他对美育的倡导，既是为了培育现代新人，有启蒙主义的成分；也是为了超越理性，有审美主义的取向。

鲁迅留学日本期间，接受了反现代性的先驱——尼采的影响，形成了带有浪漫主义倾向的文学思想。他批判民主主义、科学主义的西方现代文明，认为"科学者，神圣之光，照世界者也"，但是"犹有不可忽者，为当陷社会于偏，日趋而之一致，精神渐失"①。他批判科学主义"奉科学为圭臬"，批判现代文明导致人的平庸化、物化，因此张扬个性、精神。他站在保守主义的立场反对洋务派、维新派、革命派崇尚西洋文明的"偏至"之举。他认为当时的改良派、革命派如梁启超等人的"世界人"和"国民"主张是"恶声"，必须破除。他以民族主义对抗西方现代文明，对中国传统文化往昔的辉煌充满自豪："夫中国之立于亚洲也，文明先进，四夷莫之与邻，蹙视高步，因益为特别之发达；及今日虽凋零，而犹与西欧对立，此其幸也。"②这与五四运动时期认为中国文化是腐朽、落后的文化的认识截然不同。他虽然认为西方科学昌明，但对西方文明的总体评价不高，认为其难与中华文明比肩。他对现代以来西方文化的强势传播、中国文化的衰落痛心不已。他认为文明进步源于传统，反对脱离传统。他主张审美超功利，认为"文章为美术之一，质当亦然，与个人暨邦国之存，无所系属，实利离尽，究理弗存"③，主张以审美建立理想人性，"美上之感情""明敏之思想"可以"致人性于全，不使之偏倚"④。他倡导具有战斗、反抗性的浪漫主义文学，崇尚"摩罗诗人"，特别是拜伦以及密茨凯维奇、裴多菲等具有反抗精神的波兰、匈牙利等弱小民族的诗人，并且推崇浪漫主义文学的情感、想象、独创等特性以及"争天拒俗"的反叛精神和"雄杰伟美"的崇高风格。

中国审美主义的滥觞，主要体现在美学思想和文学理论上，还没有形成一种文学创作的潮流。也就是说，审美主义是理论先行，创作滞后。在"五四"

---

① 鲁迅. 鲁迅全集 第 1 卷 [M]. 北京：人民文学出版社，1956：178.

② 鲁迅. 鲁迅全集 第 1 卷 [M]. 北京：人民文学出版社，1956：99.

③ 鲁迅. 鲁迅全集 第 1 卷 [M]. 北京：人民文学出版社，1956：203.

④ 鲁迅. 鲁迅全集 第 1 卷 [M]. 北京：人民文学出版社，1956：178.

以后，由于中国社会的发展，产生了对现代性的反思、批判，形成了浪漫主义和现代主义等文学思潮，它们发源于审美主义，是审美主义的创作表现。

19世纪末至20世纪初，现代性与现代民族国家的双重历史任务，产生了争取现代性的启蒙主义文学思潮的滥觞；争取现代民族国家的新古典主义文学思潮的滥觞；反思、批判现代性的审美主义思潮的滥觞。它们是中国现代文学思潮的源头，对"五四"及其以后的中国文学思潮的发展流变产生了重要影响。大体上说，"五四"文学以主张现代性的启蒙主义思潮为主导；"五四"以后的文学以争取现代民族国家的新古典主义思潮为主导；而由于现代性的薄弱以及现代民族国家任务的迫切，反思、批判现代性的审美主义、浪漫主义、现代主义则没有成为主导的文学思潮。同时，中国文学思潮的发轫期也产生了两种文学取向：一是梁启超和革命派等开创的功利主义的取向，二是王国维开创的审美主义取向。由于历史条件的紧迫，功利主义成为主导的文学思想，而审美主义则受到抑制，没有得到充分发展。

第二章
中国审美现代性

第二章
中国市美与升代批

第一节　中国传统美学的三大范式与思维方式

中国古代艺术理论有着几千年的悠久历史，人们习惯于说它是经验式的、散在的、没有什么逻辑体系的，但是它并非就是随意和杂乱的，它还是有着自己一以贯之的传统和潜在的体系的，这些传统和潜在体系是需要我们去清理、发掘才能看到的。这种现代阐释工作在所谓"失语症"和"全球化"的今天就显得更加迫切。

一、中国传统美学的三大范式

在审美方式上，中国传统美学有三大审美范式：第一是"比德"，第二是"缘情"，第三是"畅神"。在审美价值取向上，这三者各有侧重。"比德"强调社会道德意义是获得美感的基础；"缘情"强调主体的情感体验是美感的来源；"畅神"则把整个身心的舒畅、灵肉的和谐、解放作为美感的标准。"比德"的美感更多的是来自理性、集体的；"缘情"更多的是来自感性、个体的；"畅神"可以说是整个身心的和谐舒畅，它是理性的"德"的满足和感性的"情"的宣泄的完美统一，是社会性与个人性的统一，是很难完全分清这种舒畅是因为"德"还是因为"情"，它是这两者的高度融合，是人与他人、人与世界、人与自我的和谐统一的审美判断。中国美学因为这样三种审美范式的并存而显示出极大的优越性和生命力。

（一）"比德"的审美范式

"比德"的审美范式最早是荀子明确提出来的。荀子在《法行》篇中说："夫玉者，君子比德焉。温润而泽，仁也；粟而理，知也；坚刚不屈，义也……"在这里"玉"之美在于它与人类的"仁""知""义"等品格的相似，而人的"仁""智""义"等品格在玉中也恰好得到了表现，这种"比德"所获的美感是在人与对象之间道德的比附中实现的。这种"比德"在中国是一个重要而源远流长的审美范式。虽然是荀子明确提出"君子比德"这个概念的，但这种"比德"的思想在孔子那里就已经有了很明确的表示，所谓"智者乐水，仁者乐山""岁寒，然后知松柏之后凋"等便是。以后人们所谓的岁寒三友、花中"四君子"等审美现象，人们所谓"宁可食无肉，不可居无竹""乐以象德""乐通伦理""文物昭德"等说法，实际上都是这种"比德"式审美范式的具体运用。

事实上，在中国古典审美世界里，人们对很多自然景物、自然物品的审美都是一种"比德"式的，《橘颂》《陋室铭》《爱莲说》《咏梅》等都是如此。人们在对象世界里寻找"德"的品质，把自己"德"的品质"寄托"在对象世界里，对象世界也就成了一个充满了人情世故的社会，社会人情也可以在对象世界中找到对应物。"天行健，君子自强不息"，这种"比德"式的审美范式使得人伦社会与外在世界也息息相通起来，成为一个和谐的整体。艺术、审美在"比德"式的审美中与社会道德和外在自然对象，三者融为一体了。在"比德"的"山""水""梅""竹"等对象中，"道德"和"审美"在这些"第三者"的"审美中介"中得到了实现和统一。

中国的审美通过"比德"实现了美善的完美融合，实现了人与外在世界的和谐，这与西方美、善的对立式的审美方式是大异其趣的。中国的"比德"则把道德价值"寄托"在审美对象上，再从对象上来实现自身的道德感，某个对象就成了有某种比较稳定的道德意义的"审美意象"，成为民族审美的某种"集体无意识原型"。例如，"梅"是高洁品质的民族审美意象，"莲"是清廉品质的民族审美意象，等等。中国"比德"式的审美范式使得我们道德领域的"意"和审美世界的愉悦水乳交融般交织在一起，人的世界和物的世界也在审美中更加紧密地交织在一起，人与外在世界也因为审美而更加和谐了。

（二）"缘情"的审美范式

中国的审美在强调道德感的满足的同时，也极其强调个人自然情感的抒发与满足，认为情感是人们进行审美活动的又一个基本原因，由此形成了"缘情"的审美范式。这就又突出了个人自身感受在审美中的重要作用，对"比德"的集体理性某种程度上是一种矫正。

但是，中国审美中所说的这种"情"又不是西方式的"情欲"的情，不是与"理"对应的那种情，它是人们在外在世界的感触之下发出的自然之情，这个情把人与外在世界紧密地连成了一个天地一气的整体。中国审美理论认为，人们之所以有这样的"情"，是"物使之然"，这就是说，天地之间气化流行，形成万物，物感人，人再有艺术审美之作。这样，艺术的这种"气脉"与"人气"相通，又与天地之"气"相通，天、地、人在审美中就成了一个贯通一气的整体。因此，中国的审美世界里极其重视作品本身的"文气"，也十分重视艺术家本人的"养气"。所以，曹丕讲"文以气为主"；刘勰也提出"重气之旨"；谢赫把艺术的最高法则定为"气韵生动"；韩愈强调"气盛则言之短长与声之高下皆宜"；苏辙认为"文者，气之所形"。通过感应天地之"气"，审美与自然世界、与社会人生交织成一个亦此亦彼的混沌圆融的整体了。

因此，中国的"缘情"常常是人与外在事物之间的交互活动，不是主体单方面的"外射"或者单纯被动的刺激，这与西方式的"移情"是不一样的。中国的"缘情"既是"情因景兴"，又是"景以情观"；既强调"随物宛转"，又主张"与心徘徊"；既"情往似赠"，又"兴来如答"；既强调"取诸怀抱"，也时时"因寄所托"；既"外师造化"，又"中得心源"。中国式的"缘情"也因此显得中正平和，这个"情"往往也就是外在事物的"景"，而外在事物的"景"也就是"情"，不言情而处处是情，"景物无自生，惟情所化"，"融景入情，寄情入景"，"景以情合，情以景生，初不相离，唯意所适"，"情中景，景中情"，这两者名为二，实为一，这就是中国式的"情"。物我的相互感应，物我的两忘状态是"缘情"所追求的境界。在"缘情"的范式中，我们所追求的仍然是与外在世界的和谐相生，相互交融。

（三）"畅神"的审美范式

无论"比德"还是"缘情"，人与外在世界都处于一种和谐交融的状态之中，社会性的道德感和个人情感在中国传统审美范式中都得到了实现，人与外在世界的对立在这种审美状态之中不知不觉地消失了。生活在这种状态中，国人有一种无羁无绊、宠辱偕忘的自由感、超越感。这种整个身心解放的自由境界是中国美学的最高境界，是中国传统美学一直追求的一个审美理想。这就形成了中国传统美学的另一个审美范式——"畅神"的审美范式。概括这一范式名称的人是宗炳。宗炳在《画山水序》中指出："于是闲居理气，拂觞鸣琴，披图幽对，坐究四荒。不违天励之丛，独应无人之野。峰岫峣嶷，云林森眇，圣贤暎于绝代，万趣融其神思。余复何为哉？畅神而已。神之所畅，孰有先焉！"宗炳在此提出了"畅神"的概念，描述了自己的一种最高审美体验，幽坐山林，拂觞鸣琴，面对一幅山水图画，觉天高地阔，宇宙无穷，人世悠悠，往来古今，此时此刻，人生夫复何求，一觞一咏，足矣！似乎忘我，似乎忘世，但又在世，又"有我"，这是一种"悦志悦神"的神清气爽，整个身心的通体舒畅，这种"天地一指、万物一马"的自由感觉就是中国式"畅神"的最高审美境界。这种精神自由、超越的"天地境界"是贯穿中国整个美学历史的一贯追求。

中国主要的三大美学系统——道家美学、儒家美学、禅宗美学的审美理想都是这种"畅神"的自由范式。

道家美学追求的是那种"天地皆备于我""独与天地精神相往来"的"逍遥游"。庄子的思想可以用两个字来概括，一个是"忘"，另一个是"游"。通过忘却生死、祸福、荣辱、寿夭、名利等，不哀夭，不荣寿，不知悦生，不知恶死，齐生死，一万物，无己、无功、无名，以此来超越这有限的存在，以此来"游心于尘埃之外""游心于物之初"。这样，一个人就不会"伤于物""物于物"，就能扶摇直上九万里，无待而飞，自由自在。

对中国传统美学有深远影响的禅宗美学，它所追求的也主要是一种整体身心畅达的自然适性、空灵自由的超越境界。禅宗第一义是"不可说，一说就错"，它是一种对事物突然之间的整体"顿悟"，是不能拘于具体形式束缚的，所以，弟子如果追问什么是禅宗，师傅提棒便打。禅宗是超越形式束缚的一种"不言之教"，是一种"心传"，是一种如"桶底于脱"的"心动"，因此你可以"喝佛骂祖"，但你照常能够抵达禅宗的"真谛"。那么这"真谛"究竟是什么呢？是"饥来即食，困来即眠"，是"春来草自青"，是"担水砍柴"，这个"真谛"如人饮水，冷暖自知，是没有标准答案的。因此，禅宗的境界实际上是佛教的老庄化，那种不为任何东西所羁绊的自由超越精神是禅宗的真谛。它不是可以用概念、语言——分析明白的，它是大地、神、人的浑融一体，是有限而无限，是"畅神"而矣！是不可言说的，是言说不清的。这是一种极度的审美兴奋，是一种彻底的审美自由、审美解放，这是中国人的审美理想。

即使在最"入世"的儒家那里，内在心灵的自由仍然是"上人"所日思夜想的理想境界。这种自由建立在儒家所追求的理想人格之上。具有这种理想人格的人必须有为生民立命、为万世开太平的"弘毅"精神，只要有了这种坚定的"君子"人格，就能够如孔颜乐处，能够"朝闻道，夕死可也"，能够"富贵不能淫，贫贱不能移，威武不能屈"，这样的人不管何时何地，都能够配义与道，以浩然之气顶天立地，光明磊落，自由行动于天地之间，能够如孟子所说的"虽千万人，吾往矣"，能够杀身成仁，舍生取义，蹈死不顾，而绝不会畏畏缩缩。所以，孔子说"仁者不忧"，又说"仁者必然有勇"。确实，"灌注"这种精神的人，还有什么畏惧吗，还有什么不自由吗？孔子设想的最高境界就是"从心所欲不逾矩"，就是这样的自由，儒家精神首先就是这样一种理想人格基础上的自由精神。

成就这样一种自由人格精神，并不是急功近利就可以轻易办到的。孔子"知其不可而为之"，为了他的政治理想而周游列国，孔子要弟子们悠游于艺术音乐之中，通过"游于艺，成于乐"来成就理想的"君子"人格，由"诗教""乐教"来成就儒家"士人"可以从容赴死、"引刀成一快"的自由人格，这实在高明，也是儒家思想在人格塑造方面留给我们的大财富。应该说，这种内在心性的自由狂放是儒家美学的"合理内核"。

我们可以看出，道家美学、儒家美学、禅宗美学最后和最高的归宿其实都是一种生命的自由和畅达，是人与自然、人与世界之间的一种和谐自由的境界，是人生天地之间的一种悠游不迫，是一种彻底的"畅神"，它们在这个意义上是一致的、相通的。无论儒、道还是禅宗，骨子里都是这种自由旷达的精神、解放和超越的追求。"手挥五弦，目送归鸿""恢恢乎游刃有余""寄妙理于豪放之外，发纤浓于简古之中""言有尽而意无穷""妙在形似之外"等，这种超越有限人生而趋向无限理想的审美方式是中国审美的最高愿望，也是中国人生活的最高境界。这种自由超越精神是几千年来中国美学的精髓。这对于当今的国人来说仍具有深刻的启示意义。

二、中国传统美学的思维方式

对于中国传统的思维方式，人们普遍认为：西方的思维方式是主客二分式的，而中国的思维方式则是主客不分的，是"天人合一"的。一些著名的学者都有过这样的看法，比如我国著名哲学家张岱年先生说："中国哲学，在根本态度上很不同于西洋哲学或印度哲学"的地方就在于中国是"天人合一"的而西方则是主客二分的，"西洋人研究宇宙，是将宇宙视为外在的而研究之，中国哲人的宇宙论实乃以不分内外物我天人为其根本见地"。成中英先生也认为西方思想的起点是"主体自我与客观世界的分离"，它"要求对客观世界有一主客的分辨"，而中国则不是主客二分的，是"天人合一"的。

"国学泰斗"季羡林先生也多次讲西方的思维方式是主客二分的,而中国是主客不分的,是"天人合一"的。这种思想已经被很多人不假思索地接受了。

人们把这种思想移植到美学上,便认为这种"天人合一"是"中华美学之魂",把中国美学看成一种超越主客关系的美学。他们认为在中国美学里,尽管学派林立,思路各异,"但是强调从超主客关系出发去提出、把握所有美学问题却是其共同之处",而"西方是从主客关系出发来提出、把握所有美学问题,从而总是追问美的本质以及如何认识美"。由此,他们认为中西美学的根本差异就是"主客二分"与"主客不分"。

人们似乎已经不怀疑这种西方"主客二分",中国"主客不分"的论调了,但这却恰恰是一个值得怀疑的命题!因为这个结论明显是把中国和西方二元对立的思维模式的产物,认为中国是这样,西方就是那样,把它们完全对立起来。这是一种简单化的、片面化的甚至是有某种失误的概括,因为它让人们错误地认为中国的思维方式就是主客不分的,而实际上中国一直都是有鲜明的主客之分的。从总体上说,中国的思维方式是"天人合一"的,倒没有什么大问题,是有道理的。但是,这个"天人合一"是怎样的"合一"却是不能简化的。是主客不分的"天人合一"呢,还是也有主客二分之后的"天人合一"呢?这却是一个关系重大的问题。实际上,中西思维方式的不同不在于一个主客二分,一个主客不分,而在于西方在主客二分之后,主体与客体走向分裂、分离与对立,而中国在主客二分之后,却一直在寻求这二者融合,因而没有走向对立、对抗与分裂。说中国是"天人合一",应该是这个意义上的"合一"而不是主客不分的"合一"。它们的不同并不是绝对、完全的不同和对立,而是同中有异。

从中国的审美实际来看,在中国的审美世界中,其实一直都有着一种自觉的、鲜明的主客之间的二元区分,只不过这种二元区分不是西方式的二元对立、二元分裂,而是在主客二元区分后又极力寻求这二者合一的思维方式。中国的审美不是一开始就是主客不分的或者像一些人极力主张的那样是超越了主客关系的审美。中国与西方的不同,不在于一个是从主客关系出发而一个不是从主客关系出发,中国的审美也是在主客关系中来提出和把握美学问题的,只是在主客区分后的第二步上,西方由二分而走向二者之间的绝对分离与分裂,而中国在主客区分后却永远在寻求这二者之间的合一,是分而不裂。这才是中国美学区别于西方美学的根本之所在。

第二节　中国审美现代性的四大范式及其命运

一、审美非功利范式

我们知道"纯粹美"的独立论思想在 20 世纪初的王国维那里最为著名，他在一系列文章里充分阐释了这种审美态度。他在 1903 年发表的《论教育之宗旨》中提出："独美之为物，使人忘一己之利害而入高尚纯洁之域，此最纯粹之快乐也。"1904 年发表的《〈红楼梦〉评论》提出美术之价值，在于使人离生活之欲，而入于纯粹之知识。1905 年发表的《论哲学家与美术家之天职》坚持文学的"无用"论，指出："天下有最神圣、最尊贵而无与于当世之用者，哲学与美术是也。天下之人嚣然谓之曰无用，无损于哲学、美术之价值也。"在 1906 年的《文学小言》中，王国维又说："文学者，游戏的事业也。"1907 年发表的《古雅之在美学上之位置》提出，美之性质，一言以蔽之：可爱玩而不可利用者是已，认为一切之美，皆形式之美也。这些都充分展示了王国维审美独立主义的理想。王国维的这些思想秉承西方康德以来的审美非功利思想，在儒家思想的控制力趋于衰退的语境中，对传统范式进行置换，"使人们讨论文学之时所持有的理论框架和话语资源由经学转向了美学，因而文学本身也在讨论者的眼里由一种政教伦理对象转变为知识对象和审美对象"，从而在 20 世纪初的中国开启了一种新的审美价值范式。这种审美价值范式在随后一个世纪的发展中不断被人提及，被人承袭与发展，成为中国 20 世纪美学的一个重要价值范式。

鲁迅先生 1908 年发表于《河南》杂志的《摩罗诗力说》也提出："由纯文学上言之，则以一切美术之本质，皆在使观听之人，为之兴感怡悦。文章为美术之一，质当亦然，与个人暨邦国之存，无所系属，实利离尽，就理弗存。"鲁迅在这里强调"纯文学"的本质是"不用之用"，指出了文学的非功利性。梁启超"五四"前后的美学思想开始极力强调审美的超越性、非功利性，强调"趣味主义""情感主义""生活的艺术化"等范畴，对于功利主义显示出较大的反对。晚年他自我总结说:"我是主张趣味主义的人,倘若用化学化分'梁启超'这件东西,把里头所含一种元素名叫'趣味'的抽出来,只怕所剩下的仅有个零了。"趣味主义在梁启超看来,最重要的就是"无所为而为","为做而做",没有什么目的,所以他强调:"人为什么生活?为生活而生活。为游戏而游戏,游戏便有趣。"梁启超这种"为生活而生活"的"趣味主义"强调:"要把人类无聊的计较一扫而空,喜欢做便做,不必瞻前顾后。"梁启超晚期明显地转向了"艺术主义""情感主义",他把"美术人"作为人的理想,把情感作为一切的原动力,其《中国韵文里头所表现的情感》认为"天下最神圣的莫过于情感",认为情感"是人类一切动作的原动力",把自由情感的作用上升到一个很高的高度。他的"趣味主义"也成为现代中国审美非功利主义一个重要的组成部分。

在随后的创造社那里,审美的非功利性思想也得到了发扬。成仿吾在《新文学之使命》中要求除去一切功利的打算,专求文学的"全"与"美"。在《真的艺术家》中,他强调真的艺术家只是低头于美,追求的永远只是美。郭沫若在《文艺之社会的使命》中认为,艺术的本身是无所谓目的,目的只是追求美,这是自然而然的要求,因为人类的婴孩时代就有美的要求。郁达夫在《艺术与国家》里也说,艺术所追求的是形式和精神上的美,美的追求是艺术的核心。宗白华在《新文学的源泉:新的精神生活内容的创造与修养》中也提出:"我们要持纯粹的唯美主义,在一切丑的现象中看出他的美来,在一切无秩序的现象中看出他的秩序来,以减少我们厌恶烦恼的心思,排遣我们烦闷无聊的生活。"这样便能得着一种"艺术人生观""艺术式的人生""人生的艺术化",这实际上就是一种非功利主义的超越态度。这一时期的叶圣陶、郭绍虞、朱光潜等都大力宣扬这一"人生的艺术化"范式。郭绍虞强调无论什么劳作,"只消把他艺术化了,便是自由的真实生活",这样生命便也可以垂诸久远。朱光潜这一时期的美学思想也强调"距离"之下的"直觉",认为"美感经验纯粹的是形象的直觉,在聚精会神中我们观赏一个孤立绝缘的意象,不旁牵他涉,所以抽象的思考、联想、道德观念等都是美感范围以外的事",他把美看作是"情趣意象化或意象情趣化",倡导一种"纯粹美"的态度。

"新月的态度"也是追求所谓纯粹非功利的审美范式。徐志摩《新月的态度》说:"功利也不是我们的,我们不计较稻穗的饱满是在哪一天。"在这种所谓超越一切世间纷争的非功利态度中,他们要求文学远离政治,热衷于表现"普遍的人性"。梁实秋在《文学与革命》中坚称:"文学家所代表的是那普遍的人性,一切人类的情思,对于民众并不是负着什么责任与义务,更不曾负着什么改良生活的担子。所以文学家的创造并不受着什么外在的拘束,文学家的心目当中并不含有固定的阶级观念,更不含有为某一阶级谋利益的成见。文学家永远不失掉他的独立。"这是新月派坚持文学独立、坚守"文学的纪律"、倡导审美非功利的一个著名宣言。这种审美独立主义思想在前后几十年的持续发展中,成了中国现代美学重要的一个审美范式。

随着抗日战争的爆发,民族危机的加剧,使得中国的审美独立主义思想范式一度沉寂、中断。进入20世纪80年代以后,随着改革开放进程的加快,中国各项事业走上正轨,邓小平在第四次文代会上强调不再提文艺从属于政治,一度严重政治化的文学艺术的审美独立主义思想又开始复兴。以钱中文、童庆炳、王元骧等一批学者为代表,极力提倡"审美意识形态""审美主客体""审美认识""审美活动""审美中介""审美反映"等概念,强调"审美"自律,反对过分强调审美他律的思想,"审美"又开始成为这一时期的"关键词"。这一时期的"文学概论""美学原理"都逐渐淡化了文艺的"阶级性""党性""资产阶级唯心主义"等政治概念,以"形象""意象""主体性""个体性"等取而代之,中国现代美学又逐渐走上了审美化、学术体系化的道路,审美非功利的思想又逐渐成为一种主要的时代共识。

二、审美工具主义范式

审美工具主义范式是把审美作为社会启蒙、社会革命、社会救亡与社会建设的有力工具,由于中国现代革命的艰巨性与复杂性,这种思想就更加膨胀,人们把审美的社会工具力量夸大到了社会前进根本性力量的地步。1915年《甲寅》第1卷10号刊登黄远庸的《释言》,认为社会的根本救济办法还是文学:"至根本救济,远意当从提倡新文学入手。"这种把新社会的诞生奠基于新文学之上的思想范式是现代中国审美工具主义的一个理想。

梁启超早年的美学观就特别强调文艺的社会功用,充满了功利主义的色彩。无论是"诗界革命""小说界革命"还是"文界革命",都强调艺术的社会变革作用,把艺术作为启蒙、救亡的有力武器,是一种典型的功利主义的美学观。在《论小说与群治之关系》中,梁启超提出,欲新一国之民,不可不先新一国之小说,并进而提出欲新道德、政治、风俗、学艺、人心、人格等，都要先新小说。似乎整个国家的兴盛都必须依靠小说了，梁启超在此把小说的社会变革力量夸大到了一个在我们现在看来有些过分的高度。在《告小说家》一文中，梁启超就明确地说："然则今后社会之命脉，操于小说家之手者泰半，亦章章明甚。"小说家在此几乎是左右国家命脉的人了。同时，他把中国落后的原因都归之于小说了："近十年来，社会风习，一落千丈，何以非所谓新小说者阶之厉，循此横流，更阅数年，中国殆不陆沉不止也。"中国的"陆沉"竟然都是小说家惹的祸，亡国灭种的责任都推到小说身上了。这种功利主义的审美把艺术看成几乎是万能的了，夸大了艺术的功用。

这种审美工具主义范式，由于中国近代特殊的反帝反封建的社会现实而变本加厉。胡先骕指责当前中国的落后罪恶全在文学身上，认为："抑知今日一切社会罪恶，皆可归狱于所谓近世文学者。"而郑振铎在《文学与革命》中则把拯救中国的希望都寄托在文学上，认为在今日的中国，能够担当改革的大任，能够使革命成功的，不是什么社会运动家，而是革命的文学家。傅斯年在《白话文学与心理改革》中也把新中国的未来建设道路寄托在文学上，他说："物质的革命失败了，政治的革命失败了，现在有思想革命的萌芽了……新思想必须放在新文学里面……很靠着文学革命的培养。"文学承担了拯救中国的希望，这种文学社会功用的极大膨胀，导致文学的简单工具化。

鲁迅、郁达夫、郭沫若等一大批人放弃"实业救国"的理想而投身到文学的事业中来，为了唤醒民众而"呐喊"，为了革命而"前驱"，都有着明显的审美工具主义目的。冰心、庐隐等一代人的理想，也主要还是为个人挣脱家庭的束缚，为争取个人自由而呼喊。鲁迅"人的文学""平民的文学"也多少有点儿文艺复兴时期"人的发现"的启蒙意义。从革命文学、左翼文学、普罗文学到抗日文学、国防文学、解放区文学，随着抗日战争的全面爆发，这种审美的工具主义合情合理地成为中国现代艺术史上的第一范式，审美"介入"社会革命的程度越来越深。

三、审美娱乐范式

中国的审美世界有别于传统古典艺术的另一个地方就是，审美娱乐主义在晚清民国以来逐渐成了一个蔚为壮观的审美范式，这对于文以载道，把文章作为"经国之大业，不朽之盛事"的古典诗文世界来说，显然有其明显的"现代性"。

我国文学史家杨义曾说："现代文学与古典文学的根本区别，在于它拥有报刊。"晚清以来，现代印刷技术、出版发行制度在中国出现，这使得一大批报纸杂志开始创刊。1886年，中国有各种报纸杂志78种，1901年则有124种，1906年仅上海的报刊就达到66家之多，这时全国出版的报刊总数则达到239种。1911年中国的各种报纸杂志有500种，1921年则达到1104种。这些现代报纸杂志的出现开辟了中国文学艺术传播方式的新局面，深刻地改变了中国文学艺术主要是诗歌散文自为酬唱的格局。这些报纸杂志以面向大众群体为目标，出于商业利益的衡量，为了招揽读者，往往迎合大众审美趣味，这样，以休闲娱乐为目的的大众艺术开始大量出现，一种大众娱乐的审美范式在中国大行其道。同时，由于海禁大开，西方光怪陆离的世界开始为中国民众所接触，西方各种传奇故事小说大量通过翻译介绍进入中国，1840年到1919年，翻译的西方小说多达2545种，仅1898年至1919年的20年间，翻译小说就达2525种，这些域外小说的刺激也培养了一种大众娱乐的审美趣味。晚清帝国大厦将倾，人心浮动，西方花花世界又登陆古老的神州大地，一个嘉年华式的放纵或沉沦的狂欢表演正式登场。而且，中国民族资本主义经济的发展，现代教育的初步觉醒，也培养了一大批城市市民阶层的大众审美趣味。这些使得审美娱乐范式在中国兴盛起来了。

中国的审美世界出现了一大批职业性的专门炮制"无关风化"的消闲作品的创作家。以范烟桥、包天笑、江红蕉、张恨水、向恺然、程小青、赵眠云等为代表的"通俗"文学的审美娱乐范式前后相续，绵延不绝。大量的奇情小说、孽情小说、哀情小说、怨情小说、侠邪小说、武侠小说、黑幕小说、侦探小说、科幻奇谈等，形成了这一时期蔚为壮观的审美娱乐风潮，这些作品在形形色色、三教九流的市井生活的展示中，揭示人情世故、制造迷幻玄奇、披露黑幕真相等，以满足一般市民搜美猎奇的视听愉悦为目的，把文学作为市场性的消费品，茶余饭后的谈资，追求感官的刺激享受，从韩邦庆的《海上花列传》、孙家振的《海上繁华梦》、张春帆的《九尾龟》到天虚我生的《泪珠缘》、张恨水的《金粉世家》和《啼笑因缘》，从徐枕亚的《玉梨魂》、张资平的三角恋爱、刘云若的《红杏出墙记》到王小逸的《石榴红》、张爱玲的《半生缘》、秦瘦鸥的《秋海棠》，从向恺然的《江湖奇侠传》到还珠楼主的《蜀山剑侠传》、王度庐的《卧虎藏龙》等，无不表现出强烈的感官主义追求。这种以消闲娱乐为目的的文学作品在当时的审美世界里占据相当大的比重，甚至成了一个时期的文学主流。梁启超在《告小说家》中就指出，晚清民国以来的小说"其什九则诲盗与诲淫而已，或则尖酸轻薄毫无取义之游戏文也"，梁启超从启蒙主义的审美工具论出发，批评当时的文艺世界没有承担起道德教化与社会启蒙的任务，但从这个"什九"都是"游戏文"的判断中，我们可以看出艺术世界中以娱乐消闲为宗旨的作品绝不是少数，而是文坛艺苑的"大块头"。陈平原曾说："以娱乐为目的的小说比以教诲为目的或以审美为目的的小说销路好，这大概古今中外绝少例外。只是正常的情况下，这类小说在整个文坛不占主导地位。而民初小说之所以备受责难，就在于这种俗化的倾向成了小说界的主潮。"当时很多消闲报刊如《游戏新报》《消闲月刊》《游戏世界》《及时行乐报》《娱闲日报》《红杂志》《红玫瑰》《礼拜六》《半月》《星期》《紫罗兰》等，单从名字上就能看出其娱乐消闲的取向。有些杂志都是"畅销"杂志，如《半月》甚至被推为杂志界的"霸王"，受众面极广，影响极大。北大中文系集体编著的文学史讲到鸳鸯蝴蝶派和黑幕小说时，批判这些作品"一以兴味为主"，使人得种种消遣法，指出鸳鸯蝴蝶派当时势力之大，"几乎控制了整个文坛"。不管这种批判本身是对还是错，但从"控制了文坛"来看，审美娱乐确实是中国审美现代之路上的一种相当的大范式性力量，我们绝不能自欺欺人地在文学史中不给这种娱乐主义以"篇幅"。

1913 年，王钝根主编《游戏杂志》时说："中国无游戏杂志。有之自本杂志始。本杂志将来，能于中国杂志界占一位置否？未敢自必然要之为文人别开生面之作，受一般社会之欢迎，可断言也。故作者以游戏之手段，作此杂志，读者亦宜以游戏之眼光，读此杂志。"以游戏手段创作，以游戏眼光欣赏，获取审美愉悦，成了中国审美世界里审美娱乐主义的一种理论自觉。王钝根在《礼拜六》出版之时，就似乎戏谑地说买笑耗金钱，觅醉碍卫生，不若读小说之省俭而安乐也。以诙谐之笔，写游戏之文，得精神的轻松愉悦，这逐渐成为文艺世界里一种不可忽视的声音。虽然这些"游戏文"总是标榜并非专为游戏，如《眉语》杂志 1914 年 1 卷 1 期创刊号《眉语宣言》就说："虽曰游戏文章、荒唐演述，然谲谏微讽，潜移默化于消闲之余，亦未始无感化之功也。"但正如陈平原所说，这些实际上"都是犹抱琵琶半遮面的官样文章，不得不说，可说了等于白说。既然立意消闲，即使硬贴上教诲的词句也无济于事"。这些贴上去的"曲终奏雅"式的"劝百讽一"掩盖不了他们娱乐主义的追求，有时甚至欲盖弥彰。总之，赤裸裸的游戏娱乐追求或者在所谓"教化"的外衣掩盖之下，审美世界里的娱乐消费主义已经不可阻挡地成了一股强大的审美范式。轰轰烈烈的审美娱乐之风把艺术从少数人的特权享受推向大众日常生活，这使艺术走下神坛，变得世俗化了，这也是艺术现代性的重要标志。

四、审美批判范式

随着社会现代性的发展，现代科技带来的"机械化""物化""异化"等"现代病"逐步暴露，审美的诗意栖居被挤压，审美开始了对现代的反抗与批判，这是审美现代性的重要内涵。随着中国现代性的初步发展，现代的审美批判范式也逐渐展开。

中国的现代性进程是伴随着西方列强对中国的侵略而开始的，对"现代"的批判最早表现为对外国"洋人"的不满，比如义和团"最恶洋货，如洋灯，洋瓷盆，见即怒不可遏，必毁而后快。闲游市中，见有售洋货者，或紧衣窄袖者，或物仿洋式，或上有洋字者，皆毁物杀人"。而实际上现代性的实质是科学技术，于是对科学技术的批判也开始了。王国维1904年发表的《脱尔斯泰伯爵之近世科学评》指出近世以为"一切精神的欲求，但以科学的知识应之，足矣"，以为凭近百年间科学进步之速率，"宇宙间一切疑问必能解决"，"人生一切福祉可望满足"，王国维直斥这种思想是"真呓语耳"，是"迷信"，表现出对"科学万能"思想的批判。在1904年写的《教育偶感四则》中，王国维认为当前输入中国的是西方的物质文明，这不是当务之急，在他看来："夫物质的文明，取诸他国，不数十年而具矣，独至精神上之趣味，非千百年之培养，与一二天才之出，不及此。"物质上之利益，一时的也；精神上之利益，永久的也，精神比物质当然更重要。所以，他认为生百政治家，不如生一大文学家。因为政治家给予国民物质上的利益，而文学家给予的是精神上的利益。鲁迅1908年发表于《河南》杂志的《科学史教篇》也指出如果"使举世惟知识之崇，人生必大归于枯寂，如是既久，则美上之感情漓，明敏之思想失，所谓科学，亦同趣于无有矣"。

在"五四"全力吁求"赛先生"之时，同样存在着梁启超对科学主义的批判。梁启超要人们更加注重内在精神的"安身立命"而不是外在的物质技术。正是在这种思潮之下，随后的学衡派才要求在"融化新知"的同时，也要"昌明国粹",把西方的"新知"与中国固有的精神文明结合起来,而不可只偏于西方式的科学文明,所以,吴宓说:"唯一两全调和之法,即于旧学说另下新理解,以期有裨实是。"随后丁文江、张君劢"科玄论战",辩论科学能否解决人生观问题,继之而起声势浩大的新儒家,也不太相信西方式的科学技术能解决中国的问题,强烈希望"返本开新",在中国既有的传统文化中寻求重新昌盛发达的基因。因此,在中国,即使现代的物质文明、科学技术还不是很发达,但对于现代性本身的反思与批判却一直是思想界一个前后相续的话题。

文学中对现代性的批判表现为对现代化大都市的批判,对乡村诗意的向往。现代的大都市,在作家笔下是罪恶的渊薮、堕落的代名词,没有"被现代"的乡村反倒成了道德的楷模、田园牧歌的理想"宜居"之地,这种城乡对立的模式是中国审美现代性批判的基本路径。1924年,包天笑在其《上海春秋·赘言》中就诅咒都市说:"都市者,文明之渊而罪恶之薮也。觇一国之文化者,必于都市。而种种穷奇饕杌,变换魍魉之事,亦惟潜伏横行于都市。"到了现代派的穆时英,在《上海狐步舞》中开篇即宣布:"上海,造在地狱上面的天堂!"穆时英描绘的现代都市人的生活似乎只有交叉混乱的情欲,道德沦丧、肉体糜烂和精神灵魂的孤独寂寞,一片污浊的景象。刘呐鸥《都市风景线》中描绘的现代城市的风景是影戏院、赛马场、舞会、酒馆、霓虹灯、火车等,这些声色犬马吞噬了人的理性,纸醉金迷搅动了人的情欲,人们在盲目的欲望牵引下奔突、迷失。施蛰存《渔人何长庆》要表现的就是大都会的畸形文化把天真的少女菊贞变为娼妓,而乡村人民纯朴的伦理观念又把娼妓变成了贤惠的女人。他的《魔道》描写的是"我"被都市生活压迫到心悸不安,临近精神分裂的边缘,跑到内地乡镇度周末,现代都市成了一个让人崩溃的恶魔了。沈从文认为都市中所流行的,只是为小小的利益而出的造谣中伤,或者为稍大利益而出的暗杀诱捕,城里人的恋爱则只是一群阉鸡似的男子,各处扮演着丑角喜剧。现代城市人的生活多么可怜不幸,而造成这种不幸的根源就是"现代"本身,他说:"城市中人生活太匆忙,太杂乱,耳朵眼睛接触声音光色过分疲劳,加之多睡眠不足,营养不足,虽俨然事事神经异常锐敏,其实除了色欲意识和个人得失以外,别的感觉官能都有点儿麻木不仁。这并非你们的过失,只是你们的不幸,造成你们不幸的是这一个现代社会。"因此,沈从文一再声明自己不是城里人,而是一个"乡下人"。受沈从文影响的老向也自豪地宣布:"我是天生的乡下人,仿佛连灵魂都包一层黄土泥，任凭怎样洗，再也不会洗去根儿。"这里之所以一定要与"城里人"区别开来，以是一个"乡下人"而骄傲，是因为"乡下人"比"城里人"更高尚。这里面的逻辑是：现代等于现代城市，而现代城市意味着堕落，现代的乡村则是淳朴人性与自由生活的象征，所以"乡下人"比"城里人"更好。

因此，不现代的"乡下"变成了一个与城市邪恶相对照的诗情画意的"世外桃源"一样的圣地，成了人们理想的寄托之所在。沈从文的《山鬼》《龙朱》《贵生》《边城》《如蕤》等，都试图在乡村发掘未经"文明社会"污染的"人生形式"。像龙朱这样的人，美丽强壮如狮子，温和谦顺如小羊，是人中模型，是力，是光，是完美的化身。像《边城》中的翠翠、老船夫以及那里的一切，无不是纯洁美丽的化身，那里人情美、人性美、山水美，是一个美的天堂，甚至乡村蛮人的杀戮也被描画得不同凡响。乡村成了一个人们批判现代都市、逃避现代喧嚣而想象出来的乌托邦。在废名的那些作品中，无论是《竹林的故事》中老程的家、《菱荡》中的陶家村，还是《桥》中的史家庄，都是修竹绿水，四野皆碧，春意盎然，诗情画意，田园牧歌，菜园茅舍，湖光山色点染着纯朴优雅的民风民俗、纯正的人情人性，这种乡村牧歌理想在与城市的对比中显示出人们对现代的失望与批判。这一直到孙犁的"荷花淀"、刘绍棠的"青枝绿叶"、汪曾祺的"大淖"，这种诗意"乡土"模式可以说是同一种现代批判范式。

五、审美范式的各自命运

在中国的这四大范式中，审美非功利、娱乐和批判范式长期以来并没有受到我们重视，它们一直是受攻击的对象。当年《文学旬刊》改为《文学》时发表的《本刊改革宣言》就认为以文学为消遣品，是用"卑劣的思想"来"侮辱"文艺，所以，文学研究会要认他们为敌，要努力把消遣的文艺"扫出"文艺界以外，将文艺的功能单一化。胡适说那些消闲作品"只可抹桌子"，郭沫若在《致郑西谛先生信》中，对那些审美娱乐主义的作品毫不客气地高喊："那些流氓派的文人不攻倒，不说可以夺新文学的朱，更还可以乱旧文学的雅。攻击哟！攻击哟！用着二十四门的大炮去攻击哟！"似乎必欲将其他文学试验置之死地而后生。而为艺术而艺术的审美非功利范式也受到各个方面的围攻，甚至被骂为"丧家的资本家的乏走狗"，想要躲进象牙塔而不得。当年曾经极力提倡"为艺术而艺术"的创造社却在短短几年后就最先喊出了"革命文学"的口号，要求文学成为"阶级解放的武器"，甚至置"文学性"于不顾，把文学变成简单的传声筒和工具也在所不惜，除对徐志摩、梁实秋等艺术派展开"围剿"以外，甚至认为鲁迅也还不够革命。社会革命的急迫性使得审美工具主义范式愈加膨胀。

中华人民共和国成立后的近30年里，由于特殊的形势背景，强调"文艺思想斗争""思想改造""干预生活"，要作家写"正面人物"，坚持"三突出"，文艺和阶级斗争紧密联系在一起，审美世界几乎只存在工具主义的范式，其他三种范式几乎消失了。那些言情的、鸳鸯蝴蝶的、武侠的、黑幕的等通俗大众文艺被认为"文学价值"不高，是"低级趣味"，甚至说它们是"排泄物"。而那些现代主义的"新感觉"又是颓废的，不能进入文学研究的殿堂，甚至称它们为"逆流""流氓"，审美工具主义一时间成了中国审美世界的第一范式。即使到了现在，审美娱乐、批判范式在众多学者谈论中国的审美现代性之时仍然将它们排除在外，难怪有的海外学者会认为它们是"被压抑的现代性"。但是随着改革开放的深入进行，中国社会主义市场经济的深入发展，审美非功利、审美娱乐和审美批判范式又不以人的意志为转移地各自开始复兴起来。

实际上，审美非功利、娱乐和批判范式，在中国现代文学艺术的实践领域曾经一直是一个活跃的范式，与审美工具主义范式分庭抗礼，是不可小视的力量，这是中国审美走向现代艺术观念多元化的重要标志。那么，问题的关键就是中国的审美非功利、娱乐与批判范式为什么会一直被攻击、会在很长一段时间内一直处于沉寂状态呢？政治革命进程的特殊性固然是一个重要原因，但是也不能简单地只用政治压迫来概括，这里也有社会现代性所带来的深刻的必然性。由于中国社会的现代性进程与西方不尽相同，在西方审美现代性中充分发展的审美非功利、批判与娱乐范式，在中国由于与社会现代性之间存在着深刻的内在矛盾，所以其发展比较曲折。西方16世纪以来，社会现代化经过几百年的充分发展，变成了高度机械化、商品化的社会，"机械复制时代"来临，审美与日常生活之间相互渗透加剧，审美的消费主义盛行，形成了审美的娱乐范式。同时，西方社会现代性带来物质的繁荣，但也带来了人的"物化"与"机械化"、社会的"失序"与"失衡"以及诗意栖居的丧失等，兴起了从席勒、尼采到海德格尔、法兰克福学派等审美批判范式。科学技术的发达也使得学科知识体系的分化越来越细密，这也是审美非功利的必要条件。但中国在1840年以前一直处于闭关锁国的小农经济状态之中，其后深受帝国主义的侵略，在发展自己的现代化事业同时必须抵抗外来侵略，工业化、现代化的程度一直很低，远没有达到商品丰富、物质繁荣、技术先进的现代化，还谈不上机械的"异化"、商品的"物化"，有的只是觉得"物"得不够、"机械化"得不够、"理性"得不够、"知识"得不够。这时候以反"异化"为大背景的审美批判就难以获得普遍的共鸣。同时，中国的乡村"边城"并不就是一个反现代的天堂，而是一个贫病交加的落后之地，要不然沈从文为什么要逃离边城到大城市去呢？沈从文的《丈夫》写"老七"最后与丈夫一起"归乡"了，看上去是乡村的纯朴战胜了"城市"的邪恶，但我们也不妨学着鲁迅问一句"老七回去了以后又怎样呢"？乡村是淳朴，也是落后；是率真，也是野蛮。乡村并不就是城市文明的避难所，并不就是疗治现代文明伤痛的良方。所以，以乡村来对城市进行现代批判本身就是一种悖论。同样，在社会现代性低下、物质总体贫乏的时代，在大多数人的首要任务还是为生存消费而挣扎的时候，审美娱乐的消费自然显得有些先天不足，成了一种难以为继的"透支"。而科学知识体系总体不发达，社会现代性程度低下，这也使得审美非功利的独立主义内在动力显得不足。

西方在批判启蒙，反思理性与科学的时候，我们却在全力宣扬理性与科学，把拯救中国的希望都寄托在了科学与理性上，陈独秀《敬告青年》说："举凡一事之兴，一物之细，罔不诉之科学法规，以定得失从违，其效将使人间思想云为一尊理性。"西方式的理性文明成为当时新文化运动主将救国的绝对理想。由于文明进程的这一差异，西方的审美现代性主要在于批判"启蒙"的结果，批判过度现代化带来的后果，而中国的审美现代性则主要还是呼唤建立启蒙和现代化。在这种时代洪流之下，任何人想要置身于时代进程之外，成为所谓"自由人""第三种人"，也会是一种矛盾和艰难的处境，审美独立的分化也显得底气不足。因此，中国的审美批判、娱乐与非功利，虽然都已经形成了一种范式性的力量，充分展示了审美现代性的多面性，但是由于与社会现代性并不完全同步，所以，在我们以社会现代性为第一要务的时候，它们自然就会被"遮蔽"。而当社会现代性发展到一定程度，我们的价值谱系更加丰富，审美对于社会的工具主义关系就显得不那么紧迫，作为高度社会现代性产物的消费娱乐、反思批判的思想范式就会凸现出来，这也是为什么当前我们的审美娱乐与批判主义范式会越来越强烈的原因。

第三节 大众艺术的正名与中国审美现代性

一、大众艺术在中国

"大众艺术"在中国是一个"熟悉的陌生人"。大众艺术在古代常用"俗"这个词来表示。"阳春白雪""下里巴人"的故事告诉我们雅者自雅,俗者自俗。虽然"雅"最早据说只是表明地域位置的一个词,但由于"雅者正也","雅"是朝廷"中央"那里发出来的声音,那些接受"雅"的人就似乎高人一等,而那些接受"俗"的人似乎就"不正"了,这就有了价值评判的意味——"俗"了,似乎就没有多少价值了,这样,当我们现在用"俗文艺"来代表"大众文艺"的时候,本来只是一种表明不同价值取向的文艺类别,但"俗"在中国语境中似乎总是和"低俗""庸俗""卑俗"等连在一起,所以,谁也不愿意说自己是"俗"的,人们总是想跻身"雅"的行列,古代"雅""俗"区分带有明显的对大众"愚首"的歧视和偏见,带有明显的统治者的自我优越感在内。

而近代中国比较集中的大众艺术的讨论共出现过三次。第一次是在20世纪20年代末30年代初,第二次是在20世纪30年代末40年代初,第三次是自20世纪80年代中后期开始直至现在。1928年,人们提出"既不能脱离大众,又不做大众的尾巴",从此"大众化"开始成为一种理论热点。"左联"成立后,积极倡导文学的大众化,因此大众文学又一次成为人们讨论的热门话题。30年代末,由于抗战中断的大众文学讨论又再次兴起。《在延安文艺座谈会上的讲话》提出大众化就是在感情上与人民群众打成一片,使得在解放区的大众文学理论和实践都蓬勃发展起来。80年代中后期以来,中国的大众文学兴起,使得人们又不得不再次热烈地讨论起大众文艺来。

但是,第一、二次的讨论都集中在怎样使文学成为更多的老百姓所懂的"大众化"这个问题上,集中讨论的是文学怎样通过"旧瓶装新酒",利用各种旧形式、民间形式、民族形式来创作文学作品,使其通俗易懂,为广大人民群众所喜闻乐见。大众文艺实际上就是使文艺通俗的意思,郭沫若说"通俗到不成文艺都可以",瞿秋白认为主要是推行"最浅近的普通话",茅盾强调用"水浒,那样的适合中国老百姓阅读的方式来创作就是大众文学",鲁迅则强调不能"迎合大众,媚悦大众"。毛泽东同志强调在感情上"和人民大众打成一片",要"普及""提高"相结合,要为工农兵服务,就是"大众化"。这种大众文艺的讨论都带有强烈的政治革命色彩,主要是想对劳苦大众进行"启蒙"教育,使之觉醒并走上革命的道路。"大众文艺"在此还主要是从一种"工具论"的视角出发的。而到了90年代,人们关于大众文艺的论争则主要集中在大众文艺究竟是"雅"的还是"俗"的标准上,以及新形势下"道德滑坡"、雅俗界限模糊等问题上。而关于大众艺术本质的理论建构,我们一直比较缺乏。相比之下,西方关于大众艺术的讨论就显得更深入和多元,为我们全方位地认识大众艺术提供了多种参考的思路,如果我们不能真正认识大众通俗娱乐艺术的现代性,就不能真正认识审美现代性。下面,我们试图以西方的四种大众艺术理论来解读金庸作为大众艺术的多重价值维度,以期为我们重新评价审美娱乐范式的现代价值提供一些参考。

二、金庸作为大众艺术论

金庸,无疑是中国当代大众艺术中最热门的话题。关于金庸的研究现在还主要集中在金庸与民族文化、儒释道、民间文化等的关系;金庸小说人物形象的分析;小说人物理想人格的分析;小说情节叙述模式、武侠小说文类命运的分析;艺术成就、审美特征的分析等各个方面。而作为"大众艺术"还是主要集中在金庸是"经典"还是"非经典"的地位争论。从郑振铎到何满子,对于武侠小说作为一个"文类"的价值,持否定的态度。而以严家炎教授为代表的另一部分学者认为金庸是文学界"一场静悄悄的革命",他超越了文学上的雅俗对立,是雅俗共赏的典范。王一川教授将其列为"20世纪十大作家",给予金庸文学经典的"名分",结果引起轩然大波。但这些都还是只集中在"雅俗"这个范畴之内,而金庸作为大众艺术,却有多种不同的价值维度有待探讨。

(一)大众艺术是直接消费而不是再创造

美国理论家格林伯格(Clement Greenberg)在《前卫与通俗艺术》里指

出，大众艺术是新大众社会的产物。在工业化过程中，大量移民涌入城市，形成新的城市居民，这些新的城市居民要求社会提供给他们适合他们消费的文化。"精英文化"在这种环境下就不行了。为了适应这个新市场的需要，一个新的艺术形式被创制出来了，这就是通俗艺术。"这样为了适应那些对天才艺术不敏感而又饥渴于某种文化的人的需要就产生了通俗艺术，它是真正艺术拙劣的代替品。"格林伯格认为能够诱使读者积极参与的作品，艺术价值就高，不需要读者参与的仅直接享受的作品，则是艺术性不高的大众艺术。所以，他认为天才的艺术一定是困难的，对读者提出了强烈的挑战，读者不通过自己的努力是不能直接获得享受的，而通俗的大众艺术则不需要读者自己的努力就能够直接享受，它只需要消极的观众，消费的观众。这样，在大众艺术中，人的各种感官心理能力不再能得到训练，而只是被动地消费，因此，在大众艺术中，人的各种器官因"慢性中毒"而退化。

　　这就是说，接受起来比较困难的就是精英艺术，而毫不费力地直接接受就是大众艺术。用接受的"难度系数"来决定艺术的好坏，这一理论本身的漏洞一见便知，比如猩猩在电脑上敲击出来的文字，接受起来的"难度系数"一定非常大，但我们显然不能说这个作品就是高超的艺术品。以此而论，金庸的作品接受起来的确不难，在江湖的快意恩仇中，很容易使人沉醉而忘却现实的繁琐，它是大众艺术的。但金庸的世界绝不仅仅就是这样"简单的快乐"，他又往往和民族的危亡、家国的兴衰、家族的利益、门派群体的冲突、人生理想与现实的对立、个人的空存自由等"宏大叙事"联系在一起。在历经千辛万苦而"九死不悔"的众多生死爱情面前，在杀伐逐鹿的血腥之后而归于大彻大悟面前，在剪不断理还乱的个人恩怨和民族利益、国家利益面前，等等。一个人要想接受金庸这样的庞大世界恐怕也是需要付出一点儿心力的，也是对自我的一个挑战。在金庸精心营构的荡气回肠的正与邪、魔与道、爱情与阴谋、善良与邪恶、卑鄙与崇高、英雄与小人、真诚与伪善、残忍与仁义、奸险与正直、背叛与忠贞、贫穷与富有等的重重冲突中，恐怕会让我们觉得这是一个"丰富的痛苦"的世界，让我们觉得"生命不能承受之重"，也禁不住要感叹"卑鄙是卑鄙者的通行证，高尚是高尚者的墓志铭"。

（二）大众艺术是文化工业的产物

　　德国哲学家阿多诺（T.W.Adorno）与德国社会哲学教授霍克海默（M.Horkheimer）关于大众艺术的讨论又从另一个全新的角度把这个问题推

向深入。他们认为现代资本主义社会是一个工具理性的社会，大众艺术就是工具理性的结果。真正艺术的目的是想要反抗工具理性，是去争取独立自主，展示被工业社会"挤掉了的幸福"。而大众艺术甚至连试图反抗社会统治的想法都没有，一点儿也不能揭示社会总体本质，只是一味地与社会相融，消磨人的斗志，用工具理性和利润去掩盖社会的矛盾，大众艺术的制作者是一些技艺高超的工程师，而他们设计的方案经过机器批量生产出来的大众艺术只是无止境的重复，是完全形式化的、商品化的和缺乏想象力的。大众艺术无须人们的想象、创造，那里没有留下任何需要读者自己来做的事情，设计者已经为他们做好了一切，带着欢乐的人们不得不直接接受文化工业制造者提供给他们的东西。现在完全是娱乐工业在教人们做什么、想什么，观众自己已经不会做、不会想了，他们的行为完全是被动机械的行为，没有了自己的想象与创造，完全淹没在大众艺术设计者的幻觉里，丧失了自我。大众艺术是人自由、解放的障碍。

这种理论认为，大众艺术不能深刻地揭示社会的矛盾、斗争，不是与社会对立的，不去反抗社会的统治，而是以廉价的欢乐唱赞歌，麻痹人的洞察力，与社会"融合"，从而丧失了艺术的批判精神和艺术的"醒世"精神。这似乎也有一些偏见。大众艺术并不就意味着肤浅，且不说简单世俗生活的柴米油盐里蕴含着朴素的人生在世的真谛，很多大众艺术在苏联文艺理论家巴赫金所说的"狂欢"式的"不严肃"中也揭示了人情、人性、社会的深刻矛盾。但金庸的武侠世界总是在这种看上去似乎远离社会的热闹"烟幕"下和家国情怀、民族大义、朋友义气、真假善恶的人性紧密联系在一起，深刻地反映了当时的社会历史状况、社会心态。比如《射雕英雄传》《神雕侠侣》《天龙八部》《碧血剑》《鹿鼎记》等。金庸的江湖常常放在社会历史转折点、时代变幻莫测的非常时期，放在瞬息万变、风云际会的社会大背景下，放在中国传统的民族文化、民间文化的大背景下，不仅成就了金庸武学大宝库的地位，而且是"中国传统文化的集腋成裘"。而作品人物的个人命运也放在复杂的各种关系中来处理，比如《笑傲江湖》中的令狐冲、《神雕侠侣》中的杨过等形象，要面对的人际关系之复杂，实在超出一般"大众"，把大众要面对的爱与恨、正义与邪恶、友谊与欺骗、掠夺与复仇、个人与群体、民族与国家等各种矛盾都"典型化"地集中在了一个人身上，"密集"的矛盾冲突关系甚至让人窒息。这使得金庸的作品具有很强的社会历史性，深刻地揭示了社会、人生的矛盾和斗争，反映了人民的心态、人性的种种层面，金庸的武侠江湖就是现实人生的"江湖",金庸的小说绝不仅仅是消遣娱乐,而是"寓教于乐"。说金庸的大众艺术不能揭示社会的矛盾斗争,是纯粹的幻想和廉价的痴梦,是牵强附会的。

(三)大众艺术是历史的必然产物

大众艺术是和社会生产力发展相适应的产物,是进步的,是社会生产力的释放,是人类的解放。生产传播技术的现代化是大众艺术的前提,大众艺术也因此是新生产力的见证,是社会进步的表现,它改变了艺术"贵族化"的历史。"金庸神话"的出现正是现代传播技术的产物。金庸作品最开始就是以连载的形式在报纸上传播的,这种大众传播媒介使金庸作品迅速深入人心。而现代出版技术又使金庸作品瞬间几十、几百万册地在全世界"同步"销售,而网络的出现又使金庸更快地融入"全球化"的进程中,使人们不必跋山涉水去历经九九八十一难才获取"金庸真经",而是足不出户就可以坐拥"全部金庸",这才能真正出现在全世界有华人的地方就有金庸这样的盛况。能够被如此多的大众"零距离"的接触,现代传播技术的发展是其中一个最重要的原因。金庸从这个意义上说也是"时代的盛宴",他借助于现代生产力,使如此多的华语阅读者聚集在一个目标周围,有如此一致的兴趣和方向,这对于凝聚某种民族的、文化的认同感是功不可没的。同时,金庸能够使如此多的人身在其中,津津乐道,如痴如醉,为建立起一个自己的"江湖",自己的"第二世界",自己的"话语体系"而乐此不疲,他确实也给了如此多大众一种新的自由与解放。

(四)大众艺术是商品

美国的理论家麦克唐纳(Dwight Macdonald)在他的《大众文化理论》里则着重阐明了大众文化的商品性特征。他认为大众文化、大众艺术"最明显的特征就是它是直接为了大量的观众、读者的消费的目的而生产的",它是毫无个性可言的商品,它的主要目的就是尽可能多地获取商品的利润。他认为民间艺术是从下面生长起来的,它是人民情感的自然迸发。而大众艺术是通过策划从上面形成的,由商人雇佣的技术人员捏造而形成的,它的观众是消极的消费者,他们的参与限制在买与不买之间。高雅艺术是艺术家个性的表达,而大众艺术的表达没什么个性,比如好莱坞的电影作品就是雇佣无特点的技术人员的群体制作，毫无个性可言。大众艺术迎合的是尽可能多的观众的口味，要男女老少、黑人白人都能接受，表达最大众的趣味和感情，所以，大众艺术就不得不迎合人们一般的一种共通的生活趣味，这样大众艺术往往把审美风尚引向低下的层次。

商品性追求成为大众艺术备受责难的一个理由。这里有一个误区就是以为怀着"商业利润"的心态去创作就必然没有好作品，这种将艺术的非功利性绝对化的做法，只是艺术"高蹈派"为艺术而艺术的一家之言。殊不知，为了获取更大的"利润"，人们反而会更有力地改进生产，从而促进生产力的发展，"商业利润"是社会前进的动力，而艺术也是一种生产，穷困潦倒，没有"利润"固然能产生艺术品，但并不否定大地主托尔斯泰、魏玛高官歌德也可以创作出伟大作品。

由于中国长期以来是一个小农经济的社会，再加上"学而优则仕"的文化传统，孔子说"小人喻于利，君子喻于义"，所以有名士口不言钱，只称"阿堵物"，我们似乎更羞于承认自己的商业动机，以为这样一来就不高雅了。把艺术说成是商品更无疑就是对该作品的否定了，似乎商品就等于无价值。这其实是一个误解。有人就有交换，有交换就有商品，人离开商品就无法生活，商品自然是有价值的。艺术品创作出来自然是要和读者交换的，这种"功利性"和艺术性之间并没有绝对的对立，相反，商品性的大小某种程度上也是衡量作品价值大小的一个标准。马克思就是从生产—消费的环节来考察艺术的。而像《红楼梦》这样的"经典"也是"发行量"可观的商品。没人买的作品可能是所谓"高雅艺术"，但不能说明大家都买的就不是高雅艺术了。所以，我们不怕被贴上所谓"商品"的标签，像《百年孤独》这样的作品一出来就是发行上千万册的"畅销书"，难道说它就不是艺术了吗？我们可以大胆地承认金庸的武侠小说某种程度上无疑是商品，金庸当时同时开写几部小说在报纸上同步连载，就是为了招揽顾客。而小说的故事曲折离奇、悬念迭生、人情世态、光怪陆离、复仇寻宝等大众喜闻乐见的内容，而且似曾相识的寻找"真经"、夺取"卞藏"或者"盟主"等可以复制的模式化；一男几女、一女几男的爱情竞争模式，英雄的忠肝义胆、惩恶扬善、古道热肠；小人的阴谋诡计、奸诈邪恶，因果的报应轮回等，某种程度就是为了迎合大众口味，确实有一定的商品性。金庸作品是商品，这是其作为大众艺术的一个特征，对于这一点，不必躲躲藏藏、闪烁其词，因为承认这一点并不影响他的价值。

从以上的分析我们发现，人们对于通俗娱乐的审美范式的种种攻击，实际上很多时候只是一种历史的偏见心理,不一定经得起理论上的严格推敲。只有我们真正改变了对于大众通俗艺术娱乐性质的轻视,改变了对大众艺术的看法,我们的审美现代性才能真正深入发展。什么时候大众艺术堂而皇之地"进入历史"被严肃地书写,中国的审美现代性应该说是进入了一个新的层次了。

第四节　文学论争与中国审美现代性

一、"革命文学"的论争

　　文学与政治革命从来都有着"剪不断、理还乱"的千丝万缕的联系。古代中国"立德、立功、立言"是"三不朽"的事业。文章,也被看作"不朽之盛事,经国之大业",历来是"载道之器"。西方从柏拉图以来,文学的政治、道德教化功能也被人们普遍认同。中国由于"五四"革命带来的"文学改良""文学革命",中国文学从内容到形式上都发生了很大的变化,担负起了现代"启蒙"的使命。但是,在此之后思想界关于"中学"还是"西学",古典还是现代,科学还是道德等思想的争论和反复还是很大的。同时,中国社会现实革命的形势也相当严峻,阶级斗争和阶级矛盾相当突出,内忧外患,中国社会到了一个转折期。文学思想启蒙、个人表现与艺术独立的角色开始发生转变,文学渴望直接"介入"社会革命的进程,功利思想开始膨胀起来,一场关于"革命文学"的论争在中国声势浩大地展开起来。正如中国无产阶级革命文学的先驱蒋光慈在《关于革命文学》一文中所描绘的:"时至今日,所谓革命文学的声浪日渐高涨起来了。革命文学成了一个时髦的名词,不但一般急激的文学青年,口口声声地呼喊革命文学,就是一般的旧式作家,无论在思想方面,他们是不是革命的同情者,也没有一个敢起来公然反对,可见革命文学曾经是中国20年代末以来很长一段时间内的一个主要文学范畴。"

　　"革命文学"首先是从对所谓"趣味文学"的攻击开始的。"五四"以后,梁启超等人大力提倡"趣味""情感主义",强调文学的非功利性。创造社很长一段时间也以"为艺术而艺术"的"纯审美"相标榜。但是,到了1927年左右,创造社对于自己的"唯美主义"展开了自我清算,抛弃了文学非功利的主张,大力倡导文学的社会工具作用。郭沫若认为艺术与革命不是互相冲突的,是时以"兼容"的。他说:"我们是革命家,同时也是艺术家。我们要做自己艺术的殉教者,同时也正是人类社会的改造者。"这已经改变了创造社时期单纯把艺术作为自我情感抒发的浪漫诗学,向着"革命文学"过渡了。成仿吾则在《完成我们的文学革命》中大力批判"趣味"的审美取向,认为趣味主义的文学是一条堕落的绝路。成仿吾批评文学讲求趣味是少数"资产阶级"的趣味观,开始强调以阶级的观点来归类各种文学主张。他强调这种以趣味为中心的生活基调,它所暗示着的是一种在小天地中自己骗自己的知足,它所矜持着的是闲暇,闲暇,第三个闲暇。所以凡所谓趣味都是这样的东西,对于我们大多数人来说,它是路旁的一个"迷魂阵"。

在此形势下,成仿吾发表了他那篇著名的《从文学革命到革命文学》,认为现在已经进入到了"革命文学"时期,要求文学努力获得阶级意识,要接近农工大众,要以农工大众为文学的对象。在随后的《全部的批判之必要》一文中,成仿吾提出:"文艺决不能与社会的关系分离,也决不应止于是社会生活的反映,它应该积极地成为变革社会的手段。为文艺的文艺是布尔乔亚的麻醉药,在十字街头竖起象牙之塔的人是有产者社会的走狗。"文学应该积极地成为社会变革的手段,脱离"为文艺的文艺"这个布尔乔亚的"麻醉药",这种直接的工具目的是革命文学的首要目标。为此,他们要求文艺不要沉浸在个人自我表现之中,放弃个性的追求而表达集体的意愿。总之,文艺只是煽动之中的一种。创造社代表李初梨在《怎样地建设革命文学》中也指出,文学与其说它是自我的表现,毋宁说它是生活意志的要求;与其说它是社会生活的表现,毋宁说它是反映阶级的实践的意欲。所以,李初梨强调:"一切的文学,都是宣传。普遍地,而且不可逃避地是宣传;有时无意识地,然而常时故意地是宣传。"在李初梨看来,文学作品不是什么"血泪"了,而是"机关枪、迫击炮",是一种"武器"了。革命文学的形态就是:第一,讽刺的;第二,暴露的;第三,鼓动的;第四,教导的,这里面没有个人的风花雪月。他认为革命文学不是谁的主张,也不是谁的独断,而是由历史的内在的发展,无产阶级登上历史舞台,文学必然地要成为无产阶级文学。我们的文学就必然应该为完成它主体阶级的历史的使命,以无产阶级的阶级意识,产生出来的一种斗争的文学。革命文学也就是无产阶级斗争的文学。所以，李初梨强调作家是"为革命而文学"，不是"为文学而革命"，也就是说因为要革命所以才文学，而不是只为要文学才革命。为此，他也强烈批评所谓"趣味文学"，认为趣味文学是以"趣味"为护身符，蒙蔽一切社会罪恶，以"趣味"麻醉青年。

革命文学是描写广大的无产阶级在争取自由解放的斗争中的生活，是描写中国人民反抗外敌入侵、反抗强权压迫的斗争生活的文学，它不是个人主义的情感抒发而是社会的改造之路。这里最重要的是革命和个人成了一组对立的范畴。似乎要革命就不能要个人，要个人就不能要革命，这种必然的二元对立思维方式导致革命文学的口号化、僵化、教条化。赵冷（现代爱国作家，原名王任叔）在《革命文学的我见》中指出，革命文学是被压迫阶级反抗压迫阶级的一种文学作品，是描写被压迫阶级苦痛辗转的情形与反抗阶级的生理机制以及两个阶级间的利害冲突的作品。所以，革命文学即是被压迫阶级的文学，换一句话，即是"反抗文学"，它是理智重于感情、冷酷重于热烈的。正如茅盾在《从牯岭到东京》中总结的：革命文学的主要观点有：（1）反对小资产阶级的闲暇态度，个人主义；（2）集体主义；（3）反抗的精神；（4）技术上又倾向于新写实主义的模样。

强调阶级性、革命性、斗争性、工具性的文学观和那种强调文学自由、文学独立、文学审美自律的观点自然要发生激烈的冲突。

与革命文学进行论争最著名者首推梁实秋。梁实秋在《文学与革命》中认为伟大的文学乃是基于固定的"普遍的人性"，从人心深处流出来的情思才是好的文学，文学忠实的是人性；至于与当时的时代潮流发生怎样的关系，是受时代的影响，还是影响到时代，是与革命理论相合，还是为传统思想所拘束，毫不相干，对于文学的价值不发生关系。梁实秋把人性作为测量文学的唯一的标准，认为"革命文学"这个名词，纵然不必说是革命者的巧立名目，至少在文学上是徒滋纷扰，是没什么意义的一句空话。梁实秋以普遍的人性反对文学的阶级性、革命性，想要保持文学的独立性，他强调文学家不接受任何其他人的命令，除了他自己的内心的命令，文学家没有任何使命，除了他自己内心对于真善美要求的使命。文学没有阶级性，文学是永恒的人性；文学是个性主义的，不是集体主义的；文学是大才的创造，不是大众的留声机；没有专门的"革命"与"不革命"的文学；文学不是专门用来革命的工具，必须具有艺术性，这是梁实秋针对革命文学的主要反对意见。梁实秋坚持的是艺术独立自由、自决的审美理念，反对任何僵化的、工具化的"统一"艺术观,所以,梁实秋认为近来人们所提倡"革命的文学"这个概念,并不是由文学方面来观察的而是从实际的革命中激发的,只有社会的工具作用而没有文学价值。

我们通常都认为"革命文学"把文学当作"机关枪""迫击炮""留声机",把文学过分"工具化""政治化",这些是中国文论消极的"负性"因素,对于中国文学日后过分政治意识形态化带来不健康的影响。除了指出这点之外,我认为最重要的是还不能只停留在这种指责上面,我们还应该把"革命文学"放在中国社会现代性与文论现代性的历程中来考察,中国的社会现代性与西方渐进的现代性历程不同,除了文化的革命,还必须有社会制度、社会政治等彻底的革命,由于这种革命是在西方列强侵略下面临亡国灭种的局面下展开的,所以常常是急促的,疾风暴雨般的。革命的紧迫性、必然性是可以理解的。在中国现代进程中,新的现代产物想要不革命就得是罕有的。中国文论的这些"政治性""革命性"恰好是中国文论现代性的必由之路,是中国文论现代性历程中不可少的一个环节。西方由于社会几十年来渐进的现代化,审美和文论的现代之路常常表现为与社会现代性分离的、追求审美独立的范式。同时,由于社会高度现代化已经上百年,所以西方审美、文艺的世界又常常表现为对现代社会进行批判的范式。而中国由于主要是通过政治革命来进行"突变"式的现代化审美,文论没有一个可以面对的已经现代化了的社会,还没有一个可供审美世界批判的"太现代"的社会,文论世界与社会世界的现代化是同步"突变"式的,文论的现代觉醒主要还在于呼唤现代社会的建立。而中国现代社会的建立必须是反帝反封建的政治革命式的,所以,文论的现代性必然要经过"政治性"的、"革命性"的阶段。中国文论政治性的现代性向度,是我们不可简单否定中国文论政治性、工具性的深层原因。如果从社会现代性的独特性来看,我们也就会明白为什么关于艺术与政治革命的纠缠会特别紧密。

二、科学与人文的论争

晚清以来,中国一直落后挨打,我们对于西方文明强盛的羡慕追踪与对自身传统文明的反思批判前所未有地强烈起来。到了"五四"时期,对传统的批判达到了空前的高度,中国自身文化的缺陷似乎成了落后的总根源,全部文化都成了一个"吃人"的文化,科学成了当时有识之士最相信的拯救中国的希望之所在了。人们急切地要求用科学的方法、科学的思维、科学的精神来检验一切，符合科学的就有生存下去的权利，不符合科学的就必须抛弃。任鸿隽检查了中国2000年来的思想史，检查了所有文人学士、史学家和经典注释者的活动，发现没有一个能被称为培根所说的"自然的解释者"。中国几千年来的思想史都是文章词句的，而不是科学的；同时，中国对新观念的接受和各学派的建立，都是以直觉为基础，而不是以物质事实为基础；中国思想追随主观观察而不是客观分析；注重人事而轻物质，这些造成了中国一直思想僵化，所以必须用科学的思维代替中国自古以来的那种思考方式。在"科玄论战"中丁文江就坚持："我相信不用科学方法所得的结论都不是知识；在知识界内科学方法万能。科学是没有界限的；凡有现象都是科学的材料。凡用科学方法研究的结果，不论材料性质如何，都是科学。"所以，丁文江要求一切领域都必须坚持科学的方法和思维，科学是万能的。陈独秀在反思新文化运动的《新文化运动是什么》一文中指出，科学方法应该运用到一切领域，科学的全面胜利是新文化运动的最大成果，自然科学如此，社会科学也应该如此。

这股激情澎湃的科学主义洪流中，一直有一股思潮对科学保持着警惕，冷眼旁观，对科学并不那么崇拜，并不那么以为然。远者如张之洞等，认为西方那种科学只有物质技术，没有道德人伦。坚持西方只是"用"，还是要以中国自身悠久的传统精神为"体"。近者如王国维、晚期梁启超，都认为科学主义并不能解决一切问题，欧洲式的科学只注重物质，不重精神文明，这种文化正在破产。胡先骕在《说今日教育之危机》中，在承认新文化运动的功绩的同时，提出："新文化至是实有切实之进步，自兹以往，普及教育，发达物质学术，促成民治，建设新文化，前途之希望方且无量。孰知西方文化之危机已挟西方文化而俱来，国性亦将完全渐灭。吾黄胄之前途，方日趋于黑暗乎。"这就是说，如果坚持西方式的科学技术文明，丧失了我们自身的民族精神，我们的前途恐怕也不会光明。在"科玄论战"中，张君劢就坚持科学无论如何发达，而人生观问题之解决，绝非科学所能为力，惟赖诸人类之自身而已。他提出人生观在于主观、直觉、综合、意志自由、单一性，而科学的独特属性就是它的客观性、逻辑方法、分析方法、对因果律的相信，科学中有一最大之原则，曰自然界变化现象之统一性，而人生不是一个客观规律可以概括的，科学是有界限的，不可盲目崇信科学。连美国的文学批评家欧文•白璧德也专门告诫中国不要完全照搬西方的科学技术主义而忘了自己博大精深的传统文化:"若信功利主义过深,则中国所得于西方者,只不过打字机电话汽车等机器,或且因新式机器之精美。中国人亦以此眼光观察西方之文学。治此病之法在勿冒进步之虚名,而忘却固有之文化。"从这些来看,与那种绝对的科学主义相对的另一种注重人文精神的和谐健康的思想范式在中国现代性之初也是一直并存的。

对于中国思想界一直奉为进步、先进观念的"进化论",人们也开始有了反思性的批判了。由于中国的落后,进化论在19世纪末20世纪初传入中国,深深震撼了沉睡的中国,是中国思想界革故鼎新,迈步前进的一个动力。胡适曾经在《四十自述》中这样描述当时的情况:《天演论》出版之后不上几年便风行到全国。在中国屡次战败之后,在庚子辛丑大耻辱之后,这个"优胜劣败,适者生存"的公式确是一种当头棒喝,给了无数人一种绝大的刺激。几年之中,这种思想像野火一样,燃烧着许多少年人的心和血,"天演""物竞""淘汰""天择"等术语都渐渐成了报纸文章的熟语,还有许多人爱用这种名词做自己或儿女的名字。这种情况陈望道先生说中国那个时代简直可以叫作"进化的时代",无论什么都用进化论的观点来解释:"20世纪的后半叶和21世纪的初期,不用多说,简直可以叫作'进化的时代'了。无论什么,总是用进化论去做个根底,从进化论里的'生存竞争''适者生存'几句话出发。"

这种后胜于今、优胜劣汰的思想对于落后中国的奋起抗争自然是思想上的棒喝,但那种直线型的、运用到一切领域的泛进化论的观点也引起一些人的警惕反思,如学衡派创始人梅光迪就清醒地括出:"自天演进化之名滥用之后,而思想之纷乱以起。于是对于一般无进化与天演可言之事物,亦加以进化天演之名。孔子、苏格拉底、释迦、基督诸圣,距今皆以数千载矣,未见后人能进化天演以胜之矣。其言行之精微,似已尽得人生哲学之究竟。后人之思想未见能进化天演以胜之也。文学亦然,唐至清千余年而诗人未有胜于李白杜甫者,自17世纪至于近日,英国诗人未有胜于莎士比亚、弥尔顿者。则不得谓文学之变迁为进化与天演也。"梅光迪在此强调的是文学、哲学、思想等领域并不能用简单的科学进化来解释,文学、思想领域内的事情是更加复杂的,不是一个简单代替另一个的。所以,他认为文学进化至难言也,而吾国人乃"迷信"之,以为西洋近世文学由古典派而变为浪漫派,由浪漫派而变为写实派,今则又由写实派而变为印象、未来、新浪漫诸派,一若后派必优于前派,后派兴而前派即绝迹者,这完全是想当然的"妄言",是用科学式的进化思想来研究文学艺术,是"误用科学"。郑振铎在《研究中国文学的新途径》中也曾经指出,所谓进化者,本不完全是多进化而益上的意思。它乃是把事物的真相显示出来,使人有了时代的正确观念,使人明白每件东西都是时时随了环境之变异而在变异,有时是"进化",有时也许是在"退化"。这股对迷信进化论的批判,显示出人们对科学主义的批判意识、对文学艺术独特性的深入把握,显示出科学与人文思考的不同路径、不同价值追求,显示出一定的独立的人文精神取向。

这股反科学主义的思潮使得提倡科学主义者十分紧张,纷纷出来为科学主义辩护。胡适就说:"今日最没有根据而又最有毒害的妖言是讥贬西洋文明为唯物的,而尊崇东方文明为精神的。"他认为没有一种文明单是精神的,也没有一种文明单是物质的,西洋近代文明绝不轻视人类精神上的要求。相反,西洋近代文明能够满足人类心灵上的要求的程度,甚至远非东洋旧文明所能梦见。胡适认为那些说东方文明是精神的文明,西方文明是物质的文明或唯物的文明的人,是夸大狂的妄人,是捏造出来的谣言,是用来掩盖我们的羞脸的。胡适认为这种对西方科学文明的警惕,是因为近几年来,欧洲大战的影响使一部分人对于近世科学的文化起一种厌倦的反感,这种议论本来只是一时的病态的心理,却正投合东方民族的夸大狂;东方的旧势力就因此增加了不少的气焰。林语堂在《机器与精神》中也强调中国必须先有物质文明:"物质文明并非西洋所独有,有机器文明未必即无精神文明,没有机器文明不是便有精神文明之证,机器就是精神之表现。今日中国,必有物质文明,然后才能讲到精神文明,然后才有余闲及财力来保存国粹。"这些为科学文明的辩护,把这股反科学主义的潮流谓为守旧的"保守主义""谬误",谓为历史的倒退、逆流而对他们进行了猛烈的抨击。宗白华严厉批判了那些中国传统的"文人头脑",以为西方的科学只是物质,没有精神灵魂,远比不上我们的诗歌文学,对于我们没有科学并不觉得难过的思想。

现代化的强国之梦是晚清以来思想界的总命题,人们所思所想都围绕着如何实现中国的"现代"而进行。不同的恐怕主要来自人们对于"现代性"内涵究竟是什么有着不同的理解,对于如何实现"现代性"的途径有着不同的期许。人们的这些不同态度,实际上也主要来自人们对于"现代中国"的不同理解。

梁启超在《五十年中国化概论》中认为,中国思想界在与西方的交流中,认识中国的不足大致有三个阶段:第一期先从器物上感觉到中国的不足,所以李鸿章、张之洞等大办实业，制造坚船利炮；第二期从制度上感觉不足，所以康有为、梁启超直到孙中山等要求实行变法改制，推翻君主专制；第三期是从文化上感觉不足，所以陈独秀、胡适等要求用西方式的科学文化精神来代替中国的旧文化。这种制度的、技术的、物质的直接可见的落后是我们很容易就能够切身感受到的，是我们急于改变的。而西方在这些方面的强大，当时人们普遍认为科学技术是他们强大的根源，所以"科学救国"逐渐成为晚清民国之际最迫切的要求，成为时代最普遍的思潮。这种具有可操作性的、急切改变现状的思想范式，因为中国的积贫积弱、内忧外患而变得席卷一切。

但是，怎样拯救危亡的中国，科学是不是解决中国问题的唯一办法呢？对于这一问题还是有不同的声音的，这种不同导致了人们对于很多事物的不同态度。与物质文明相比，王国维更重视精神的趣味。在物质匮乏、技术落后的中国，在科学热潮中，王国维这种轻视物质技术的思想显得有些不合时宜，他把西学仅仅看作"用"的形而下层面，这有传统道德形而上学的优越感在里面，但这也提醒我们王国维并不把拯救中国的希望完全寄托在有实效的科学物质上，相反，他对于精神灵魂本身的完善相当重视，认为物质丰富本身并不能同步带给灵魂以安宁，而艺术、审美等却可以带给人们灵魂的安宁、情感的慰藉。

梁启超也随着自己认识的深入，而改变了对西学、科学技术的无条件的绝对信服。在《欧游心影录》中，他表达了某种对于科学万能的怀疑，认为欧洲科学破产了，正是"科学破产"思想的升起，使得梁启超在一定程度上改变了直线型"工具主义"的救国之路，更关注人生活的"趣味"、"生活的艺术化"、情感的丰富、精神人格的健全。这些使得梁启超对于科学技术、物质生产、西方"新学"有了一个新的辩证的认识，所以，他把重心转移到了人的精神灵魂上，这导致了他对所谓西方"新学"的新认识，他对那些一味批评中国国民劣根性的做法也表示出了反感，认为那些担心我国国民性劣败而要被淘汰的人，实在是杞人忧天而已，因为国外那些与中国并建的文明古国都消失了，唯中国一直延续到现在，这说明中国国民性里一定有美善的东西。

正是这种态度的转变，反科学思想的萌生，使得梁启超认为人类生活固然离不了理智，但不能说理智包括人类生活的全部内容，此外还有极重要一部分或者可以说是生活的原动力，就是"情感"。他认为："情感表现出来的方向很多，内中最少有两件的的确确带有神秘性的，就是'爱'和'美'。

'科学帝国'的版图和威权，无论扩大到什么程度，这位'爱先生'和那位'美先生'依然永远保持他们那种'上不臣天子，下不友诸侯'的身份。"情感是独立于科学之外的科学、情感各自有自己的独立领域和运行逻辑，不能按照科学规律来决定生活中的一切，这成为晚年梁启超思想的基本路线。梁启超强调信仰是情感的产物，不是理性的产物；信仰是目的，不是手段。梁启超认为，只有情感能变易情感，理性绝对不能变易情感。

强调知、情、意三分的西方现代学术理论，通过限制"科学帝国"的版图，提升情感的地位，应该说这是我们对于社会现代性更全面认识的结果，是一个更深刻的认识，"现代"社会并不是仅仅有科学技术的先进和物质商品的丰富，还必须建设精神和谐的家园。但是，问题的关键是中国的反科学主义是在科学极不发达的情况下展开的，这里就有着深刻的矛盾，西方现代反科学主义、反物质主义、反理性主义是在西方科学极度发达之后、物质文明极度繁荣之后、理性启蒙高度发展之后展开的。而王国维、梁启超等的情感主义思想也奠基于这种反物质主义、反科学主义，但是，晚清民国之际的中国，科学技术还极不发达，物质生产还极度贫乏，大量的国民还是愚昧落后不开化，直到"五四"时期，科学民主、理性还是作为一个"新文化"输入中国的，中国国民衣食温饱还难以满足，再加以外敌入侵，列强瓜分掠夺中国，中国国民的生命动荡不安，朝不保夕。这时候，要来树立超越欲利得失，反对"物化""商品化""机器化"，反对"科学主义"，这恐怕有点儿生不逢时的"堂·吉诃德"的感觉。因为人民还只是感觉"物得不够""科学得不够"而不是太多。正如胡适所说："欧洲科学已到了根深蒂固的地位，不怕玄学鬼来攻击。一到了中国，便不同了。中国此时还不曾享着科学的赐福，更谈不到科学带来的灾难。"因此，晚清民国之际的反科学主义，是直接与国际"接轨"的产物，是一种"现代"的新思想，但对于"现代中国"来说，在当时难以获得普遍的认同，只被冠以"保守主义"。所以，这必须放在中国独特的文明进程中来理解，放在中国独特的社会现代性中来理解。

第五节　现代性是现代中国文学的审美诉求

一、透视中国现代文学现象的认识论

中国文学"现代性"改造的问题曾经是"五四"文学革命的方向和目标。可是"五四"落潮之后，关于文学现代性改造的命题也如同其他社会领域的现代性改造命题一样逐渐淡出了学术界、创作界和文化界。尽管新时期以来，学界率先重新提出了中国文学现代性改造的命题，甚至这个命题在 20 世纪 90 年代一度成为最热门的研究课题，但总的来说，就研究的深度而言，多数都停留在对中国文学由古典向现代转型的时间、地点、代表性作家及其作品的考察论证上，某些论者也能深入文本之中，但所关注的焦点多是对于其中的现代思想内涵和具体创作方法的分析和总结方面。由于很多研究者本人就对现代性问题一知半解，缺乏必要的哲学基础和相关的学科知识储备，这造成了对这个问题的诸多认知混乱，一些人仅仅凭着自己的想象和理解就随意对"现代性"下定义、建概念，把一个严肃的学术问题变成了具有后现代味道的时尚学术闹剧，甚至形成了传统／现代二元对立的逻辑理路。显然，这都是出于对现代性的错误认知和理解。这样的学术研究缺乏起码的科学精神，当然无力洞穿中国文学存在问题的症结。面对诸种莫衷一是甚至有的自相矛盾的观点，那些致力于中国文学现代性改造的当代作家们则更加无所适从。当他们在创作的十字路口需要学界的指引却听到众声喧哗之时，在茫然之后只能按照自己的理解来作出选择，如此一来又怎能避免多走弯路的风险呢？当下的中国文坛依然稀缺有影响的现代中国文学作品，与这个问题迄今仍然悬而未决不无关系。由此看来，在对于中国文学现代性改造的命题上，并不缺乏相关的研究，真正缺乏的是对这个命题作出深刻洞见和严密论证的原创性研究。导致这种状况的原因可能很多，在笔者看来，其中一个重要原因归咎于研究者过于偏执的世界观和方法论。当下的学界最流行的是对文学的所谓大文化或者跨文化研究。何谓"文化研究"或者"文化批评"？就是

来源于当代西方的一些个名目繁多的新文论，如所谓的"女权主义""新殖民主义""新历史主义""新马克思主义""东方主义"等，也有人把以上诸种文论统统划归于"后现代主义批评"这个大概念下。这就是所谓的"文化视野"。很容易看得出，文化视野对于文学的关注无一例外都是向外的，也就是说又重新恢复了盛行于中国大半个世纪的社会历史批评传统。

如果这种新方法能够揭示中国文学发展的所有问题，可以为现代中国文学的复兴开出一剂灵丹妙药，这自然有其流行和全盘推广的价值，然而，我们看到，在这股文化批评浪潮所掀起的巨大声浪退去之后，关于现代中国文学发展中的一些亟待解决的严峻问题依然存在，甚至这些问题被有意搁置了起来。在所有这些严峻问题中，中国文学"现代性"改造的问题更加突出和紧迫。而恰恰在这个问题上，那些运用先进的文化视野透视文学的学者们却偏偏没有奉献出深刻的洞见。

任何一种科学研究都是在一定的认识论和方法论的指导下进行的，正确、犀利而高效的方法对于所研究的问题往往具有事半功倍的作用。正因为如此，学术研究历来都十分重视对研究方法的选择和创新。迄今为止，用于文学批评和文学研究的方法从大的方面说不外乎社会学批评、历史学批评、伦理学批评、形式主义批评、心理学批评和后现代主义批评。前面提到的文化视野就是一种具有浓重后现代主义色彩的社会历史学批评。具体到对20世纪中国文学的研究上，最为盛行的就是社会历史学批评方法，茅盾是现代中国学者中最早运用这种方法从事文学批评活动的人之一，他的文学批评模式对后来者产生了巨大而深远的影响。自中华人民共和国成立后到20世纪80年代中期，这种模式几乎成了学界唯一的文学批评方法。20世纪80年代中期之后，社会学模式逐渐被冷落和抛弃，一种被称作"审美批评"的东西在学界流行起来，在我看来，这其实就是一种形式主义的新批评模式，其关注的重心从社会学的外视角变为面向文本内部的内视角。文化批评是紧跟着审美批评的后面于20世纪90年代后期兴盛起来的。

就对于中国文学现代性问题的研究而言，胡适、陈独秀、周作人、茅盾等人在20世纪20年代前后的确都做出了重要的开创性贡献，他们的观点在今天看来依然闪烁着真理的光辉。但他们对于新文学的关注和提倡基本上都是建立在与旧文学和西方现代文学的比较基础上的，可以说采用的是一种纵横结合的多向路研究方法，而且他们的观点都是前瞻性的、构想性的、探讨性的，很少进入文学实践中的文本层面。这也难怪他们，因为现代中国文学当时还处于襁褓之中，甚至说是在他们的大力鼓吹之后或者伴随着他们的声音而纷纷诞生的。如果再继续用他们的那套理论和方法来考量在他们之后约一个世纪的中国文学创作状况，恐怕也未必奏效了。而当下流行的文化批评在对这个问题的研究中也没有重要的建树，这让我们不得不寻求新的研究视角和研究方法。

二、现代情感观念下的文学审美诉求

20世纪90年代以降，中国现当代文学研究领域兴起了一股声势浩大的所谓"重写文学史"浪潮。在酝酿和推动这股文学思潮的进程中，一批思想活跃的中青年学者先后贡献出了学术分量很重的思想成果，提出了一些开创性的述史理念。其中较有影响的述史理念是谢冕提出的"中国百年文学"理念、黄子平等人提出的"20世纪中国文学"理念和朱德发提出的"现代中国文学"理念。

黄子平、钱理群、陈平原三人于20世纪80年代中期率先提出"20世纪中国文学"理念。"这一文学整体观的思路有很大的开创性，在当时产生了广泛的影响，甚至在一定程度上改变了现、当代中国文学研究的传统思路。"①

谢冕的"中国百年文学"理念是在"20世纪中国文学"理念的启发下提出的，它主要是基于近百年中国文学的浓重社会或政治功利性考量，认为"近代以来接连不断的内忧外患，使中国有良知的诗人、作家都愿以此为自己创作的基点。不论是救亡还是启蒙，文学在中国作家的心目中从来都是'有用'文学，有它沉重的负载。原本要让人轻松和休息的文学，因为这责无旁贷和义无反顾的超常的负担而变得沉重起来。中国百年文学，或者说中国百年文学的主流，便是这种既拒绝游戏又放逐抒情的文学。"②"谢冕的'百年中国文学'的思路，将视野前移至1895年前后；在他看来，发生于1898年的戊戌变法，开启了中国知识分子思考中国变革的先声，它极大地启发了后来者，或者说，那一事件作为重要的思想资源，不断地鼓舞、感召了富有忧患传统的中国知识界。因此，他的'百年中国'，大体指的是1895年至1995年。"③

---

① 旷新年.1928：革命文学[M].济南：山东教育出版社，1998：11.

② 旷新年.1928：革命文学[M].济南：山东教育出版社，1998：4.

③ 旷新年.1928：革命文学[M].济南：山东教育出版社，1998：12.

把中国百年文学的时间上限回溯到具有特定历史含义的年代，这正是与"20世纪中国文学"理念的不同之处。

在笔者看来，一种新的文学史分期观的提出不应仅仅是一件随意性的哗众取宠似的时间位移事件，它必须显现出清晰的学理逻辑，启发性的理论洞见，缜密和开创性的辩证思维以及深厚的知识储备体系。如果按照这一标准来衡量，笔者以为"20世纪中国文学"理念除了给我们一种直观的时间概念之外，似乎显现不出更多的阐释内涵和更大的统摄范围，我们完全可以同理推演出"18世纪中国文学""19世纪中国文学"或"21世纪中国文学"等；相比之下，"中国百年文学"因着特定历史时间的标志而凸显出特定的文学内涵和特定的文学史意义，因此较之前者具有了更大原创性的述史意义。但作为一种崭新的学术理念，其潜在的知识增殖点仍然是十分有限的。因为对于灾难深重的近现代中国来说，可以拿来作为文学史分期标志的历史事件实在太多了，单单从中选取其一即使不是随机性的，也往往难免挂一漏万，这样就为人预留下了太多值得辩论和商榷的空间。正是看到了以上两种述史观的疏漏和不足之处，朱德发先生于21世纪初提出了"现代中国文学"理念。[①] 他极为敏锐地把握住"现代性"这个中西方通用的社会命题、政治命题、历史命题和人文命题，并以此作为考察和研究中国文学的参照系，这样一下子就为历史悠久的中国文学划清了界线：伴随着近代中国社会现代化转型而生成的新文学谓之"现代中国文学"，与此相对的则是"古代中国文学"。在笔者看来，这一述史理念无论从哪个层面上讲都比前两种更为规范和科学，更是对传统中国现当代文学史观的一次哲学超越。

弄清"现代中国文学"理念的来龙去脉只是研究的起点，而我们真正的目的则在于揭示由现代性所开拓和构筑起来的审美世界。这样，我们就不可能也不应该绕过另一个相关的核心问题：什么是现代性？作为现代中国文学核心美学诉求的现代性又有哪些特殊性？对这样一个现代中国文学本质问题不知为什么一直没有得到学界足够的重视和系统的梳理。已有的研究既没有超越陈独秀的《文学革命论》和胡适之的文学改良"八事"，更没有超越周作人的"人的文学"（基于"一种个人主义的人间本位主义"）的文学观和

---

① 朱德发.评判与建构——现代中国文学史学[M].济南：山东大学出版社，2002.

茅盾"为人生的文学"观中所表达的现代性意涵①。即使陈、周、茅三人的"新文学"观也没有把现代性作为中国文学的本体美学特征,更没有对它作出明确而深刻的美学涵义的阐释。朱德发先生无疑在这个问题上前进了一大步,然而,构成他的"现代中国文学"史观核心理念的不是"现代性",而是"人的文学"②,而且他所构建的这种"人的文学"已经泛化为"多元化的人"的文学,而不是周作人视野中的现代意义上的"人"的文学,这与"现代中国文学"史观似乎存在着矛盾。由此可见,迄今为止尚未看到将现代性作为现代中国文学核心美学诉求的研究。

将现代性看作现代中国文学核心美学诉求就意味着"现代性"问题已经转换为一个寓意深刻丰富的美学问题,而美学问题从根本上说乃是一个情感问题③,所以,文学现代性问题实际上就再次转换为一个现代情感问题。这样,现代性就第一次被作为审美命题而进入了中国文学研究的视野。在这里,审美已经不是一个文学文本的形式主义构成问题,更不是一个单纯的思想意蕴问题,而是由整个文本实体系统开拓出的现代情感问题。在这种审美系统观下,现代性的美学诉求可划分为三个层次:

第一个层次是审美主体,这是由作家为主构成的现代情感发生层,也是现代情感发生的原点。但并不是所有生活在现代社会中的作家都能够产生现代情感的,在现代情感的发生上,时间、地点、环境、当事人的生理学等都可能作为其中的影响因子,而最根本的要取决于一个作家的思想意识。只有具备现代思想意识的作家才有可能发生现代情感,很难想象一个满脑子古典思想的人会写出充满现代情感的作品来。那么,现代思想的核心内涵是什么呢?现代性在社会、历史、政治、文化等诸方面、诸领域都有具体的表现,但它首先是指人的自我意识的觉醒和人性的复归。现代性的萌芽和滥觞应当归功于15世纪的西方文艺复兴和16世纪的马丁·路德发起的宗教改革运动。如果说文艺复兴时期的人文主义者对人性解放的要求,是在弘扬古典文化的理性精神,以追求人的现实幸福,鞭挞和揭露封建制度和教权制度的腐败这些外在形式中进行的,那么16世纪马丁·路德的宗教改革则是从人的内在

---

① 茅盾. 茅盾选集 [M]. 成都:四川文艺出版社,1985:12.

② 朱德发. 评判与建构——现代中国文学史学 [M]. 济南:山东大学出版社,2002:31-63.

③ 马立新. 美学元问题新解 [M]. 成都:吉林文史出版社,2009:1-13.

精神出发，以人心中对上帝的信仰，取代对教皇和教会的信仰。换句话说，人文主义者试图通过批判封建制度和教权制度以实现人的解放，而马丁·路德却要批判和推翻封建制度和教权制度的精神基础以实现人的解放。正是在文艺复兴和宗教改革两大运动的联合推动下，现代性的种子开始第一次在近代历史的土壤中扎根发芽破土而出了。

现代情感的第二层是文本世界所折射出的"人类在认识世界、认识社会、认识自我中表现出来的自由思想、怀疑态度、独立人格、理性智慧和批判精神"。现代情感首先是一种怀疑、批判、否定的理性精神。古典理性更多对外在世界的怀疑、批判、否定，现代理性则转向对内在自我的怀疑、批判、否定。现代情感也是一种不屈从于任何权威的精神，一切都要经过自我的思考和判断。古典理性的不彻底使之往往在推倒一个权威的同时又建立新的权威，而现代理性则彻底否定权威，不承认任何权威。理性的能动性就表现在不断提出新的假设。现代性又是一种正视并尊重事实的精神，特别是敢于公开承认而且放弃错误。人类清除罪恶的唯一办法就是毫不保留地揭露罪恶，现代性就是揭露本身。在前一个层次中，对政治权力的超越尤为重要。古典理性先后达到了人对自然、个人对社会的超越，现代理性开始了人对自身的超越。此外，现代性还表现为政治上的民主和思想上的自由。现代理性的对立面是封建理性或曰专制理性。这种专制意识在政治上表现为极权主义，即独裁政治；在思想上则表现为一元化的形而上学权威主义。

现代情感的第三层是前两层的复合所共同开拓出的"勇于开拓、创新和超越的审美力量"。从某种意义上说，现代性就是开创性。这种开创性在政治、经济、科技和文化领域都具有各自的表现，但它在科学技术领域表现得最为活跃。开创性是科技进步的原动力和根本条件。近代以来爆发的工业革命就是以科技革命为先导和前提的，而科技革命的实现又是根源于现代理性精神的哺育和现代理性之光的烛照。我们看到，在牛顿发现三大经典力学定律的伟大实践中，在量子力学对经典力学的超越中，在爱因斯坦天才般的狭义相对论中，在一系列的克隆动物事件中，在当今社会正在发生的数字化革命中……每一次都离不开开创性的身影，每一次都是开创性的运作结果。其实，开创性之于文学艺术中的作用较之它之于科学技术的作用更是有过之而无不及。如果说开创性是科技进步的根本保障，那么我们完全可以说它就是文学艺术的生命。德国哲学家叔本华认为，天才从根本上说只会出现在艺术领域，而不会出现在科学世界。他这样解释，科学家的思想通过学习掌握后可以变成自己的思想，但艺术家的本领是他人永远无法学来的。因为艺术本身拒绝模仿和重复，艺术的生命是创新，艺术的死敌是重复和模仿，甚至一个艺术家本身也不能重复和模仿自己。叔本华的对艺术的认识是深刻的，他指出了艺术不同于其他文化符号的特殊性质。

　　以上三个层面就是作为中国文学审美诉求的现代性的本质规定性，这就是我们着力构建的美学意义上的现代性理论框架。有了这个框架，现代中国文学在理论建设和创作实践两个层面上都有了比较明确的目标和方向。现代中国文学理论构建的主攻目标应是以现代性为核心审美诉求的现代美学理论体系。现在，有了这个基本的理论框架，我们在致力于现代中国文学的学术研究上就相当于找到了一条正确的思路，我们就可以集中力量来构建一整套系统完整的现代美学理论体系。这一方面可以填补现代中国文学研究中的一项空白，增加现代中国文学学科的知识储备；另一方面也为当下的现代中国文学创作提供切实有力的理论指导，从而为尽快扭转文学在当前文化产业系统中萎靡不振的弱势格局，提升中国文学的现代性质素，进而为实现现代中国文学的伟大复兴发挥建设性作用。

第三章
审美现代性与社会现代性

第三章
審美現代性と社会現代性

第一节　中国文明特质与审美范式

在中国美学里也有知识，但这种知识与西方的客观知识有着完全不同的内涵和属性。关于《论语》中的"智"也就是我们现在所说的知识，美国的学者修斯（E.R.Hughes）将其翻译为"Knowledge"，而林语堂将其翻译为"wisdom"，笔者认为林语堂的翻译是对的，是深切中国文化神韵的。中国的知识与西方那种客观知识是不一样的，中国的知识更多的是一种人生智慧而不是客观真理，是 wisdom 而不是 knowledge。在孔子那里知识更多的是一种对知识的态度，是一种人生生存的智慧。子曰："好学近乎智。"子曰："知之为知之，不知为不知，是知也。"在这里，对学习、对知识的态度就是"知识"。同时，孔子把对人情世故的理解，对现世人生的热爱都称为知识。"樊迟问仁，子曰：爱人。问知，子曰：知人。""知者不失人。""知人"就是知识，不在"人"上出差错，了解人情世故，知道日常人伦，世事洞明，这就是知识，这就是学问。它不像西方那样认为只有从客观事物中归纳总结出的客观规律，理性分析得出的结果才是知识。中国人常说读书人是讲理的，人们所指的这种"理"常常不是客观的科学知识的道理，而是说这个人懂得为人处世的道理。孔子讲"知之者不如好之者，好之者不如乐之者"，他强调的是一种对知识的喜好的态度，而不是知识本身的多少，他强调从事物或者从知识中获得快乐的主观感受才是最重要的，而至于这个事物本身是什么倒是其次的。"乐之者"可能并不是"知之者"，也许那个"乐之者"对那个事物知之甚少，但"乐之者"仍是最高境界。对"知"的态度比"知"本身更重要，这是孔子式的"知"，是中国式的"知"。

善于利用外界事物来过好自己的生活，而不用去死究外在事物本身究竟是什么，这是中国式的知识。孔子说"未知生，焉知死"，对那些遥远的"本质""绝对""理念"等另一个世界，他不想急于去弄清楚。因为"天道远，人道迩"，所以，中国首先关注的是人自己的世界而不是"天"的世界，至于那个"天"的世界暂时"存而不论"。因为天之道与人之道实际上是一致的，知道了"人道"就知道"天道"，所以不用去专门研究"天道"。"诚者，天之道也。诚之者，人之道也。"那么"天道"和"人道"遵从的是同一个原则"诚"，"天""人"两个世界实际上只是一个世界了。反过来说，一个世界也即是两个世界，通过人的世界就可以知道天的世界，孟子说"知其心，则尽其性，尽其性，则知天"，人只要自己"尽心、尽性"就可以知道"天道"。所以，孔子式的世界实际上是一个"一而二"的世界，是一个现世的世界和"天道"世界融合在一起的世界。他还没有自觉地把另一个世界抽离出来，放在我们对面，作为我们仔细研究的对象。他只是从自己"人道"的生生不息去体悟"天道"的玄妙莫测。这使得"天道"一开始便是通过"人道"来获得的。"天道"一开始便染上了人性温情的面纱，自然一开始便被"人化"了。当然，人也在一开始便"自然化"了，"人道"也在一开始便染上了"天道"的清新与生机。因此，孔子式的知识是一种个人在生活中、在人世上践行的知识，是人事的、充满生活气息的、微言大义的。

柏拉图曾经说："一个专心致志于真实存在的人是的确无暇关注琐碎人事的，他的注意力永远放在永恒不变的事物上。"而孔子则并不让人的心灵逗留在高高在上的所谓"永恒真实"上，而是把一切归之于现世的实际生活、人间琐事。在人世的行动和形象中去体悟所谓真理。这使得中国人的思维、语言和生活一开始便是具体的、形象的、人世的、充满审美意味的、充满诗意的，一开始便洋溢着生命的光辉，一开始便有将"艺术人生化"的温暖气息，也有将"人生艺术化"的浪漫风情。因此，孔子的思想都是"通过一系列具体的、直接领悟的范例或图解来表现，这样一系列图解并不具有逻辑秩序或者相互之间的关联，几乎没有技术性的专门术语、正式的定义，或者实际上显示为西方所有科学与哲学论著之特点的那种逻辑推论。不仅如此，甚至常识的事例也是用审美意象表达的。它所强调的是直接领悟的、感觉的印象本身，而不是外在的常识中的事物，即审美印象指示的事物。无论在什么地方，审美意象都不暗示有某种科学假设的或教义说明或神学的对象"。在孔子那里，美似乎就是我们的生活，就是我们的生命，就是我们的世界而不是另外一个外在的世界，不是一个外在的客观的知识和对象①。在孔子那里，美就是一种美的生活境界。只是强调获得身心愉悦的审美经验："子在齐闻韶，三月不知肉味，曰：不图为乐之至于斯也。"（《论语·述而》）他强调人

---

① 何兆武. 中国印象[M]. 桂林：广西师范大学出版社，2001.

应该"游于艺""兴于诗""成于乐",在"艺"中畅游,在"诗"中感兴,在"乐"中成就。总之,在"艺""诗""乐"的审美活动中提升人生境界,这就是美。在孔子那里,美就是人生活的一种状态,一种境界。美的也应该就是善的,因此,孔子要求"尽善尽美""君子成人之美"。最高的美并不是关于"美本身"的知识,而是人生的境界,美的最高境界也就是人生的最高境界。所以,你如果研究中国的美学,只抓住一个"美"字,就很难抓住中国美学的核心和要害,正如北京大学哲学教授叶朗先生所指出的"中国古典美学体系的中心范畴并不是'美',只抓住一个'美'字根本不可能把握中国古典美学体系";相反,如果抓住"形神""风骨""情志""神韵""味道""虚静""心斋"等与人的生存状态相关的一些范畴则差不多可以抓住中国美学的要害了。

美的境界和人生境界的同一,这是孔子的美学理想,也是中国人的美学理想。这也奠定了以后中国艺术的基调,这与柏拉图把客观知识作为凌驾于所有情感、意志之上的做法是明显不同的。所以,孔子不是过多地客观分析诗艺,而只是要求诗与人和谐相融,只是要求享受诗,利用艺,它是一种实践性的生命美学。他不是自觉地把"美"作为一个对象来探询关于这一对象的客观知识。因此,在孔子那里是没有诗的学问这个意义上的"诗学"的。柏拉图用理性的知识来要求诗歌和审美,而审美本身是感性愉悦的,这使得柏拉图的"美学世界"和"知识世界"严重对立起来却产生了尖锐的矛盾。而孔子则是以生命的诗意来要求审美,而审美本身确实是充满诗意的,因此,在孔子那里,美的世界和人生的世界是融合的,没有什么尖锐的矛盾冲突。

文艺本身是情感的、形象的而不是抽象的、明确的概念,这种矛盾一开始就是水火不容的。这实际上反映的是哲学和文学的矛盾,诗和思的对立,人的理性和感性的对立。柏拉图用知识逻辑要求审美逻辑,这种错位势必带来剑拔弩张的冲突。在孔子那里这种矛盾却没有凸显出来,一切都是形象的、具体的、经验的、体验的,没有逻辑世界和经验世界的尖锐对立,逻辑融化在经验里。经验里有着某种逻辑,二者已经难以清晰地分辨了。文学的、哲学的、感性的、理性的彼此交融在一起,这种整体融注的生命美学表现出极大的浑融性、包容性,因此没有那种清晰而尖锐的矛盾冲突,这也是中国美学的一个优点。

其实在西方世界里,审美境界一直都被看作是达到更高的知识、理性、信仰或者哲学境界的一个中间的过渡环节,一个远远低于知识、理性的境界。

柏拉图重视理性，贬低情欲。在西方的认知世界里，在人之上悬置了一个高于人的"真理""道德"，人是达到那个"彼岸"的过渡，而在中国则是以审美境界为人生最高境界，审美境界一直被认为是一种最高的理想，孔子所向往的"从心所欲不逾矩"，由道德而走向审美"吾与点也"的境界；庄子所神往的"独与天地精神相往来"的自由"逍遥"的境界，是中国人所"心向往之"的梦想。这种"天人合一"的自由境界是中国人的最高境界。在中国，并没有悬置一个远远高于"人"的"天"来要求人们为了"天"而牺牲"人"。这是中西审美的不同，也是中西文化的不同。所以，西方审美现代性一个重要范式是针对理性知识主义而来的感性主义、非理性主义，从"形而上"哲学思辨转向"形而下"的生存体验，而中国美学一直以来就是重视感性体验的，这种现代转向就不是那么强烈了。

第二节　中国审美现代性与社会现代性

中国的审美现代性主要是试图用审美来帮助重建一个统一的现代国家。用审美的维度来对高度现代化社会进行"怨怼"和诅咒，并把审美作为批判、反抗现代社会、重塑健全人格的希望和途径，这个内容由于中国现代化程度的低下，在中国的审美现代性中不可能发达。

中国在1840年以前长时间处于封建的闭关锁国的小农经济状态之中，其后深受帝国主义的侵略，在发展自己的现代化事业的同时必须抵抗外来侵略，工业化、现代化的程度一直很低，远没有达到商品丰富、物质繁荣、技术先进的现代化程度，还谈不上机械的"异化"、商品的"物化"与所谓生活世界殖民化。所以，西方在批判、反思启蒙，批判、反思理性与科学的时候，我们却在全力宣扬理性与科学，把拯救中国的希望都寄托在了理性与科学上，陈独秀《敬告青年》中要求举凡一事之兴，一物之细，罔不诉之科学法规，以定得失从违，使人间思想一尊理性。西方式的理性文明成为当时新文化运动主将救国的绝对理想，陈独秀认定只有"德先生"和"赛先生"这两位先生才能拯救中国的一切黑暗，所以一切都必须以科学为正轨。在中国科学精神如此稀薄，科学技术如此落后的时刻，像梁启超等却大谈"科学破

第三章　审美现代性与社会现代性

产"，这自然使得很多启蒙思想家恼怒。西方虽然出现反科学主义思潮，但是中国却千万不能随声附和，原因只在我们没有反科学的科学基础，所以鲁迅强调我们必须坚决彻底以科学为救国之途，不能有丝毫的犹疑，所以，他批评中国那种不彻底的"二重思想"，在1919年3月15日《新青年》发表的文章中，鲁迅指出必须抛弃这种"二重思想"，中国才能真正进步，且要彻底根治中国旧文化的弊病，坚信只有用科学才能改造中国，救中国。

由于西方是社会文明进程极度发达基础上的审美现代性，而中国的审美现代性是在社会文明进程的现代性还比较低的程度上开始的，这一文明进程的差异，使得西方的审美现代性主要在于批判"启蒙"的结果，批判过度现代化带来的后果，批判科学主义的膨胀带来的"压抑"，而中国的审美现代性则主要还是呼唤、歌颂、建立启蒙和科学技术现代化，这种"启蒙性"的革命理想是中国审美现代性的基调，这是由中国的文明进程决定的。中国人性的不开化、愚昧落后被认为是中国落后的主要原因，有识之士都以唤醒"国民性"为己任，为拯救中国、建设现代中国的基石。

因此，唤醒麻木的国民成了中国走向强大现代国家的基础，个性的解放、个人的觉醒这种启蒙意识成为文学的核心话题。冰心、庐隐等一代人的理想，也主要是为个人挣脱家庭的束缚，为争取个人自由而呼喊。周作人"人的文学"也多少有点儿文艺复兴时期"人的发现"的启蒙意义。在中国，文学的革命和文学的现代化被看作了社会的革命、社会的现代化和人的现代化的先行军和同盟者，陈独秀就提出旧文学、旧政治、旧伦理本是一家眷属，固代得去此而取彼。因此，反对旧文学也就是反对旧社会，文学现代化改造也就是社会现代化改造，"旧文学与旧道德，有相依为命之势。要拥护那'德先生'，便不得不反对孔教、礼法、贞节、旧伦理、旧政治；要拥护那'赛先生'，便不得不反对旧艺术；要拥护'德先生'又要拥护'赛先生'，便不得不反对国粹和旧文学"。陈独秀的"文学革命论"实际上也担负起了社会革命的重担。新文学和新社会的理想是不可分离的。所以，中国的"现代"文学艺术不是批判社会的高度现代化所带来的压抑、机械与失落、迷惘，而是为探求建立一个新的"现代"国家而努力"呐喊"，是建立现代国家这场战争中的一条"文艺战线"。

中国的文明进程决定了我们的"文学革命"必然会变成"革命文学"，成为社会革命的号角。而文学的这种社会"革命性"又因为外敌入侵，国家陷于沦亡的边缘而得到加强，变得更加直接和急切，"启蒙性革命"变成所谓"救亡性革命"的文学。曾经提倡"为艺术而艺术"的创造社就最先喊出了"革命文学"的口号，要求文学成为"革命的前驱"，认为"艺术是阶级解放的一种武器"，要求艺术家应该同时是一个革命家，产生出"斗争的文学"，甚至置文学的文学性于不顾，把文学变成简单的传声筒和工具也在所不惜，为此还攻击坚持国民性批判的鲁迅先生"不够革命"。创造社的这种急切的做法可以说是中国社会文明进程的必然结果。文艺与"兴国""救国"的使命无法避免地连在了一起。中国的这种文明进程也决定了那些坚持所谓"人性""永恒文学""静穆""情趣"等"纯粹"审美理想的观点一出现便会被咒骂、被封杀。而把西方的象征主义、意识流等"现代主义"搬到中国来的李金发、施蛰存、穆时英等，希望以此来表现现代人的迷惘失落与"异化感""孤独感"，但是由于中国当时社会并不如西方那样"现代"，这种对"现代"的迷惘情绪并没有引起人们太多的共鸣与同情。所以，我们可以发现，中国的审美现代性成为建立现代中国的一个辅助力量而不是批判现代文明的力量，这是中国的文明进程决定的，与西方是不一样的，我们不能盲目地跟从在西方审美现代性后面。

第三节 浪漫范式的缺失与中国审美现代性

一、中国浪漫范式的缺失

对于中国的审美现代性的认识，我们也要时时处处结合着社会的现代性进程来观照。对于中国的"浪漫"范式的认识，如果我们结合文明进程来研究，就会有一个新的认识。我们发现其实中国一直缺乏真正的浪漫审美范式，一直没有能够真正建立起作为审美范式的"浪漫"，这是中国审美现代性的一个症结。因为审美现代性的重要内涵就是建立起审美独立、审美感性与审美批判的范式，这种范式在西方经由"浪漫"一百多年来形成的审美范式而逐渐完成，但是中国现代文学中浪漫主义创作如昙花一现很快衰退确实是个不争的事实。郭沫若在20世纪20年代初以嘹亮的"男性的音调"成为中国现代文学中浪漫主义的代表人物，但是到20年代末，郭沫若就大声宣布浪漫主义已经过去，他公开承认自己已经放弃了浪漫主义，宣布真正的文学只有"革命文学"一种。郁达夫也在彷徨中宣布退出创造社，而那个"没有别的动力，只是爱"的徐志摩，也不幸在1931年因飞机失事而中道夭折。胡适1928年在中国公学的演讲题目就叫《打破浪漫病》。朱自清在1928年的一篇评论中也写道："几年前，'浪漫'是一个好名字，现在它的意义却只剩了讽刺与诅咒。"可见，"浪漫"短短几年就成了一种时代病，沈从文已经是所谓"最后一个浪漫派"了。那曾经极力提倡"为艺术而艺术"，很"浪漫"的创造社却在短短几年后就最先喊出了"革命文学"的口号，要求文学成为"阶级解放的武器""机关枪""迫击炮"，甚至置"文学性"于不顾，把文学变成简单的传声筒和工具也在所不惜。

而20世纪30年代以来，"左翼"文学所确立起来的"新的美学原则"迅速扩大。周扬在介绍苏俄文艺的基础上形成的认识论、反映论文艺观逐渐成为中国主要的文艺思想。1949年后，社会主义文学中那种浪漫主义的个人主体性、审美超越性等"主观战斗精神"因为种种原因而大量萎缩。中国现代文学中的浪漫主义确实还没有充分展开就夭折了。它还没有来得及创造出《巴黎圣母院》那样的鸿篇巨制，还没有形成轰轰烈烈的时代思潮。茅盾也说："在我们这里，好像没有开过浪漫主义的花，也没有结写实主义的实。"一位现代文学研究专家也深有感触地说："中国现代浪漫主义文学并不发达，从缘起、高潮以至消亡，时间不长，大体在30年代中期即逐渐失去发展空间，形不成气候。"这些都说明"浪漫"在中国现代文学史上确实还没有来得及形成一个普遍的范式。

同时，我们对于浪漫的理论探讨一直以来也是比较表层的。我们只把它当作一个创作方法或创作流派而已，认为这种创作方法的最大特点就是"情感性""理想性""想象性""主观性"等。如《中国大百科全书》对于浪漫主义的经典定义就是："浪漫主义的一个最突出、最本质的特征是它的主观性，即偏重表现主观理想，抒发强烈的个人感情。"朱光潜先生说："浪漫主义最突出的而且也是最本质的特征是它的主观性。"同时，他提出浪漫创作方法的最大特点是："情感性""自然性""理想性""想象性"与"主观性"等。因此，在西方人们更强调的是浪漫主义对人们整个感知方式、生活方式的革命作用而不仅仅是表面上的主观性、情感性等。西方浪漫的审美范式经过一百多年轰轰烈烈的浪漫主义运动而得到了普遍的认同。

二、中国浪漫范式缺失的现代性根源

中国不可能像西方那样有一个席卷一切的"浪漫范式"。这主要是因为那种诉诸个人的情感、感官价值取向而反对理性主义文明、反对现代物质科技文明的浪漫主义，是不符合中国的文明进程与文明特质的。我们正全力建设科学、理性的现代社会以救亡图存，中国的"浪漫"反抗的主要是封建礼教、宗法制家庭、外来侵略，这与西方反抗的理性主义、物质主义、机械主义是不一样的，因而中国的"浪漫"更多的是一种政治的革命，用浪漫的反抗姿态来承担"启蒙"的任务，而西方则是用浪漫的姿态来"反启蒙"，这是中西方浪漫的根本不同。在中国，西方式的"机器社会"还没有来临，机械化的现代生活的压抑也不是时代的主潮，我们所急需的是走向那样一个现代机器社会。以此看来，西方式的"浪漫"有些不符合现代中国的国情。当初次接触到西方浪漫主义思想的知识分子把它移植到中国并模仿，试图在实践上贯彻这种浪漫原则的时候，我们发现这种浪漫只是表面的"激情""主观""反抗"，它没有深层的内在动力机制，这深层的机制就是中西方处在不同的文明阶段，其文明进程是不同的，这是决定中国审美现代性呈现出怎样的特质最深层的原因。

第四节 梁启超、陈独秀美学之变的现代性根源

从文明进程的现代性视角来观照中国的很多重要审美现象，都会得到新的启迪。一些看上去不好解的审美现象的深层根基其实就是这个文明进程与文明特质。下面，笔者着重分析梁启超、陈独秀这两位对中国现当代文学产生深远影响的人物的美学之变。

一、梁启超的从工具到情感

对中国现当代美学产生深远影响的梁启超美学之"变"，以前我们一直都没有很好地解释，而当我们用文明进程这一现代性视角来观照时，却发现这种变化大有深意。梁启超是中国近现代历史上最著名的人物之一。他的美

学观前后变化很大，人们往往因为他的"善变"而看轻他的理论贡献。我们知道梁启超的"持论屡变"是有名的。当年严复就劝他不要草率发论，以免日后后悔，他自己也说看自己几个月前写的文章，"辄欲作呕"。那么，梁启超这种善变是不是因为他的思想毫无体系的缘故，或者是他本人就是一个善变的人呢？确实也很有一些人因为他的"多变"而看轻他的理论贡献。但是，当我们从文明进程现代性的角度来看待这个问题的时候，就会发现梁启超的美学之变恰好是中国审美现代性独特进程的一个缩影，如果从现代性的视角来解释恐怕就会别有洞天。

梁启超早年的美学观强调文艺的社会功用，充满了功利主义的色彩。无论是"诗界革命""小说界革命"，还是"文界革命"，都强调艺术的社会变革作用，把艺术作为启蒙、革命、救亡的有力武器，充满了工具主义的济世思想，是一种典型的功利主义的美学观。在《论小说与群治之关系》中，梁启超明确提出"欲新一国之民，不可不先新一国之小说"。以至欲新道德、政治、风俗、学艺、人心、人格等，都得先新小说。似乎整个国家的振兴都必须依靠小说了，梁启超在此把小说的社会变革力量夸大到了一个在我们看来有些过分的高度。在《告小说家》一文中，梁启超就明确地说："然则今后社会之命脉，操于小说家之手者太半，亦章章明甚。"小说家在此几乎是左右国家命脉的人了，其社会责任不可谓不大。

梁启超后期的美学思想却大力强调审美的超越性、非功利性，强调"趣味主义""情感主义""生活的艺术化"，对于功利主义显示出较大的反对。晚年他强调"无所为而为"的趣味主义，认为任何事情，不要单单因为结果才去做或者不做，只要做这个事情自己感到快乐，就应该做——为做而做，没有什么目的，这才是应有的态度。所以，梁启超强调："为游戏而游戏。人为什么生活，为生活而生活，为游戏而游戏，游戏便有趣。"梁启超这种"为生活而生活"的"趣味主义"颇有审美主义"为艺术而艺术"的超越境界。这种非功利主义最重要的就是要去掉功利的计算，不把功利的得失作为评判的标准。梁启超晚年明显地转向了"艺术主义""情感主义"。他把"美术人"作为人的理想，把情感作为一切的原动力。他在《中国韵文里头所表现的情感》中强调"天下最神圣的莫过于情感"，认为情感"是人类一切动作的原动力"，把情感的作用上升到一个很高的高度，这种转向使得梁启超后期很多思想都随之发生了变化，带上了明显的审美非功利色彩。

对工具主义逐渐远离。审美化的情感主义逐渐占了上风，这使得梁启超对西方"新学"的态度也有了很大的改变。作为中国最早的启蒙者之一，他本人曾经极力宣扬西方式的政治法律制度、科学文化，现在他却怀疑了。在"五四"人物大力倡导"赛先生"的时候，他却在《欧游心影录》中描述了欧洲的"科学破产"，这种对科学的警惕在当时科学技术极其落后的中国，他的这种说法实在让很多人难以理解，只得冠以"保守主义"的名号，认为梁任公落伍了。

晚年梁启超对国民性的批判态度也发生了很大的改变。他早年比较严厉地批判了中国的国民性。他在1900年写的《中国积弱溯源论》中提出中国贫弱很大的原因就在于国民的劣根性，一个是奴性，第二个是愚昧，第三个是为我，第四个是好伪，第五个是怯懦，第六个是无动。同时，他又专门写了《呵旁观者》，指出"天下最可厌可憎可鄙之人，莫过于旁观者"，痛斥中国国民的自私麻木，蒙昧无知的不觉醒。可以说，梁启超是最早探索、批判中国国民性的启蒙者。但是后来，当国民劣根性批判成为时代话题，大家都来批判中国国民性的时候，梁启超却为中国国民性辩护起来，在《中国道德之大原》《国性篇》等文章中指出中国国民性有很多的美、善和优点。他强调国外那些与中国并建的文明古国都消失了，唯有中国一直延续到现在，这正说明了中国国民性里一定有很多美善的东西，所以他说："谓吾国民根性劣败而惧终不免于淘汰者，实杞人之忧而。"梁启超转而对中国国民性的美善之处进行阐释和挖掘。

二、梁启超美学之变的现代性诉求

有人认为，梁启超一生不变的就是他的爱国心，就是他的责任心。这当然没错。但是，作为一个时代的启蒙思想者，笔者认为，梁启超还有一个贯穿一生不变的东西，那就是他对于建立一个现代中国的梦想是没有变化的。而梁启超思想的矛盾、变化，主要就是因为他对于如何建立这个现代中国的途径的思考有了变化。梁启超的这种变化与前后矛盾恰好是中国社会现代性矛盾的真实反映。应该说，现代化的强国之梦是晚清以来思想界的总命题，人们所思所想都围绕着如何实现中国的"现代"而进行。不同的恐怕主要来自于人们对于"现代性"内涵究竟是什么有着不同的理解，对于如何实现"现代性"的途径有着不同期许。梁启超这些思想的变化应该说是他对如何建设"现代"中国的思考发生了变化，对于如何实现中国的"现代性"有了不同的看法。这恐怕是他与"五四"人物"落后"与"先进"分歧的根本之所在，也是他思想与时俱进的表现。

梁启超在《五十年中国进化概论》中曾提出中国思想界在与西方的交流中，认识中国的不足大致有三个阶段：第一期先从器物上感觉到中国的不足；第二期从制度上感觉不足；第三期是从文化上感觉不足。那种制度的、技术的、物质的，直接可见的落后是我们很容易就能够切身感受到的，是我们急于改变的。所以，晚清以来急于改变现状的早期中国"现代化"都具有很强的功利主义色彩，多少有一些急功近利的工具主义，梁启超的思想也不例外。但是，随着人们认识的深入，发现仅有工具、技术上的先进，如果整个国民的精神灵魂、情趣素质没有变化，恐怕也不能解决中国的问题。"现代人"的品格主要是科学技术还是心灵情趣的"现代"，人们开始产生了分歧。梁启超后期主要着力点在于揭示"现代人"的情趣、心理人格的健全，认为只有这样觉醒的中国人才可能真正建设现代中国。正如梁启超所说："一民族麻木，那民族便成了没趣的民族。美术的功用，在把这种麻木状态恢复过来。"所以，梁启超讲非实用的"情趣"，还是从健全中国人的全面人格，从而拯救中国的视角出发的"曲线救国"。这也正是鲁迅等一批人放弃"实业救国"梦想，转而从事文学审美活动的深层原因。而"五四"一批人的"科学主义"多少还带有强烈的"工具主义"的味道，带有科学主义膨胀的味道，胡适就曾经说："我们也许不轻易信仰上帝的万能了，我们却信仰科学的方法是万能的，人的将来是不可限量的。"由于中国的落后，我们对于科学的渴求是急迫的，那种工具主义的膨胀也是可以理解的。

但是，梁启超此时却对科学技术、物质器具的工具主义有了一定的批判意识，认识到单纯的技术、物质并不能真正建立不败的中国。因此，梁启超在一定程度上改变了"工具主义"的救国之路，更关注人生活的"趣味"、"生活的艺术化"、情感的丰富、精神人格的健全。所以，对于整个人心、人情的丰富性、全面性的关注代替了以前的工具主义心态。梁启超晚年对欧洲"科学破产"做了大量的描述，是对当时科学工具主义的反思。梁启超这种现代性认识应该说是很有远见的，此时整个西方思想界确实正兴起一股反科学主义的思潮。西方现代历史正是科学技术取得绝对胜利的历史，但是在科学技术突飞猛进的时刻，极端功利化的工具主义也带了"物化""机器化""异化""孤独"等"现代病"。整个西方现代的非理性主义的迷惘，在很大程度上都根源于无孔不入的科学技术主义的扩张与膨胀。理性、科学主义这个解放人类的工具现在却成了一个新的枷锁来统治人类了。所以，现代性也是一个矛盾的集合体，科学技术等本身也具有两面性，既带给人类便捷和丰富的物质，但也会带来人类精神、心灵新的束缚和困境。

对于科学功用过度膨胀的认识，在晚清民国之际的很多有识之士那里，很早就有着比较清醒的警惕。梁启超之"变"，恐怕主要就来自他对"科学主义"的工具式救国之路的思考有了变化，从笃信工具式的科学救国到更注重全面现代人格，从毫不怀疑科学救国到对科学有了一定的批判意识，应该说，这是他对现代性事业更全面认识的结果，是与国际"接轨"的。但是，问题的关键是中国的反科学主义是在科学极不发达的情况下展开的，这里就有着深刻的矛盾。西方现代反科学主义、反物质主义、反理性主义，是在西方科学极度发达之后、物质文明极度繁荣之后、理性启蒙高度发展之后而展开的。而梁启超的情感主义思想也奠基于这种反科学主义、反物质主义，但是，晚清民国之际的中国，科学技术还极不发达，物质生产还极度贫乏，大量的国民还是愚昧落后不开化，中国国民温饱还难以满足，再加以外敌入侵，列强瓜分掠夺中国，中国国民的生活动荡不安，朝不保夕。这时候，要宣扬超越欲利得失、反对"物化"和"机器化"、反对"科学主义"的思想，这恐怕有点儿为时尚早。因此，梁启超这时候拿趣味做人生的根底，信仰趣味主义，这只能被视为士大夫不识人间疾苦的闲适，在当时难以获得普遍的认同，只能被冠以"保守主义"。这种现代性的悖论是中国社会现代性的独特进程决定的。也只有从社会现代性进程的角度来审视梁启超的美学之变，才能更深刻地理解其内在矛盾性逻辑。

三、陈独秀的思想变化

同样，我们从社会现代性进程的视角来审视另一位思想者陈独秀的变化，也会得出一个新的启发。

陈独秀作为一个"五四"时期的"总司令"，作为一个著名的思想者，他的思想前后为什么会有巨大的变化呢？除了政治幼稚病、个人生性善变、好走极端等外在因素以外，有没有更深层的内在动因呢？这仍然是值得我们深入探索的问题。因为作为这样一个伟大的思想家，他思想的变化不会是任意的、胡乱的，不会突然前面是历史的"弄潮儿"，是"进步"，而后面突然变成时代的"绊脚石"，变成"落后"了，这里面一定有着他自己更深层的内在思考。

思考什么？笔者认为中国近现代以来的思想者思考的总命题只有一个，那就是如何建立一个强大的"现代中国"，这是陈独秀也是所有思想者的总使命。这里不谈陈独秀政治上的"蜕变"，单就从其学术思想上的"蜕变"来看的话，陈独秀学术思想的前后变化是不是也只有"落后"的因素而没有"进步"和"启迪性"呢？如果我们不急于把陈独秀定性为一个"投降主义者"的话，也承认他是一个"思想者"，那么我们就会发现他学术思想的前后之变有一种深刻的"现代性"启示。如果从现代性的视角来看，那么，陈独秀那些看上去"落后"的某些思想变化，就会呈现出一定的"现代"意义，我们对于陈独秀思想的前后变化也就会有一个新的认识。

陈独秀很多思想确实存在着前后的巨大变化。他主张西方式的科学与民主，为此甘冒天下之大不韪，激进地试图彻底否定中国自身的传统文化。在《今日中国之政治问题》一文中，他提出，无论政治、学术、道德文章，西洋的法子和中国的法子，绝对是两样，断断不可调和迁就的。在中西方之间，他坚持的是一种非此即彼的绝对立场。他在《敬告青年》中说："吾宁忍过去国粹之消亡，而不忍现在及将来之民族，不适世界之生存而归消灭也。"也因为正如陈独秀自己在《新青年·罪案之答辩书》中所说的，现在他认定只有"科学"与"民主"这两位先生，可以救治中国政治上、道德上、学术上、思想上一切的黑暗，为此不惜破坏中国的旧国粹、旧礼法、旧伦理、旧政治、旧文学以及孔教、贞节等，这些都表现出陈独秀与中国旧有文化之间的水火不容的态度。但是，在《新青年宣言》中，陈独秀又强调"综合"的方法，他说："我们想求社会进化，不得不打破天经地义、自古如斯的成见，决计一面抛弃此等旧观念，一面综合前代贤哲、当代贤哲和我们自己所想的，创造道德上、经济上的新观念，树立新的时代精神，适应新的社会环境。"这种取向看上去又"缓和"多了，是一种在前人基础上的综合创造。

我们知道"打倒孔家店"，曾经是"五四"时期反传统的一句标志性口号，表现出反传统的决绝。陈独秀对于孔子，也曾经声色俱厉地指控其罪恶，认为孔子在现代社会毫无价值，是现代文明进化之阻力。在《孔子之道与现代生活》一文中，陈独秀强调孔子生长在封建时代，所提倡之道德，封建时代之道德也；所垂示之礼教，封建时代之礼教；所主张之政治，封建时代之政治也，这些于现代社会已经毫无益处了。所以，他严厉地指出："每逢中国政治反动一次，孔圣人便走运一次，可见反动势力和孔圣人本是一家眷属。"

但是到了1937年，陈独秀再作《孔子与中国》一文，似乎又变得"温和"了，他说："在现代知识的评定之下，孔子有没有价值？我敢肯定地说：有。"陈独秀紧接着认为孔子的第一个价值在于"非宗教迷信的态度"，第二个价值在于为当时社会建立起一套"君、父、夫三权一体的礼教"。陈独秀于此不再是一个振臂疾呼的革命家，而是变成了一个公允的学者来对孔子展开多层次的研判了。同时，对那种否定一切的虚无主义，陈独秀表示极不赞同，他说："可怜许多思想幼稚的青年，以为非到一切否定的虚无主义，不能算最高尚最彻底。"陈独秀在此对那种激进否定一切的思想又进行了批评。

四、陈独秀思想之变的现代性思考

那么，现在问题的关键是究竟应该怎样来看待陈独秀思想的这些变化呢？我们认为不能简单地把陈独秀这种思想的变化看作是一种"倒退"，相反，这些变化在一定程度上体现出了更深层次的现代性启迪，因为这些变化实际上代表了现代性的不同层面与要求，他的"善变"正说明他一直在不停地探索，不断及时修正自己的观点，走向更全面的现代性，这也说明了中国现代性之路的复杂性、曲折性与艰巨性。

中国由于在西方的威胁之下，认识到"现代"的紧迫性，自然处处都向西方这个已经现代了的社会学习，但应该学什么却有分歧。陈独秀应该说是在梁启超所说的中国现代性之路上的第三个阶段了，在1905年写的《亡国篇》里面，他说不是皇帝不好，也不是做官的不好，也不是兵不强，也不是财不足，也不是外国欺负中国，也不是土匪作乱，一国的兴亡，都是随着国民性质的好歹转移，而我们中国人，天生的有几种不好的性质，便是亡国的原因了。因此，陈独秀最早是从唤醒国民性的道路开始中国的现代之路的。他认为如果人人都不知道保卫国家，其国必亡，偏偏中国人麻木自私，只知有家，不知有国，苟安退缩，贪小便宜，这样的国民性是中国衰亡的最大病根。所以，在《我之爱国主义》中，陈独秀认为欲图根本之救亡，必须有待于国民性质的改善。

正是在对国民性的深刻体察中，陈独秀展开了对整个中西方文化优劣的比较和分析，并进而对中国传统文化展开了猛烈的批判。在《东西民族根本思想之差异》中，陈独秀指出，西洋民族以战争为本位，东洋民族以安息为本位；西洋民族以个人为本位，东洋民族以家族为本位；西洋民族以法治和实利为本位，东洋民族以感情和虚文为本位。在比较中，陈独秀认为中国的文明还只是"古代文明"，与西方文明相比还比较幼稚。在《法兰西人与近世文明》中，他认为东洋文明"其质量具未能脱古代文明之窠臼，名为'近世'，其实犹古之遗也。可称曰'近世文明'者，乃欧罗巴人之所独有，即西洋文明也"。正是在这种救国思路之下，陈独秀猛烈地抨击中国的传统文化，鼓吹西方的科学与民主的"新文化"，希望任何事情像西方一样"一尊理性"，用科学来代替一切。

但是，随着我们对西方"现代"认识的加深，西方的"现代病"也开始暴露在我们面前。反科技膨胀的思想在科技脆弱的中国也开始生长起来。比如，当人们"五四"时期全力吁求"赛先生"之时，梁启超欧游回来对科学主义展开了批判。随后丁文江、张君劢"科玄论战"，辩论科学能否解决人生观问题。这些实际上表明我们对于西方现代科学技术的膨胀导致人性全面发展的退化，以及人的感性、丰富性的衰退等"现代病"已经有了一定的认识。

应该说，正是在这样的时代思潮之下，陈独秀对于绝对的科学主义、知识主义有了一定的批判意识。陈独秀认识到仅有科学知识恐怕是不够的，人格的健全对于现代人来说同样重要。他开始赞同起热衷中国传统文化的梁漱溟的观点了，梁漱溟说：人的动作不是知识要他动作的，是欲望与情感要他往前动作的，而陈独秀认为梁漱溟这些话"极有道理"。因此，陈独秀现在认为中国人的人格不健全，没有美术熏染，这才是"最致命的伤"了，他写道："现在中国没有美术真不得了，这才真是最致命的伤。社会没有美术，所以社会是干枯的；种种东西都没有美术的趣味，所以种种东西都是干枯的；又何从引起人的最高情感？中国这个地方若缺知识，还可以向西方去借；但若缺美术，那便非由这个地方的人自己创造不可。"在这里，情感似乎是比知识还要重要的救国之道。在《敬告青年》中他要求人们"一尊理性"，而现在他认为理性也不是万能的；在《新文化运动是什么》中，他指出："知识上的理性、德义都不及美术、音乐、宗教底力量大。知识和本能倘不相并发达，不能算人间性完全发达。"可见，正是对科学技术的现代性有了一定的警惕，陈独秀试图寻求科学与情感、理性与感性的和谐发展之途，才使他重新反思了自己曾有的对于西方科学文明的绝对臣服的态度。所以，陈独秀思想的变化本身还是对于现代性的进一步思索的结果，并不是简单地从激进到温和的"倒退"。

第四章
韩国文学审美与中韩现代文学观念

第四章
神国文学审美与中韩现代文学观念

第一节 韩国文学的文化审美

一、不同语言的共同使用

在近两千年的历史进程中，韩国文学的创作中很少有单纯只用韩语文字创作的文学作品，大部分的文学作品中会使用朝鲜半岛语言与中文共同完成情感与生活的文字记录，其中仅仅使用汉语文字表达的文学作品就经历了一千年左右的时间。在韩国文学的三大古典名著《春香传》《沈清传》《兴夫传》的文字表达中，汉字语言词汇有大篇幅使用。

二、有伤感焦虑的文学之美

中国的文学创作偏重于对故事的记录，其中传达着和平、宽容等高尚的人性理念。然而，韩国文学创作则偏向于伤感、焦虑，有一种"伤痕文学"的气质。但是这种伤感和焦虑并不是颓废的状态，它是在传达着"恨"的美学，即无论作者还是文学作品中的人物，在遭受外界打击后，心中都会产生悲愤之情、痛苦之感，或者在面对困境时产生偏执而强烈的情感。韩国人的风俗习惯、历史认知以及人文情怀通过这样的文学创作风格加以表达，如《黄鸟歌》表达了人们悲苦寂寥的心境，小说《万福寺樗蒲记》《李生窥墙传》表达了人们的爱恨情仇。若追溯其源流，首先是小说创作时期的动荡与战乱让人们的生活备感煎熬；其次是在儒家思想的影响下，人们尊崇封建士大夫统治思想，造成了极大的贫富差距。由此也可以推断，韩国的古典文学在受到我国儒家思想文化影响的同时，当时的统治者也推崇儒家文化。

三、女性文学的趋向性

韩国文学中的女性作品数量占据文学创作的半壁江山，其中有相当数量的文学作品表达了女性的正面形象，歌颂女性坚强、英雄的一面。比如，《82年生的金智英》的出版受到了韩国、朝鲜、日本、中国等国家女性人群的推崇。该作品以金智英为主人公，描述了她作为全职太太失去自我，醒悟后下决心改变的心路历程。文字朴实无华，以娓娓道来的口吻叙述了金智英女士的日常生活。然而，在这些文字中却隐藏着现代韩国社会对女性认知的共识，也表达出女性成为母亲后生活上的变化与不易，引发了社会对女性群体生存状态的关注。

第二节　中国文学对韩国文学的影响

中国古代文学成就斐然，影响深远，韩国文学就在一定程度上受到了我国古代文学的影响。中韩两国有漫长的交流史，从古代的《诗经》到近现代的文学修辞手法，可以说，中国文学影响了韩国的整个文学发展历程。韩国在吸收中国传统文化的同时，结合了韩国本土文化的风俗与特点，形成了既有中国特色又有本民族风俗的独特的韩国文学。

一、乐府诗对韩国文学的影响

在古朝鲜时期，韩国文学就已经开始受到中国古代文学的影响和熏陶。在晋人崔豹的《古今注》中就记载着古朝鲜时代津卒白首狂夫之妻丽玉所做的《箜篌引》，诗曰："公无渡河，公竟渡河。坠河而死，公将奈何！"在古朝鲜时期，除了这首乐府诗以外，并没有其他的汉文学作品遗留下来。但是，这首诗的作者丽玉的身份是一个贱民阶级的女人，却用简短朴实的语言讲述了一个男子在没有渡河工具的情况下仍要强行渡河，最后坠入河中，溺水而亡的事实。贱民阶级的乐府诗都已经到达了这么完整的境界，形成了完整的体系，由此我们可以看出，当时社会对乐府文学的关心，也可以想象出乐府诗在古朝鲜达到的水平。[①]

---

① 金姗.论中国古代文学对韩国文学的影响[J].旅游纵览（下半月），2013（9）：327-328.

二、汉诗、散文与五言诗对韩国文学的影响

在我国三国时期，韩国就开始接受中国儒家、道家的优秀思想文化熏陶，并曾将这些思想文化作为本国发展的重要基础。高句丽、百济、新罗等都接受并学习了道家、儒家思想，结合本土实际情况，渐渐形成了独具特色的文化。我国三国时期，韩国主要学习的是汉诗和汉代的散文。三国末期，韩国接受东汉以后发展起来的五言古诗，并用其表达自己的情感。如高句丽将军乙支文德在《与隋将于仲文》中写道："神测究天文，妙算穷地理。战胜功绩高，知足愿云止。"其以流畅明确、壮观恢宏的诗风成为后世研究韩国文学学习中国古代文化五言诗的重要史料。

三、五七言诗和骈俪句对韩国文学的影响

据史料记载，古朝鲜是与中国古代对外关系史上最早建交的国家之一。新罗与唐交好，派遣大量学者到大唐学习中国文化。

唐游学在28岁时衣锦还乡，是韩国著名的文学家，世称他为韩国文学之开山鼻祖，其代表作《秋生》为五言绝句，"秋风唯苦吟，世路少知音。窗外三更雨，灯前万里心。"该诗体现了当时的社会风气和作者孤独的内心，读者能感受到作者内心的愁苦。这首诗流传至今，脍炙人口。在推动双方交往的留学生中，崔致远为中韩的友好交往做出了杰出的贡献。他在公元868年来唐求学，于874年考取了进士，著有《桂苑笔耕集》和《四六集》等，至今仍在流传的诗词有上百首。公元884年，崔致远的弟弟由新罗涉海来唐，迎崔志远回国。回国后，他将所著的《桂苑笔耕集》和杂诗献给宪康王，这些文集很快就流传开来，深受当地民众的推崇。之后，他仍坚持创作唐律体裁的汉文诗。[1]

四、现实主义文学理论对韩国文学的影响

中韩两国早期的现实主义文学理论都源自西方，经过一段时间的发展，两国的现实主义文学理论的先驱已经从最初接受提倡西方文学理论的热情中

---

[1] 张云飞.浅析中韩唐代文化交流——从传播中韩文化的先驱崔致远说起[J].文学界（理论版），2010（4）：47-48.

逐渐冷静下来，开始从各自国家的实际情况出发，对现实主义文学理论提出了许多新的见解和主张，进一步完善了本国的现实主义文学理论。两国的发展模式与主张都有相似之处，韩国对中国的影响微乎其微，主要是韩国引入了大量的中国现实主义文学理论先驱关于现实主义文学理论的主张。

朝鲜时期重要的中国文学译介者梁华白在《以胡适为中心的中国文学革命》中着重介绍了胡适和陈独秀两位中国现实主义文学理论的先驱者，他认为陈独秀提出的"三大主义"掀起了中国文学革命的热潮，而胡适也通过自己的文章和小说积极地影响着陈独秀的文学革命运动。梁白华还十分赞同胡适在《文学改良刍议》中提倡的"八事"，与此同时，他向韩国推荐陈独秀的《文学革命论》，还一同介绍他们二人共同提倡的中国文学革命运动。[①] 梁白华通过介绍陈独秀的思想，向韩国传播了"平民文学""社会文学"等主张；通过介绍胡适的思想，向韩国传播了"言文一致"等现实主义文学理论主张。尽管此后韩国主要从日本引入现实主义文学理论主张，但不可否认的是，韩国的现实主义文学革命理论是由中国引入的。

第三节　中韩现代文学观念的建构

文学的发展有其自身的规律，然而，同时又受到政治、经济等其他社会因素的有形与无形的制约。因此，对中韩"现代文学"观念的建构进行比较与分析非常有必要。

一、中韩现代文学的研究视角

在全球化的时代背景下，各国文化在相互冲撞的过程中，一方面，既相互尊重彼此的差异性，另一方面，也存在着一种平行的比较意识。

就20世纪中国文学本身而言，其属于近代性还是现代性就是一个争论

---

① 金一.中韩早期现实主义文学理论的起源及关联——兼论中国早期现实主义文学理论对韩国的影响[J].延边大学学报（社会科学版），2012，45（5）：74-79.

不休的问题。如杨春时、宋剑华就认为现代文学由于和世界文学存在着巨大的时差，所以我们的现代文学只能算近代性。另外，现代性这个概念的含义模糊也是这一问题得不到解决的关键。在这里我们主要针对中韩现代文学观念构建的视角进行分析：

（一）中国现代文学

中国现代具有代表性的作品有：鲁迅（小说）《彷徨》，《呐喊》《故事新编》、茅盾（小说）《子夜》、巴金（小说）《家》《春》《秋》、老舍（小说）《骆驼祥子》、曹禺（话剧）《雷雨》《日出》、沈从文（短篇小说）《边城》《贵生》、钱钟书（小说）《围城》、张爱玲（小说）《倾城之恋》等等。

首先，中国文学的世界意识。从中国文学的发展和世界范围来看，文学的现代化就是"世界文学"意识逐渐觉醒的过程。事实上，从19世纪中后期开始，尤其经过第一、二次世界大战之后，各民族文学长期的分散、隔绝发展已成为历史，民族壁垒的墙壁逐渐倒塌，整个人类的文学正朝着世界文学整体化的方向挺进。尤其在世界文化交流频繁的国家，一些有成就的作家就是在"世界文学"的哺育下成长起来的。

其次，中国现代文学的民族意识和先锋意识。在这里我们以鲁迅为例说明一下，鲁迅是中国新文学的鼻祖，是新文化运动的畅导者，是中国第一个白话文写小说的人，是伟大的精神导师，是中国革命的伟大旗帜，是伟大思想家，文学家，学者，更是我国现代文学史的奠基人，其写小说虽然借鉴了外国小说的艺术经验，但他把外国小说的经验与中国古代小说的传统结合在一起，奠定了中国现代小说的民族化的基础。鲁迅小说标志着中国现代小说的开端与成熟，主要是它在在形式上是新的、成熟的，思想内容上是彻底反封建的，揭开了中国现代小说的新纪元。如1918年5月，《新青年》第四卷第五号发表的鲁迅先生的《狂人日记》，这是中国现代文学史上第一篇用现代体式创作的白话短篇小说，其在内容和形式上的现代化特征尤其明显，成为中国现代小说的伟大开端，开辟了我国文学发展的新时代。继《狂人日记》后，鲁迅在1918—1922年间连续写了15篇小说，1923年收入《呐喊》，1924—1925年间创作11篇小说，加上从《呐喊》中抽出的《不周山》编为《彷徨》中国现代小说在鲁迅手中开始，又在鲁迅手中成熟———《呐喊》和《彷徨》史中国现代小说的开端之作，也是成熟之作。

（二）韩国现代文学

韩国现代文学一直在追求现代与浪漫的矛盾中发展。李光洙，代表作有《少年的悲哀》《给年轻朋友》《彷徨》《尹光浩》，玄镇健《贫妻》《劝酒的社会》《赤道》《无影塔》；罗稻香本名庆孙，代表作有《年轻人的时节》《哑巴三龙》《水碓》《女理髪师》，等等，在这里以《少年的悲哀》为例，作品中所描述的景象宁静空旷，有黄昏的光线照射着蓝色的大海和岩礁，有一棵截断的无叶橄榄树无根无基地长在平台上，这些寓意着韩国的一种社会主流，可以说，这些宁静空旷的景象，在漫长的时间中已经让人觉得疲惫不堪，甚至也可以说是对20世纪各种抽象组合实验的否定。现在，这些意象已经成为韩国人追求西方人心目中超现实主义梦境的同义词了。

二、中韩"现代文学"观念建构的分析

首先，中国现代文学初期创作实践胜于理论探讨。在中国现代文学中，塑造人物是小说反映社会生活的主要手段，阅读小说首先要了解小说中人物的性格特点。如《老杨同志》这篇小说塑造了一个有着丰富的实际斗争经验的农村工作干部的形象。他具有爱憎分明、作风朴实、深入群众、热爱劳动等好的品德。又如《社戏》塑造了阿发、双喜等农村少年的形象。这些少年都非常能干，阿发单纯又无私，而双喜则是聪明机灵、胆大心细、善解人意、做事周全和敢于负责。我们要善于用词语准确地概括出人物的品德。人物的性格总是通过描写手段表现出来的，描写人物的方法有外貌描写、心理描写、语言描写、行动描写；既有概括介绍，也有具体描绘；既有正面描写，也有侧面烘托，我们要认识这些方法及其作用。如在《孔乙己》一文中，对孔乙己的外貌描写，写他的衣着是"一件又脏又破的长衫"，写出了他迂腐、虚荣的性格，也反映出了他深受科举制度的毒害。小说中的环境描写，有社会环境描写，主要作用是揭示时代背景，这些描写能表现出人物性格的时代根源；还有自然环境描写，主要内容有地点、时间、季节、气候及景物，主要作用是表现人物的身份、地位、行动、心情并渲染气氛等。例如，《故乡》开头描写了故乡萧索、荒凉的景象，交代了"我"回故乡的时间、原因、心情和背景。小说中的景色描写，当然不是为了写景而写景，在景色中渗透了作者的意图，我们要结合故事情节，体会文中环境描写的作用。这些作品都写的是底层人，无论是人的动作，还是底层人与社会的关系以及作者的思考，

第四章 韩国文学审美与中韩现代文学观念

都体现出了这个时代特点，这也象征着新的文学结构以及新的形式的出现，这也是现代性的另一种价值范式。

因此，在解读中国现代文学的过程中，必须体会情感，感悟作品意境，才能深刻了解其思想内容。正如白居易说的："感人心者，莫先乎情。"文学作品总是言简意丰，以情动人，蕴藏着作者深厚情感的比喻句往往是文章中信息量最大、含金量最高的句子，必须结合语境，把握作者思想感情的脉搏，才能抓住作品的精神内核。这也成为中国现代文学备受关注的一大特点。

韩国现代文学通常先有文章思路，后有文章结构。思路，是指作者的思维过程以及思想表达的轨迹；结构，是指文章的内部构造以及布局谋篇的方式。思路抽象，模拟成点与线，先行决定结构；结构具体，表达为段与篇，直接展示思路。因此，要把握韩国现代文学特点和理论，就要分析文章的结构，理清作者的创作思路，文章结构也就自然呈现。通常有定评的文学作品每有精当的结构，行文总是顺从人们的认知规律，这也是韩国文学创作的规律。

随着西方文学思想的涌现，韩国文学掀起了一阵热潮。如李光洙是新文学运动的核心，为韩国现代文学的发展奠定了基础。他在思想上受了托尔斯泰的影响，憧憬理想主义和人道主义，并且大力推广文学活动，他像个狂人那样去创作，在他的笔下，充斥着种种奇形怪状的形象组合和故事情节，纠缠着为理性所控制的人对自己欲望的惶恐，以及欲望与压抑的矛盾和斗争，表现凶残的梦幻或奇特的宁静气氛。他的作品构思离奇，用各种形式来呈献，如爱的号叫、性的显示、迷幻的情欲、血腥的暴力、扭曲的人性、错位的时间，笼罩着一层神秘、可怖、如幻似真又令人惊愕，有时甚至唤起某种崇高感的纱幕，而其局部形象往往刻画得极其精细逼真，如长篇《无情》是他的代表作品，作品忠于生活，大胆创新，突破了韩国文坛上传统思想的禁锢，解放了韩国的小说，给韩国文学带来了一场革命。

但是，对于韩国而言，其近现代文学史，盲目追求现代与浪漫，一直徘徊在这两者的承认与否定之间，使得韩国文学没有什么发展。

第五章
中韩现代文学中的人物形象比较

第五章

中华现代文学中国人物形象选出集

第一节　中国现代文学中的韩国人形象

在中国现代文学中有大量的以韩国人为主人公的作品。特别是九一八事变之后，由于中韩两国面临相同的历史命运，韩国人形象更成为中国现代文学热衷于表现的一个领域。本节采用比较文学形象学的方法对这一文学现象进行研究，希望获得对中国现代文学中韩国人形象变化的把握，并且得出对这一变化背后的历史文化背景的认识。

一、中国现代文学作品中韩国人的"他者"现象存在

中韩两国在 20 世纪初都面临被日本侵略这一相同的历史命运。韩国在 1910 年《韩日合并条约》签订后首先沦为日本殖民地。与此同时，中国人也感受到了即将到来的民族危机。于是，人们自然而然地把韩国当成了自己命运的一面镜子——韩国的不幸遭遇，引起了中国人深深的不安和危机感，当时的报纸就曾这样说："今日之高丽为未来中国之先导，过去之高丽为今日中国之小影，皆国民纵容卖国派自取其咎。"[①] 除了强调韩国灭亡与民众麻木、不思爱国有关外，还指出了中、韩两国在这方面相似的地方，其实已经包含了"以韩为鉴"的意思了。但是，此时中国人对韩国问题的关注仅仅停留在同情与忧虑这一层面上。到了三一运动之后，中国人民对韩国人的爱国心和牺牲精神又多了几分惊讶和钦佩："自日韩合并以来，高丽这个国家，差不多算石沉大海了。不料到了现在，竟有一般志士，要把这块石头，从海底拉起来，恢复他的原状，因此拼了许多人命，冒着绝大危险，他们总

---

① 崔龙水．三一运动和五四运动的比较研究 [A]．韩国研究论丛（第七辑）[C]．北京：中国社会科学出版社，2000：156、154．

不灰心,真是有血性,可佩服。"① 更重要的是,由于在巴黎和会上受到了很不公正的待遇,中国人心中酝酿了极深、极重的反帝情绪。中国人这种忧虑的情绪和"唤醒"政要的急迫不能不反映在文学作品里,于是便诞生了郭沫若的《牧羊哀话》。这篇小说以被日本吞并不久后的韩国为背景,描写了坚持气节、不与侵略者合作的志士闵崇华与深受他教育的尹子英的事迹,后者为保护闵崇华不幸殉国。《牧羊哀话》写了韩国的故事,但也蕴含了对中国命运的忧虑。如郭沫若自己所说:"《牧羊哀话》是在'巴黎正开着分赃的和平会议','山东问题也闹得甚嚣尘上'的时候写的。所以,它本身即带有一种抗拒日本侵略野心的'警世寓言'的性质。"② 从1919年的《牧羊哀话》开始,韩国人形象渐渐进入中国作家的视野。以九一八事变发生之前为界,经过粗略统计,以表现韩国人形象为主的作品有郭沫若的《牧羊哀话》、蒋光慈的《鸭绿江上》、台静农的《我的邻居》、戴平万的《流浪人》等。

这些小说的作者都未与韩国人有过较深的交往,不了解韩国人的生活,对韩国人的反日斗争也缺乏直观的认识。他们的小说素材,均来自听来的故事。由于这种距离感,使中国作家对韩国人光复斗争的描写想象成分大于写实成分。这些小说更多地成为作家们对于本国现实境况感受的表达,而不是对韩国流亡者的真实描写。

九一八事变之前,中国现代文学对韩国形象寄寓了三种情绪:同情其命运,畏惧其现状,钦佩其斗争。显然,同情和畏惧表达的是对异国现状的否定;钦佩则表达了对异国现实的肯定和向往。一方面,所有作品的主人公都是作者钦佩的韩国爱国者。如《牧羊哀话》中的闵子爵,《鸭绿江上》中的云姑,《我的邻居》中的流亡者。而且,他们无一不具有坚强的意志和美好的品格,拥有近乎狂热的爱国精神。作为对其知之甚少的中国作家却这么描写韩国爱国者,事实上,他们是把自己对爱国主义英雄的理想投射到了这些韩国人身上。另一方面,这些小说更重要的作用是其作为"警世寓言"的存在。《牧羊哀话》中的闵子爵和尹子英尽管品格高洁,结局却是一个落魄终生,一个死于非命。在《我的邻居》里,台静农虽然对"我的邻居"——韩

---

① 崔龙水. 三一运动和五四运动的比较研究 [A]. 韩国研究论丛(第七辑)[C]. 北京:中国社会科学出版社,2000;156、154.

② 刘为民. 中国现代文学与朝鲜 [J]. 山东大学学报,1996(3).

国革命者作了英雄式的描写，可是小说的高潮还是革命者的无辜被捕。这一时期中国现代文学中的韩国人形象，纵然是表现其英勇的，但也要用很大的篇幅来描述其悲惨景象，作为中国的前车之鉴。另一个典型的例子是蒋光慈的《鸭绿江上》，在讲述云姑壮烈就义的故事前，作者不厌其烦地描绘了日本统治下的韩国："日本人的警察，帝国主义的鹰犬，可以随时将某一个高丽人逮捕，或随便加上一个谋叛的罪名，即刻就杀头或枪毙。唉！日本人在高丽的行凶作恶，你们能够梦见吗？"[1]

此时的中国虽然面临内忧外患，但毕竟还是一个独立国家，韩国却已沦为了日本的殖民地。所以，此时中国社会对韩国的总体评价，即社会整体想象物，是偏重于意识形态的，即以韩国为借鉴，极力避免堕入韩国的命运中去。

总的来说，中国现代作家在对"他者"——韩国进行塑造的同时，也塑造着"自我"的形象。他们把对民族前途的忧虑投射在韩国人形象上。例如，《牧羊哀话》的结尾："恍惚之间，突然来了位矮小的凶汉，向着我的脑袋，飕地一刀便砍了下来！我'啊'的一声惊醒转来，出了一身冷汗；摩摩看时，算好，倒不是血液。"[2]

其已将凶险的遭遇暗暗转移到"我"的身上了，从中我们能够看得出中国作家在韩国形象中寄寓的对国家命运的深深忧虑。

二、中国现代文学作品中韩国人形象类型的发展与变化

如果说，从1919年三一运动之后中国作家开始把关注的目光投向韩国，那么，在九一八事变后，这种关注便明显加强了。从此到抗战结束，中国文坛产生的以韩国人为主要表现对象的作品是此前十多年的好几倍，几乎每年都有表现韩国人形象的作品问世，其中包括李辉英的《万宝山》（1933）、萧军的《八月的乡村》（1935）、舒群的《没有祖国的孩子》（1936）、巴金的《发的故事》（1936）、李辉英的《古城里的平常事件》（1936）、舒群的《邻家》（1936）、戴平万的《满洲琐记》（1936）、李辉英的《夏夜》（1937）、李辉英的《新计划》（1937）、端木蕻良的《大地的海》（1938）、骆宾基的《边陲线上》（1939）、舒群的《海的彼岸》（1940）、王秋莹的《羔

---

[1] 蒋光慈：《鸭绿江上》。

[2] 郭沫若：《牧羊哀话》。

羊》（1939）、小松的《人丝》（1942）、骆宾基的《混沌》（1944）、《庄户人家的孩子》（1945）等。

相对于此前十多年的另一个变化是，九一八事变之后，中国文学中表现韩国人形象的作品多由中国东北作家来创作。因为抗日战争的爆发，中国人对同样受到日本侵略的韩国的命运给予了更多的同情和关注，这也使这类作品的数量大大增加，远远超过了此前十多年的创作。此外，作品的表现范围也扩大了。以前的这类作品所表现的，无非是爱国的贵族、共产党员、无政府主义战士，而此时的作品所表现的除了这些以外，还有无家可归的流浪儿、农民、工人，甚至是流氓恶霸的形象。表现范围的扩大，使文学作品中的韩国人形象更加全面、真实。导致这种结果的原因是作家们与韩国人的生活多多少少有了些接触，不再仅凭一点儿报道就去用想象力塑造所谓"韩国人"的形象了。例如，舒群就曾经回忆自己和韩国少年之间的友谊，后来他把这个韩国少年形象写进了《没有祖国的孩子》中。

如果说九一八事变之前中国人对韩国的"社会整体想象物"还是偏重意识形态式的，也就是说，偏于对韩国现实处境的批判、否定的话，那么九一八事变之后，在中国作家笔下这一状况有了改变，可以说变得更加复杂了。下面笔者将以两类作品为例，对这些作品里的韩国人形象进行分析，从而具体说明这种变化。

（一）韩国爱国者形象：从爱国主义战士到国际主义战士

上面提到，早期的中国现代文学中的韩国人形象是偏重于意识形态的，即使是那些为国捐躯的爱国者也属于这一范畴。例如，《牧羊哀话》中的闵子爵和尹子英，他们都为正义事业献身，但结局都很悲惨。作者在这里强调了日本的残暴，可见即使是这类作品的目的主要也是批判、否定韩国当时的现实。

九一八事变后，在中国东北现代作家笔下，这种情况发生变化了。他们作品中的韩国人形象，特别是韩国爱国者形象，开始偏重乌托邦色彩。他们在韩国爱国者身上寄托了更多的理想，使这些形象成为对不尽人意的现实的颠覆力量。

（1）《八月的乡村》中的安娜。在《八月的乡村》中，安娜的打扮、行为和讲话方式根本与中国人没什么两样，"已经感觉不到民族的文化的差异"①。在这里安娜也回忆起日本压迫下韩国人民的不幸遭遇。

在幼年的时候,父亲、妈妈总是讲着祖国里的悲惨啦!日本政府怎样使朝鲜总督加昆压迫朝鲜人啦!他们常常是痛哭一整夜,一整夜的……②

但是,安娜及其父亲是如何认识并决定怎么解决这一问题的呢?安娜又说:

是的,也是父亲的意思……去吧!安娜!到满洲去工作吧!只要全世界上无产阶级的革命全爆发起来,我们的祖国就可以得救了!……作血的斗争吧!③

也可以说,韩国姑娘安娜,已经不仅是一个韩国爱国者形象,她同时也是一个革命者。《八月的乡村》发表于1935年,萧军在此前所写的《这是常有的事》《下等人》中早已流露出浓厚的阶级意识。

(2)《边陲线上》中的"朝鲜红党"。小说中并未具体描写一个韩国革命者,却处处暗示了这是那个坚强有战斗力的群体,一直在顽强地作战。刘强带领着那些真心抗日的义勇军战士去投奔"朝鲜红党",在大雪中艰难前行,这时他们看到:在灰色霾云满布的晨气中,一杆极小的红色旗帜,插在很远的两峰夹峙的山尖上。有时如催动他们紧急前进似的,这旗帜在狂风吹击中迅速地摇摆着。④这时,他们"一些也不觉得"那些"冻成冰的皮袖"的寒冷,他们"狂喜"地喊道"来了"。小说的结尾充满象征色彩地写道:

黎明晨色中插在远处峰巅的旗帜,更有劲地在狂风吹袭中,庄严而勇敢地摇摆着……⑤

在这种对比中,"朝鲜红党"的形象实际构成了对国民党军官领导的义勇军的批判、否定。因此可以说,韩国革命者形象成了一种理想的投射,以前作品中的韩国爱国主义战士的形象,悄无声息地转变为国际主义战士的形象。

之所以会出现这种转变,有两个原因。首先,从社会思潮和价值评判角

---

① 逄增玉.黑土地文化与中国东北作家群[M].长沙:湖南教育出版社,1995:174.

② 萧军.八月的乡村[A].萧军代表作[C].北京:华夏出版社,1998:94.

③ 萧军.八月的乡村[A].萧军代表作[C].北京:华夏出版社,1998:83.

④ 骆宾基.边陲线上[M].长春:吉林人民出版社,1984:183.

⑤ 同上。

度来看，此时的中国东北虽已为日本侵占，但关内，尤其是上海等地，仍然为左翼文学占据文坛主流。当抗战和阶级斗争同时出现在文学作品中时，作家不可能不受时代风气的影响。其次，九一八事变前后，在中国东北地区坚持武装斗争的抗日游击队中有不少的韩国革命战士。安娜的形象以及"朝鲜红党"的形象就是对这一历史现实的反映。

（二）形象范围的扩大，各式各样的移民形象

关内作家在九一八事变前后的中国现代文学作品中表现的韩国人形象主要是英勇的革命者形象。大概这是因为当时的中国面临的危险局面迫切要求文学作品里面出现理想的爱国主义战士，但另一个更重要的原因恐怕是当时的关内作家对韩国人的生活实在缺乏了解，所以他们作品中的人物与此时日本侵占下的韩国关系并不大，主要是作者观念的一种投射。而在中国东北作家的笔下，这一问题得到了克服。中国东北作家在中国东北的生活经历，使他们可以与韩国移民发生接触。距离的接近消除了陌生感，他们表现的韩国人形象的范围得以扩大了。当然，距离的接近不能彻底消除文化隔阂，所以在中国东北作家的作品中，作为中国人的"自我"和作为异国人的"他者"的区分还是存在的。可了解的加深，毕竟为表现范围的扩大创造了条件。下面，笔者分析的两类形象是以前关内作家的笔下未曾涉及的，即普通韩国人形象和韩国坏人形象。

1. 普通韩国流浪者

这类形象就是那些"饱受亡国之痛而流亡到中国东北的朝鲜普通人形象"[1]。这类形象的出现首先体现出中国人对不幸的韩国人的怜悯。最典型的例子就是舒群小说《没有祖国的孩子》中的果里和李辉英小说《万宝山》中的韩国苦力。

《没有祖国的孩子》中，韩国少年果里是被侮辱的，影院看门人叫他"穷高丽棒子"；是被伤害的，他的父亲被日本宪兵杀害了；是值得同情的，他自己说"不像你们中国人还有国，我们连家都没有了"[2]。所以，他们的祖

---

[1] 郭沫若：《牧羊哀话》。

[2] 舒群. 没有祖国的孩子 [A]. 舒群代表作 [C]. 北京：华夏出版社，1998：12、11.

国是可怕的,果里不得不逃离自己的祖国:妈妈说——我们不要再过猪的生活,你们找些自由的地方去吧!①

韩国的形象被描绘成一个封闭的、可怕的监狱,韩国人是可怜的、无助的流浪儿。这种叙述事实上构成了对韩国形象的否定。这其中包含的"社会集体想象物"无疑是意识形态式的。

但是,如果韩国人仅仅是这样的话,那他们不过是一群可怜虫。这显然不是这类作品的目的。这类作品并不仅仅是要宣扬韩国人的不幸,而是想借此唤起中国人的斗志。所以,这类小说的结尾往往是这样的:可怜的韩国人成长为坚强的战士。例如,《没有祖国的孩子》中的果里就是勇敢地杀死了日本兵,完成了由孤儿到英雄的转变;《万宝山》中的韩国苦力也是从任人打骂的奴隶转变成了勇于反抗监工和日本侵略者的战士。这种普通人—英雄的小说模式在中国现代文学中无疑具有特殊的意义。

2. 韩国反面人物形象

中国关内作家的作品中并非从未涉及过韩国反面人物的形象。例如,《牧羊哀话》中的李氏夫人与管家尹石虎勾结谋害闵子爵。这两个人的形象并不清晰,而他们的形象也主要属于传统文学中的"奸夫淫妇,谋害亲夫"的模式。

在中国东北作家笔下,这种形象无疑是扩大了,而且更加具体化了。韩国反面人物形象分为两类:第一类是"受日本人指使的朝鲜人形象"。这一类韩国人是受日本政府或日本人雇佣的,充当的是管理、镇压当地人的帮凶,如《万宝山》里韩国工头的形象。第二类是那些虽然不受日本雇佣,但是却忘记了自己是一个丧失了祖国的人,仗着日本人的势力,到处为非作歹。这样的小说有李辉英的《古城里的平常事件》和《夏夜》。前一篇写的是居住在北平的韩国流氓借租房敲诈、勒索中国人钱财的故事。后一篇写的是韩国毒贩在中国贩卖毒品、残害中国人的故事。这种小说深刻地指出了这样一类韩国人的存在。这两类韩国人形象代表了韩国人黑暗的一面,无疑是作家所极力否定的。不过,作者在这里批判的是日本殖民统治下被毒害的韩国人,从根本上来说,小说中体现出来的"社会整体想象物"还是意识形态式的,即对韩国在日本殖民统治下人心不正的现实的批判和否定。

---

① 舒群.没有祖国的孩子[A].舒群代表作[C].北京:华夏出版社,1998:12、11.

通过上面的分析，我们可以得出下面的结论：

中国现代文学中的韩国人形象随着时代的变化呈现出丰富化、多样化的趋势，这主要是中国抗日战争的爆发使中韩两国的命运更加紧密地联系在一起了。由于1931年九一八事变以后，中国东北地区被日本侵占，所以以韩国人形象为主的文学作品主要出现在中国东北作家笔下。

从比较文学形象学的角度看，九一八事变以前的中国现代文学作品的韩国人形象侧重于意识形态式的，强调对在日本殖民统治下的韩国的黑暗的社会状况的批判、否定。这些作品起到的是"警世寓言"的作用。而九一八事变之后，随着民族危机的进一步加深，人们迫切地需要在文学中出现爱国的英雄形象，所以，此后出现的韩国人形象侧重于乌托邦式的，强调的是一个不屈的、斗争的韩国人。同时，也有一些作品继续了早期中国现代文学中对韩国人形象的意识形态式的描写。不过，这一阶段的作品表现的韩国人的范围比此前明显扩大了，体现了中国作家对韩国人认识的深化。

第二节 韩国现代文学中的中国人形象

从众多的韩国文学作品中我们可以发现，中国文化对其产生着十分深远的影响。中国与韩国的文化交流，从古至今基本没有间断过。韩国在不断吸收我国文化的同时，又不断地将我国文化与其传统文化进行紧密的融合，从而促使其形成了具有明显中国色彩的地方特色文化。韩国文学的发展经过了很多的历史阶段，在每一个历史阶段韩国都对中国文化进行了一定的学习。在韩国的现代文学作品中，也有中国元素的体现。

一、韩国现代文学中的中国人形象

（一）给异乡人以帮助的人物

在韩国现代文学作品中，我们仍然能够看到很多带给韩国人民帮助的中国人民的存在，他们对韩国移民的生活状态以及其背井离乡的悲惨命运产生了深深的同情。例如，姜敬爱的《菜田》中的王临河和李光洙的《三峰家》中的张明宇等，他们都是富有同情心、勤恳善良的中国人民。

（二）生活在社会底层的中国人民

《人力车夫》一书讲述的就是生活在大上海这座繁华都市中的小人物的生活状态以及曲折的人生轨迹。另外，还有很多的韩国小说都对生活在底层的劳动人民的生活进行了描写。很多的韩国小说在描写这样的故事情节时，都会以当时政治动乱的中国为背景，以当时人民群众的生活状态作为写作的素材。这样的故事以悲剧居多，我们在姜敬爱的《盐巴》中以及安寿吉的《黎明》中都可看到相关的故事。

（三）韩国小说中的中国人物分析

我们可以发现，韩国小说中的中国人物大多都是生活在我国偏远地区的人民群众，这些地方在地理位置上与韩国相距较近，所以，在20世纪很多的韩国人民为了生存都迁居到了这些地区。这些迁居过来的韩国移民生活在与权力中心相隔较远的地区，接触的中国人民都是生活在我国偏远的劳动人民。那个时期的韩国人普遍有这样一种意识，就是认为我们国家的土地广阔，到哪里都可以生存，但事实证明并不是这样的。他们只有听从地主的话，才能拥有一片土地。当然，在韩国现代小说中除了贪婪的地主的形象，还有愿意帮助韩国移民的善良中国人民的形象。另外，在韩国现代小说中也有很多跟中国当时的政治环境相关的人物形象。

二、韩国现代文学中中国人形象的变迁

在某一历史时期，韩国文学作品中的中国人物形象是比较单一的，但这并不意味着这种形象具有代表意义。文学作品中的人物形象，往往能够反映出该人物或相关群体的生活状态与文化涵养。很显然，很多韩国作品中的中国人形象都不能真正地反映我国的现实。所以，在对韩国文学作品中的中国人形象进行研究时，要先去了解韩国文学作品所具有的基本特点以及韩国对中国的发展程度的认识程度。从韩国的文学作品中，我们往往能够看到韩国人民对中国的认识观，虽然说在第二次世界大战以后，韩国文学作品中关于中国人形象的描述已经不多，但是其仍然是相关研究中的重要部分。随着时

代的发展，韩国文学作品中的中国人形象也得到了一定的改变，但是我们从相关的文学作品中仍然可以发现，韩国人对于中国人的认识还没有达到理想的状态，仍然存在着一些错误的认识。当然，在韩国的现代文学作品中，仍然包含着一些带有政治色彩的文化心理。

韩国现代文学作品与韩国传统文学作品之间存在着较大的差异，这主要是因为韩国现代文学作品受到了来自西方思想的影响，所以，后来的韩国文学作品更加具备开放性思维。首先是在形式上，韩国现代文学作品更加注重对叙事技巧的使用，而不再仅仅是使用传统的直叙。另外，在语言方面，韩国现代文学作品都不再过多地使用文言文，而是开始用平常的交流语言来记录相关的事情。受到新思想的影响，韩国现代文学作品在描写人物时更加注重人物的复杂性，而不是简单地对人物的形象进行夸大。短篇小说《血与泪》曾被称为韩国新小说中的代表作，但是从这本小说中我们能够明确地看出其政治倾向与思想观念。在这本小说中，清军完全担任着反面角色，而收养女主人公的日本人完全担任着正面角色，可谓是泾渭分明。作者之所以会对日本人进行这样的描述，主要是因为其曾经在日本留过学，所以，他的思想观念就会受到日本文化的影响。结合作者的生平简介我们可以发现，作者并没有相关的经验，也没有真正切入实际去对中国进行了解，而是仅凭自己的想象来为中国人扣上反派的帽子。从该小说中，我们无不发现夸张的色彩在里面，他将日本人的仁义与中国清军的无情进行了鲜明的对比，这对中国人民的形象来说是非常不利的。这样的描述在某种程度上表现了作者已经摒弃了传统的中国人在韩国人心中的印象，而肯定了日本人进行殖民统治的政治立场。这篇小说在某种程度上表现了韩国文学界的一种新思潮。

第六章
中韩现代女作家的女性意识比较

第一节　中韩女性文学的背景与发展

一、中韩女性文学的背景与兴起

20世纪之初，中韩两国社会都经历了巨大的动荡，从政治到人们的思想观念。在此背景下，反封建必然涉及妇女问题，再加上两国封建文化伦理结构有突出而深重的父权制基础，妇女解放必然成为当时的流行口号，人，尤其是长期受压抑的女人，成为文学书写的重点。

中国第一批现代意义上的女作家，诞生于通常说的"五四时期"（1917—1927）。《易卜生专号》于1918年《新青年》第4卷第6号整版出现，不能不说是一个信号，《娜拉》《国民公敌》等三篇剧作随即在当时掀起了巨大的波澜。喜爱易卜生作品，勇敢地追求爱情与自由成为当时青年自我解放的一大时尚。尤其是娜拉对中国"五四"新女性的影响是一个值得注意的文化现象。不论在文学还是在现实中，新的女性恐怕都是在娜拉式的精神、娜拉式的思索的示范下，迈出她们区别于旧女性的第一步。娜拉现象也最终打破了中国绵延数千年之久的封建礼教和旧式家庭模式的稳定性，开始了暴风骤雨般的对根深蒂固的封建思想的讨论，最终引发人们对中国女性和婚姻家庭状况的普遍关注和深刻反思，中国化的娜拉形象成为文学创作的一大主题。胡适的《终身大事》中塑造的田亚梅，封建旧家庭的大小姐、受新思想的影响，十分渴望获得个人的尊严与独立，如同娜拉一样，愿望受阻、最终觉醒、开始了自己的新生活。无疑，这一形象是符合时代潮流的，引起了强烈的社会反响也是因为她符合当时读者的审美需求。鲁迅在1925年创作的《伤逝》中塑造了一个中国式的娜拉，纯情善良、执着地追求爱情和婚姻幸福的子君，坚决反封建的态度和勇气，最终义无反顾地与家庭决裂，毅然同涓生建立了追求男女平等的小家庭，"我是我自己的，他们谁也没有干涉我的权力"。子君走过的道路恰恰是"五四"时期妇女解放的主要途径：反叛家庭，毅然出走，追求自由的爱情，并自主自己的婚姻。从子君身上可以找出那个时代一个广为接受的模式：婚姻不仅是"爱情的坟墓"，而且更是"女人的坟墓"。而《伤逝》的贡献在于，它以子君的死宣告了一代人在妇女解放问题上的思维疆界或思维极限。[1] 娜拉几乎构成了这代女性的"镜像阶段"，仅在文学中就有多少模仿或酷似的举动，如茅盾的《创造》、庐隐的《男人与女人》、丁玲的《莎菲女士的日记》等都是娜拉的形象，俨然参与着"五四"女性的主体生成过程。

正因为妇女解放成了一面旗帜，"五四"时期大批作品都从揭露封建礼教的吃人的本质、探索妇女解放道路的主题进行创作，如鲁迅的《祝福》《明天》《离婚》和叶圣陶的《这也是一个人》、杨振声的《贞女》等均为当时影响较大的优秀之作，使得文学及现实中的女性生存都只能在社会解放的大旗帜下才有意义。而真正能感同身受的是当时比较著名的女作家，如冯沅君、陈衡哲、冰心、凌叔华、庐隐、丁玲、苏雪林、石评梅等。她们对深受旧思想、旧礼教、旧习俗压抑之下的妇女，也就有着格外真诚的同情，不仅对女性自身的问题表现出了高度关注，而且在性别方面都有明确的平等意识。陈衡哲的小说集《小雨点》共收录十篇小说，有六篇是写妇女的。冰心的小说接触面较广，但她写得最好、影响最大的还是妇女题材小说。庐隐的小说写女性的占了她的作品的百分之八十。凌叔华的《花之寺》和《女人》所收小说大部分都是写女性的。石评梅的作品，笔者所看过的十几篇，有九篇是写女性的。冯沅君的三个小说集，大多都以书写新旧女性的生活和命运为主。受过教育是这些女作家的共同背景。"五四"的激荡使她们走出闺房，投入时代洪流，最终登上神圣的文学殿堂。正是五四运动的历史契机，才最终促使了女性的觉醒，女性终于发出抗争之声，挣脱了传统的思维模式，拥有了现代意义层面上的自我意识。对于中国女性而言，确立"我"与"自己"的关系，意味着重新确立女性的身体与女性的意志的关系、物质精神存在与女性符号称谓的关系、女性的存在与男性的关系、女性称谓与男性的关系等一系列重大问题，因此，"我是我自己的"这短短六个字竟是女性向整个语言符号系统发出的挑战。

真正拥有主体性的女性意识，是"五四"女作家与古代才女创作最为鲜明的差异，前者从人的意义发现自我，并将其融合、渗透在文学作品中。

---

[1] 赵都陵，颜昌军. 从《伤逝》看中国式娜拉的现实出路 [J]. 湖北广播电视大学学报，2007（9）.

第六章 中韩现代女作家的女性意识比较

冰心作品中有着浓郁的女性氛围，从处女作《两个家庭》开始，到《秋风秋雨秋煞人》《最后的安息》《庄鸿的姊姊》等都从不同侧面提出了妇女解放的问题，为女性获得做人的权利而大声疾呼。庐隐作为从"五四"反封建的浪潮中觉醒来的女性，她书写了"五四"前后走出封建家庭后的青年女性的苦闷和彷徨。石评梅的《这是谁的之罪》《董二嫂》《弃妇》《林楠的日记》里真实地向人们控诉了封建家庭和封建社会的黑暗和罪恶。凌叔华的《女人身世太凄凉》《花之寺》《女人》等都写的是妇女，如高门贵族的太太、小姐和平凡妇女、底层妇女等，她们都有着鲜明的女性意识。冯沅君的《隔绝》《隔绝之后》和苏雪林的《棘心》都表现了个性化的性爱与传统母爱的冲突，进而揭示了封建礼教对女性恋爱、婚姻的干预及她们反抗命运造成的悲剧。丁玲的创作早期以其特有的真诚和感触关注妇女问题，展现女性的生存困境和感情世界。丁玲笔下的梦珂、莎菲、阿英、阿毛、佩芳、野草、承淑等皆是其从性爱视角塑造出的"莎菲式"形象，她们是被"五四"精神唤醒的一群女性，对自我人格极其珍视和捍卫自身做人的权利，并且这种反叛的方式是以"性"而外显的。用"性心理"体验着她们周围的男性与男性世界，其间夹杂着的矛盾、痛苦、焦虑的复杂心态，肉体性欲被唤醒的颤栗，无法排遣的心理冲撞，这在当时是非常大胆的突围与尝试。从精神到肉体再到精神，对性的追求与渴望终于在文本中得到充分展现，也成为女性个体性自我张扬在30年代的展现，从精神层面上完成了"五四"女作家未曾有的突破，完成了女性从精神到身体的双重启蒙。

1919年的"三一运动"给韩国带来了社会、政治、文化、教育、思想上的一系列重大变化。在这一广阔的文化大背景下，崛起了韩国第一批女作家，如金明淳、罗蕙锡、金一叶、田有德、金元周、许英肃等，她们登上了韩国现代文坛，站在了时代大潮中。

20世纪20年代的韩国女作家，多受过高等教育，有些还曾留学海外，直接受到西方人道主义的影响，个性解放思潮曾深深影响了她们。反观当时作为殖民地及封建社会的韩国广大妇女的悲惨压抑的命运，她们第一次试图挣脱传统思维模式的影响，开始了真正具有现代自我意识的文学创作。同时，在韩国第一次掀起了妇女解放的浪潮，这对韩国的文坛而言都具有重大意义。当时，《东亚日报》《朝鲜日报》《新女性》《三千里》《新家庭》《朝鲜文学》《新东亚》《中央》《朝光》《四海公论》《批判》等报刊，开始宣传妇女解放思想，并大量翻译介绍女性解放论、女权论的作品，其中最有影响的是易卜生的《玩偶之家》。易卜生主义强调个人对社会的反抗，主张尊重人的个性，充分发展个性。"世界上最有强力的人就是那最孤立的人"，是易卜生主义的核心所在，也使得觉醒了的知识分子狂热地喜爱易卜生的作品，尤其是对韩国第一批女作家们的影响非常大。她们提出的自由、平等思想极大地受到当时活跃的气氛的感染，感到自己也是具有独立人格尊严的人，并开始写出了许多著名的要求婚姻自由、女性解放和人的解放的文学作品。

在韩国现代女性文学史中，最早的女性小说，是金明淳在1917年发表的《疑心少女》。该作品获得《青春》杂志有奖征文的三等奖。其通过描写女主人公佳姬和外祖父的隐居生活，揭露了男性对女性的社会暴力，为许多不能说话的下层代言，对社会现实进行了批判。她在日本留学期间发表了不少小说、散文、诗歌等，其中在代表作品《这位小姐之路》中刻画了对抗结婚毅然离家出走的女性的苦恼和反抗精神。另外，在《七面鸟》《弹实与周英》《回过头看时》《不相识的人似的》《我爱》《解梦的夜晚》《客人》等作品中，妇女生活的苦闷，尤其是婚姻问题中的矛盾成为其较为重要的写作主题。

在韩国现代文学史中，第一批女作家的出现，既开辟了现代文学的新天地，也结束了男性作家一统天下的旧文学史局面，具有独立意义的女性文学时代开启。不过，韩国女作家此时的社会地位并不高，仍然外于社会的边缘，并且她们自身也普遍缺乏独立自主的女性意识。

二、中韩女性文学从边缘走向中心：中韩女作家意识的生成

无论中国还是韩国，在现代文学史上，20世纪三四十年代是女性文学的第一次发展期和高潮。于是女作家的创作发生了明显的变化，被妇女解放和个性解放的"启蒙"取代了，"民族革命"与"民族救亡"成为这一时期最重要的主体话语。两国的女作家们从大潮的激情与想象中走出，以不同的面貌投身时代生活，并在政治和社会力量以及价值上的意识形态逐渐成熟发展。而写于20世纪三四十年代的文体中，关于阶级、革命、民族、国家的话语和性别、个人的话语复杂地纠结在一起，既有与时代呼应的对民族命运的深切关怀，也有面向女性自身的探索与审视，精神内涵更为多样丰富。

1927年大革命失败后，中国的民族矛盾和阶级矛盾越来越严重，整个社

第六章　中韩现代女作家的女性意识比较

会处于动荡不安之中。抗日战争的爆发，使中国版图被分割为"沦陷区""国统区""解放区"等几个区域。特殊的文化语境，对文学的价值、功能和要求产生重要影响。一些作家亲身参与了这场救亡图存的斗争，革命生活、阶级斗争、民族抗战的文学成为最为核心甚至是唯一的创作主题。

在这种社会大背景下，一批女作家开始回应时代，调适自己，主体意识的内部构成发生了重要变化，自觉或不自觉地以社会意识、政治意识作为主体意识的新支点。导致这种变化的原因既有社会、历史的因素，也有创作主体自身的因素。女作家主体意识结构的变化给创作带来的影响是特别明显的。她们没有过分纠缠于女性主体问题，而是主动选择从个人情感中退场，开始倾向于探索救国救亡问题。有的作家走向社会、走向民众、走向战场等，女性文学的创作面貌也随之发生重大变化。

这一时期女作家大量涌现，包括萧红、谢冰莹、张爱玲、白薇、罗淑、葛琴、苏青、雷妍、陈敬容、杨绛、赵清阁、草明、韦君宜等。她们当中有"左联"重要成员，有女兵作家，还有"新月派""九叶诗派"诗人；有"沦陷区"东北作家群的代表，也有反映"解放区"军民生活的作家，还有在"孤岛"时期不甘寂寞书写传奇的女子；有参加过长征的红军女战士，也有追求进步的女知识青年，还有在抗日烽火中涌现的各路新秀。这些分散在不同区域的女作家，尽管政治信仰与文学追求各不相同，但都以其独特的思维方式、文化心态去感受生活、观察世界，她们的作品都是心血和爱憎铸就的结晶。

这一时期的女性创作在对"民族"和"国家"的宏大叙事书写中，对社会各个方面的观察、思考进一步开阔了创作视角。首先，这一时期女作家重点关注的是民族解放、民族独立、民族斗争，更进一步关心社会底层妇女的艰苦和时代的苦难造成民众的悲惨生活。例如，萧红的《生死场》《牛车上》《王阿嫂的死》，罗淑的《生人妻》，葛琴的《一个被迫害的女人》等，都是描写底层劳动女性的悲惨生活和不幸遭遇的生存状态。其次，从个人生活领域中走向革命的女作家开创了女性文学的新道路。例如，丁玲的革命叙事与女性情怀相结合的"革命＋恋爱"的三篇小说（《韦护》《一九三〇年春上海（之一）》《一九三〇年春上海（之二）》），谢冰莹的《女兵自传》和《从军日记》，白薇的《炸弹与征鸟》《悲剧生涯》《打出幽灵塔》。再次，描写抗战背景下的民族悲歌和女性情感。例如，冰心的《冬儿姑娘》《我的奶娘》《关于女人》，赵清阁的《花木兰》《女杰》《潇湘淑女》，白朗的《沦陷前后》，罗洪的《践踏的喜悦》

等，都写出了勇敢、刚强的女性形象。最后，40年代的"沦陷区"，商业文化语境中的女性描写出另一种姿态。这主要将女性出路与革命阶级斗争联系在一起，并揭示外在环境对女性本身内在世界的自我认知和负面认知。例如，张爱玲的《倾城之恋》《金锁记》《沉香屑：第一炉香》，梅娘的《蚌》《鱼》以及《蟹》，苏青的《结婚十年》和《续结婚十年》等，都是其间的代表作品。

　　大体来说，由于社会意识和政治意识的强化以及某些层面女性意识的弱化，使得20世纪三四十年代女性文学的性别色彩明显弱于"五四"时期。政治和商业开始了对小说的介入，以"左联"为核心的左翼、远离文学党派性和商业性的"京派"和最接近读书市场的"海派"三足鼎立的局面形成。20世纪三四十年代的小说按照不同的意识形态和文体的各种组成关系，表现出自己独特的面貌。这一时期在不同的生活环境和写作状态中取得突出成绩的萧红、丁玲、张爱玲，是中国现代文学史上最具代表性的女作家。萧红直面人生的苦难与不幸，在"生死场"上写下一篇篇动情的文字；丁玲不懈地探索社会救赎的道路，执着于生命的理趣与时代的羁痕；张爱玲冷眼视看生命深处的荒芜与苍凉。

　　总的来说，相比"五四"时期，这一时期女作家的创作更具有时代性、民族性，呈现出多样化的发展态势。

　　1910年，日本正式吞并韩国后，为了建立殖民统治并打击、摧残反日文学等，实行了一系列的文化政策。1911年《皇城新闻》以及《大朝每日申报》等14种韩文报纸相继停刊；同年，《自由钟》和《禽兽回忆录》等31种共计几十万册有关反日意识的书籍也被销毁。"武断统治"最终对韩国文化、文学等方面造成了很大的损失和破坏。1919年，韩国爆发"三一运动"之后，日本对韩国的统治方式从"武断政治"转为"文化政治"。于是，日本帝国主义在韩国实行了"发展文化""充实民力"的统治措施，放松了对文学创作的控制，韩国的现实主义、浪漫主义、颓废主义的文学也发展了起来。但是，这并不意味着日本放弃了摧残反日思想、灭韩国文化的企图。日本帝国主义鼓励发展的无非是歌功颂德的"国策文学"或颓废文学，这样的必然结果就是带有进步意识的作家仍然受到打击和排挤。日本采用的手段有禁止发表或出版反日倾向的作品，实行报刊书籍检查制度。韩国的著名文学家金东仁曾说道："这些年我的很多作品都不断地被检阅，或大部分内容都不能允许通过，或被削除。"所以，此时的韩国文

第六章　中韩现代女作家的女性意识比较

学界发展得比较限定，基本是在日本殖民政策的警惕之下生存。日本帝国主义在韩国的统治在九一八事变后发生了变化，实行了"创氏改名"以及"消灭语言"政策，要求韩国人将姓名改为日本名和使用日语。从进入40年代开始到1945年日本投降而韩国解放期间，日本帝国主义在韩国全面实行奴化教育，毁灭韩国文化，这使韩国文学遭到了严重的打击。因此，作家们大都难以保持创作活动，主要参与救亡图存的斗争，韩国的文化在逐渐用殖民地化取代韩国民族文化输入到文学本体中去,鼓励反映反抗民族斗争、民族独立的文学创作。

在这种情况下，一批女作家投身回应时代的文本中，以社会意识、政治意识作为主体意识的新支点。她们写作，既有与时代相呼应的对民族命运的探索，也有对女性主体问题的深切关怀。意识形态的分野与特定政治背景和社会环境形成特定的文化语境，对文学的功能和要求产生重要影响。自20年代末到30年代，左翼文化和普罗小说的提倡，使韩国文学界和文化界迅速发展。当时全国各地创办了众多有较大影响的杂志，如《东光》（1926）、《新生》（1928）、《新民》（1928）、《三千里》（1929）、《女性之友》（1929）、《批判》（1931）、《彗星》（1931）、《新东亚》（1931）、《东方评论》（1932）、《中央》（1933）、《新家庭》（1933）、《朝光》（1935）、《四海公论》（1935）、《女性》（1936）等；专业文艺杂志，如《文艺公论》（1929）、《朝鲜文艺》（1929）、《诗文学》（1930）、《文艺月刊》（1931）、《文学》（1932）、《朝鲜文学》（1936）、《诗人部落》（1936）、《人文评论》（1939）等；宣传社会各个方面消息的报纸，如《东亚日报》《朝鲜日报》《朝鲜中央日报》等。20世纪三四十年代，众多女作家们通过上述的报刊来发表文章和得到更多的外来信息。

30年代，随着韩国女作家群登上文坛，以男作家为主流的文学界受到了挑战，随之对女作家作品的评论、批评等便涌现了出来。首先，对女作家创作的批评，安含光《文艺时评》(《批判》1933年1月)、白哲《文艺时评》(《彗星》1931年12月)、崔贞熙《1933年女流文坛总评》(《新家庭》1933年12月)、金基林和梁柱东《女流文人片感寸评》(《新家庭》1935年1月)、李无影《女流作家概评》(《新家庭》1934年2月)、李青《女流作品总观》(《新家庭》1935年12月)等，都讨论了女作家的创作活动并对女作家的创作进行了评价或批评。其次，30年代整个韩国文学界最热点的议论是"女流作家写什么"或"如何写"等的一系列问题。其中最有影响力的评论文章如安会男的《小说家朴和城论》(《女性》1938年2月)、任淳得的《女流作家的地位——特先于当作家》(《朝鲜日报》1937年6月)和《女流作家再认识论》(《朝鲜日报》1938年1月)、金文辑《女流作家的性别归还论》(《批评文学》1938年)、金南天《4月创作评——女流作家的难关与〈凶家〉检讨的重点》(《朝鲜日报》1937年4月)、崔在书的《女性·文学·家庭》(《女性》1938年2月)和《女流文学低调问题》(《女性》1939年6月)等,写的都是有关女性的,大多数人都主张女作家应该着重于现实社会的女性问题以及应该根据社会问题来指导女性在现实社会的行为。

20世纪30年代的韩国女作家们,面临着重大的创作责任,在多难多灾的环境中,她们创作的追求与探索呈现出前所未有的发展和成熟。此时期活跃在文坛的女作家,如姜敬爱、朴花城、白信爱、崔贞熙等,与20年代女作家群不同,她们的创作关注的焦点主要将女性、家庭问题融进为国家、民族独立而斗争的进步潮流中。她们不仅关心社会底层妇女的艰苦,而且对社会进行了全面的观察、探索与思考,进一步扩宽了创作视野。同时,由于她们在创作活动中以其独特的思维方式、文化心态去感受生活、观察世界等,从而引起了以男性为主的文艺界的强烈关注和反响。

20世纪三四十年代的韩国社会生活在文学女性的视界里得到了前所未有的展开。无论是民族国家生存真实的悲哀,还是女性本体的问题,都给女性文学的创作赋予了独特的现代性。她们在对"民族""国家"的宏大叙事书写中,对生命本体的关注,对社会进行全方面的思考,进一步扩展了创作视野。尤其是殖民地影响了女作家的审美心态,决定了她们创作具有鲜明的时代色彩。

无论中国还是韩国,20世纪三四十年代的女作家们对社会意识、政治意识的强化与20年代第一批女作家相比有加强。总体上,中国的战争时期和韩国的殖民地时期,国家动荡不安,对民族的不幸和时代的苦难的关注,使两国女作家的创作构成了从私人生活领域突围而出,走向历史前台,充满热情地书写革命与救亡融合的多元格局。

第二节 中韩女性文学的题材对象与人生情怀

一、不同国度里知识分子的人生选择

在五四运动的影响下,从事文艺工作的新青年知识分子是广受推崇和欢迎的小说题材,因他们契合了当时人们热切追求的审美特质和个性解放的精神品质。但到了 20 年代末至 30 年代初期,由于强调阶级解放的政治氛围和社会潮流,这类知识分子的形象遭到了强烈的质疑和批判。他们的职业身份或阶级地位取决于他们的工作内容和性质是否传达出普罗思想和阶级自觉意识,否则便会被贴上"小资产阶级知识分子"的标签,而他们身上曾被"五四"第一代人所欣赏的特征,也成了备受排斥的负面特征。对知识分子的审美要求也就表现在放弃爱情、选择与阶级解放相关的革命事业方面。这类处于社会结构期的知识分子,出现在所谓的"革命+爱情"式的小说中,表现出当时人对另一类新型男性的追寻与期待,这是一类放弃爱情,投身革命事业的革命知识分子。

20 世纪 20 年代中期,马克思主义思潮在亚洲的影响逐渐增加,许多知识分子意识到阶级对立才是造成各种社会问题的最根本原因,而积极接近群众,与社会底层的人民做近距离的接触和交往,甚至以他们为学习的对象才是真正实现平等、进行社会解放的正确途径。这表现为从事符合为群众和政治服务性质的工作成为那一时代知识分子的不二选择,把这种转变视为精神的最终胜利。无论是中国还是韩国,均可以将小说题材分为许多种类。例如:知识分子题材、爱情婚姻题材、农工生活题材,面对题材的选择和处理方式一般能较为清晰地折射出作家的思想维度及心理取向。

萧红与姜敬爱在题材选择上具有共性的特征,那就是弱势群体的贫穷与苦难生活,批判沉淀在其精神中的人性弱点。通过简单统计便可看出,萧红描写农工生活的小说为 30 篇左右,约占其全部小说创作的 70%;姜敬爱表现农工生活的小说有 14 篇,占其全部小说创作的 67%。同时,两人还

有描写爱情婚姻和知识分子的小说,通过对这两类题材的分析,也从侧面透视出两人小说中的农工生活题材所占比重要远远大于爱情婚姻题材与知识分子题材。

萧红与姜敬爱创作的年代是20世纪30年代国家与民族灾难深重之时,有关民族的前途、革命道路,关于知识分子、农民等不同阶层的人们对道路的选择成为书写的重点,而时代也把作品是否指明或暗示出以阶级意识为判断标准的"正确"人生道路的选择,作为衡量作品价值大小的主要依据,反映到"五四"女性小说中也就出现了一批知识分子形象,如丁玲《韦护》中的韦护、《一九三〇年春上海(之二)》中的望微和冯飞、《一九三〇年春上海(之一)》中的肖云和若泉、《一天》中的陆祥和谢冰莹《抛弃》中的谭若星、《青年王国材》中的王国材等,都是典型地将主人公的出路与阶级解放的政治目的相融合的。

(一)时代的畸形和精神胜利法

萧红以知识分子为题材的小说有《马伯乐》中的马伯乐、《逃难》的河南生、《两个青蛙》中的秦铮与平野、《患难中》中的木村、《腿上的绷带》中的老齐与逸影等。这些知识分子都带有性格缺陷或病态,除马伯乐与河南生形象外,作者对他们多持怀疑和讽刺批判的态度。例如,《两个青蛙》中的秦铮与平野,是为了共同的理想被捕入狱,含笑走向刑场上的婚礼;《患难中》中的木村,是因为思想比较激进,在课堂上向学生宣传革命思想而被学校当局开除;《腿上的绷带》中的老齐与逸影,虽然是为了革命而导致腿部受伤,还被密探捕获关押了一天,但是逸影的离去却使他的心受到了致命的伤害。这都是刻画了知识分子在物质上的清贫和精神上的低落。

马伯乐形象在思想和艺术上的刻画都要高于前者。《马伯乐》分第一部、第二部两部分,是萧红未完成的一部长篇小说。作家从几个角度揭示马伯乐的矛盾性格和描写一个具有时代特色的生存环境。

萧红对马伯乐这样的游民和骆驼祥子那种苦力出身的游民不同,是作为知识分子来看待的。同时代的作家如鲁迅、郭沫若、曹禺、巴金以现代思想开启了文学的现代性,创作了象征新思想的人物。而在《马伯乐》这部书里,象征新思想、现代性的意符,几乎都是被讽刺地运用着。在现实中遇到的任何挫败,都可以用他精神的力量,利用新旧诗词、格言等来找到自我解脱的途径,这种典型弱者心态和行为便是中国国民性的代表——阿Q,而这也是当时知识分子生命中潜藏的生命底色，隐褪不掉。

（二）理想中的革命者

姜敬爱以知识分子为题材的小说有《烦恼》《二百元稿费》《黑暗》《破琴》《其女人》《足球赛》《黑蛋》等。《烦恼》表现了严酷的监狱生活彻底磨消了"我"的斗志，"我陷入对狱中同志之妻继淳的单相思中"。《二百元稿费》批判了"我"无视他人的苦难，描绘出了想用二百元稿费满足自我需求的小市民的自私自利的心理。这两部作品表明，此时的知识分子已丧失了革命的理想与斗志，而沉湎于狭窄的私生活圈子里。《黑暗》集中反映了知识分子的偏执和反动。可见，在姜敬爱的笔下，知识分子走的是精神蜕变的过程。据韩国学者林宪荣考证，姜敬爱在上述几部作品中塑造的知识分子形象显然是以她的丈夫张河一为生活原型的。张河一是毕业于水源农林学校，曾任长渊郡厅书记。当时，姜敬爱加入长渊近友会支会，由于工作关系，与之接触而恋爱并结婚。张河一是一位具有进步思想并从事地下革命活动的革命者，是姜敬爱政治思想的引导者和指路人。姜敬爱早期作品中表现出的阶级观念和革命思想主要是受他的影响，这在随笔《初次朗读原稿》（《新家庭》，1933年6月）、《漂母之心》（《新家庭》，1934年6月）和小说《二百元稿费》等作品中表现出来。在这些作品中，张河一是一位坚定、严厉、关爱同志、不容忍错误的指导者和地下革命活动家，对姜敬爱思想上的帮助和影响是巨大的。姜敬爱和张河一婚后不久即来中国龙井，恐怕也是因为在国内的活动受到限制的缘故。来到龙井后，张河一在东兴中学任教师。对此，与张河一交往深厚，同时也任东兴中学教师的朝鲜作家安寿吉在《韩国文坛内幕》中回顾道："在东兴中学教数学的张河一先生由此可知。在龙井时期，张河一从事教学，而姜敬爱操持家务，并从事创作。"姜敬爱的小说《足球赛》和《黑蛋》的素材就来源于张河一所在的东兴中学发生的故事。婚后的姜敬爱与龙井和汉城两个地方的作家团体都很少接触，主要是通过张河一及其朋友处观察并了解政治形势的变化。而随着时势的变化和革命低潮的到来，正如许多知识分子的变节一样，张河一的思想也转向了。姜敬爱从1938年以后很少写作，特别是生命后几年更是停了笔，一般认为是缘于其健康的原因。随笔《矿泉水》也证实道："近三年来，因为身体有病，我不得不同病魔斗争，因此自然明白笔和墨被冷落了，想法也有些迟钝了，可是没有办法的事儿。一直以来，我只想投入美丽自然的怀抱，揣摩着如何下笔。"但是除了这一原因外,对此,林宪荣在《批判的事实主义的宝贵成果》一文中说:"因为从事地下活动的丈夫的转向,姜敬爱的精神陷入痛苦中。"并且指出,"姜敬爱作品中所塑造的地下革命活动家的形象是受到丈夫同样生活的重要暗示,与丈夫并非无关。"这是姜敬爱笔下的"我"的丈夫和知识分子的形象。

萧红的《马伯乐》是在一个游离于抗战大背景下,是由普遍的启蒙思潮支持而产生的写一个不觉悟的知识分子的国民劣根性的启蒙作品,而姜敬爱描写的是在国家与民族灾难深重之时,知识分子的苦难的历程和斗争。萧红与姜敬爱都受到时代政治氛围和周围人文环境的影响——"左翼"和"卡普"的成立与活动,也曾一度深入这一时代前沿题材,将其吸引到革命的队伍中来。知识分子只有通过贬低自身在革命中的作用才能确保其革命者身份,马克思主义的这种历史变革观其实存在着无解的悖论,但作家们依然试图通过这种写作来解决作家精神上的纷乱,最终必然导致作家更加模糊的身份认证,这种写作反映出作家真实的心态,同时也折射出作家在革命中身份认同的困窘。

二、人生关怀:悲惨农工生活的同情书写

小说家们以启蒙的理性之光对农民文化形态和心态进行批判,以历史性的深邃眼光来看待农民文化、农民形象。她们对乡间的乡土习俗进行理性审视,描写了械斗、水葬、冥婚、典妻等乡土习俗,发掘其中的罪恶和人们的愚昧、麻木。在民族灵魂的塑造上,农村题材小说也给我们展示了不同文化语境下对理想人性的不同理解。自古以来,中韩两国都是农耕文明的古国,在全世界,很少有国家像这样与农民形象、农民问题有如此深刻的不解之缘。

20世纪30年代,中韩底层人们生活困难的最大的原因是日本帝国主义的侵略和地主、资本家剥削、压迫的结果。这样的变动触及中韩社会的每一个角落及一切阶层,对知识分子、民族资本家、工人、农民以至市民阶层命运和思想、感情、心理等产生巨大冲击,引起了从中心城市到一切穷乡僻壤的人的社会生活的急剧震荡。而30年代的普遍社会现实之一是,贫富悬殊的阶级差别和阶级压迫,阶级间的冲突呈现出压迫和反抗的对立场景。这已成为中韩现代文学对于阶级意识形态描写的视觉叙事模式,因而作家需要对压迫与反抗的主题进行再创造,更好地实现文学作品的表达性力量。用丁玲的话来说:"我把我的作风从个人自传式的写法和集中于个人,改变为描写

第六章　中韩现代女作家的女性意识比较

社会背景。"这就是说，文学创作既反映社会现实，又参与社会现实的建构。

九一八事变和日本侵韩后，殖民地化命运的威胁摆在了中韩民众面前，这是包括当时许多作家都无法摆脱的生存语境，国破家亡的民族耻辱和阶级压迫的体验和感受是最为强烈的。小说主题无一例外地同情人民的苦难、反思民族受到的压迫。他们怀着诚挚的民族责任感，表现出在民族压迫和阶级压迫下，社会的弱势群体所遭受的灾难，并在刻画出国民精神状态的同时体现出强烈的人道主义情怀。

（一）贫富差别的不合理生存状态

在对中国现代农民历史命运的考量中，鲁迅无疑是最有代表性的。鲁迅把自己最热烈、诚挚的感情倾注到农民身上，鲁迅了解中国农民，他一方面对农民进行批判，一方面又热爱着农民。鲁迅从思想革命的角度，以启蒙理性和批判精神，在文学中实施政治批判和文化批判，深刻而尖锐地抨击由长期的封建统治对人们造成的愚昧、落后、麻木、自私、保守，并把"哀其不幸，怒其不争"的态度，凝聚到阿Q这样一些形象中去。40年代，赵树理所写的具有浓郁地方色彩和乡土气息的《小二黑结婚》《李有才板话》《李家庄的变迁》等作品，成为当时文艺界贯彻落实倡导文艺"为工农兵服务"的典型。

萧红的《生死场》与叶紫的《丰收》、萧军的《八月的乡村》，都被收入奴隶丛书出版，产生了重要影响。《生死场》展示九一八事变前后东北北部农村市镇的生活图景，里面坚韧地挣扎着的有王婆、金枝、月英等农村妇女。萧红纤细敏锐地写出北方中国农村生活的沉滞、闭塞，以及由此造成的对民族活力的窒息。

贫困、萧条、落后是萧红在《生死场》中对东北农村景象的描写，贫穷、愚昧、单调、刻板是广大人民在残酷的大自然下的生活状态，日复一日、年复一年、世世代代的动物式的生存状态："人和动物一样忙着生，忙着死"。心，逐渐地，人也变得像动物一样暴躁、粗野，乃至于冷酷无情了。三岁女孩子放到草垛旁摔到铁犁上死了，"和一条小狗给车轮轧死一样"，相似的类比还有很多，如"农家好比鸡笼""全庄像是海上浮着的泡沫"。也正是这种贫穷，造成劳苦大众认为最基本的物质需求才是最为重要的，亲情这些属于精神层面的东西都在现实的逼迫下隐退，如小人物二里半，视羊为金，羊一走失，便心急火燎，六神无主，直到最后被逼走投无路时，他最留恋的仍然是羊，"二里半的手，在羊毛上惜别，他流泪的手，最后一刻摸着羊毛"，而他失去妻儿的痛苦是"农家无论是棵菜,或是一株茅草也要超过人的价值"。在这些人的一生中,再辛苦的劳动,都只能让自己的生活停留在努力维持温饱的生活状态,只能使生命得到延续,但贫穷从未远离,生命无异于野草,卑微而又顽强。

而与自身有着情感牵连的家畜,成了乡土中国孤单人群的物质财富的同时,也承担了一定的精神寄托的功能。这种似乎血脉相连的描写成为流淌在乡土中国大地上的温暖感动,也体现出生活的种种无奈之感,王婆的经历颇具有代表性。王婆年轻的时候曾亲眼见到屠杀牲畜,并不觉得异常,但当她牵着和自己多年相依为命的老马走入屠场时,前所未有的难过涌上心头。屠场里"满院在蒸发腥气。在这腥味的人间,王婆快要变做一块铅了!沉重而没有感觉了……王婆把马送进屠场以后就出来了,没想到马追了出来,无法,王婆又走回院中,马也跟回院中。她给马搔着头顶,它渐渐卧在地面了!渐渐地睡着了!忽然王婆站起来向大门奔走。在道口听见一阵关门声……她哭着回家,两只裤子完全湿透。那好像是送葬礼归来一般。家中地主的使人早等在门前,地主们就连一块铜板也从不舍弃在贫农们的身上,那个使人取了钱走去。王婆半日的痛苦没有代价了!王婆一生的痛苦也都是没有代价。"这种近乎变态的牵挂与热爱,是异常的,但同时也是非常值得同情的。正因为这种阶层之间的无情,和人与人为生存而彼此之间的冷漠,造成了原本应发生在人与人之间的牵挂发生在人与家畜之间,体现出人与人的麻木、荒凉的人心。这块土地上"大片村庄生死轮回着和十年前一样"的生死场上生活着的"连奴隶都不如"的农民们的悲惨生活本相和沉重命运,扭曲的人性和愚昧麻木的态度充分揭示出处于腐朽文化中的人们病态精神和心理。

麻木和重复的生死轮回,也就在极度的物质贫困下成为不争的事实,这不仅是萧红展现东北农村农民群体的悲惨生活全景的方式,姜敬爱对韩国农村农民的展现也亦如此。她主要是通过地主和佃农之间的矛盾冲突,描绘出当时韩国农村农民的生活状况,以及一步步觉醒的过程。姜敬爱受过比较系统的现实主义文学训练,与《生死场》相比,《人间问题》在结构上比较完整,在创作上深受"卡普"(韩国无产阶级文艺组织)的影响。

姜敬爱在这里指出了她写这部小说的目的,就是"努力把握住时代的根本性问题",但她没有说清楚"时代的根本性问题"是什么。不过,当时在韩国被日本帝国主义侵占的事实下,韩国面临的严峻民族危机便是人们所面对的"根本性问题"。《人间问题》的故事有两个发生地:乡村与城市,前

第六章　中韩现代女作家的女性意识比较

者以龙渊村为背景，展现出以张德浩为代表的地主阶级对农民的残酷压榨，以及多重压迫下农民的艰苦生活状况，而后者展现的是从农村背景转到工业化的城市仁川背景下的，以间男、善婢、信哲和老大为代表的工厂工人运动和劳动人民的斗争中日本资本家的政治压迫和社会的合理状况。

身为龙渊村里的大地主并面长，张德浩掌握着全村的经济与政治命脉，甚至是农民的生杀大权。农民生活十分艰苦，光景一年不如一年，即使"丰收"也会最终"成灾"。辛苦换来的不过是贫穷和债务，因为最为宝贵的财富——土地不归他们所有。而那些大地主从未参加劳动却得到了荣华富贵。极为不合理的社会结构最终导致的必然结果是人为的压榨给农民们带来可怕的灾难。

在传统社会的民族危难时期中，农民无法把握自己的命运，支付相关费用之后农民们就剩不下一颗粮食，他们必须不停地从地主那里借高利贷以维持生活，附加的高利息又使得农民债台高筑，这就是贫困的恶性循环。

乡村无法忍受的，甚至无法逃避的悲剧命运，农民便期待在工业化的城市中寻求到一丝安慰，他们离开辛苦却无法维持生存的乡村，希望在城市靠着默默地坚守可以得到生存之机。小说女主人公善婢的父亲与母亲操劳一辈子去世，她不得不在张德浩家做佣人来维持艰难生活。后来，她被张德浩强奸并被抛弃后愤然地逃离屈辱之地，来到城市。在姐妹帮助下，重新开始生活。间男和老大因无法忍受农村的生活，也先后来到这个大型工业城市仁川，在码头当工人、纺织厂做女工，但是工业城市的发达并没有给他们的生活带来什么改善，只不过是支配者从原来的地主张德浩换成了工厂而已，压迫和剥削丝毫未曾减轻。劳动繁重、工作环境恶劣、收入微薄、监工的骚扰等，城市生活对下层人民来说仍然是无比艰难的。也正是这种永无止境的欺辱，使得善婢、间男和老大在知识分子信哲和工人运动领袖难儿的教育下开始走向觉醒，认识到所处社会的矛盾所在，看清帝国主义及其走狗的真实面目。他们走向街头、发放传单、唤醒苦难大众的觉醒，但这一切最终在无情的逼迫下走向了被镇压后的毁灭。但他们锲而不舍地追求着生命的真谛的心情与姿态却会永远留存。而底层民众缺乏生命的自觉和人生的自觉，是姜敬爱最感痛心的，他们在几千年不变的文化环境中，自然地生生死死。

（二）孩子不如物的生命价值

时代背景是人生的大环境，然而在此背景下，由于个体特殊命运不同，个体的生存状态又不尽相同。生命意识的沦落，使人完全成为生存困境中的被动存在体。与农民生活最密切的事物"土地"和土地相关的物及孩子的地位，尤其是后者，成为姜敬爱展示人的生存状态和生命价值时所选取的视角，正是这种态度可以看出他们生命自觉程度，也是时代及社会需要拯救与反省的。

孩子在文学作品中一般而言总是代表着希望与未来，但在萧红笔下的东北土地上，却并非如此，美好、希望与这些无关。在为生活而奔波的劳苦大众看来，孩子远远不如能解决生存问题的物重要，人显然已经异化为"物"的奴隶，所以对作为生命延续的孩子是漠然的、不重视的。《生死场》里的王婆对人家说自己的孩子观念："一个孩子三岁了，我把她摔死了，要小孩子我会成了个废物""孩子死，不算一回事，你们以为我会暴跳着哭呢？我会号叫吧？可是我一看见麦田在我眼前时，我一点儿都不后悔，我一滴泪都没淌下"。贫困使人性扭曲变形，母亲不再是母亲，只是物的奴隶而已。《呼兰河传》里的小团圆媳妇的婆婆，因为儿子踩死了一个小鸡仔，就打了他三天三夜，直到打出一场病来才罢休。金枝因为失神错摘了青柿子，母亲就发火踢打起她来，金枝没有挣扎，倒了下来，母亲如老虎一般捕住自己的女儿。金枝的鼻子立刻流血，母亲咒骂道："小老婆，你真能败毁。摘青柿子。昨夜我骂了你，你不服气吗？"可见，乡村的母亲们对于孩子们永远和对敌人一般，贫穷使这些人丧失了人的灵魂。《人间问题》中的秀芳名义上是小村庄的地主之女，但饱受继母的虐待，天不亮就得起来，刷锅做饭，下地干活儿。她不仅穿着破烂，被剥夺了上学的权利，还常常挨打受骂，其地位相当于一位女奴。由于这种卑下的地位，她的情感自然倾向于与之同处悲惨命运的农民们，也只有在他们的圈子里，才感受到被爱护的温暖。可是当她将父母想要解雇长工的奸计告知老孟他们时，却被狠毒的父母偷偷地害死了。她死得悄无声息，具体是怎么死的谁都不知道。

个体生命意识的弱化由此可见一斑，生命价值遭到如此轻视，生与死的严肃意义也必然被最终消解，这不能不说是最为深层意义上的悲剧。只是简单意义上的生存，将物推到了至高无上的位置，人，如果不能在生存层面体现自身的价值，尤其是儿童，便成为无意义、无价值的存在。这些人，像毫无知觉的动物一般，被一种最为原始的生命力量驱使，却失却了连动物都会有的血缘亲情，在艰难生活的压迫下，最终成为被异化的存在。面对生命和死亡，盲目而又惊惧，只能将所有对美好生活的向往寄托在阴间和来世，最终形成这种病态的生命悲剧。

第三节 中韩女性文学的人物形象塑造模式

一、男性人物形象塑造

男权制度不仅仅是女性所要批判和消解的目标，它在严重压抑女性的生存与发展同时，也压抑着男性的生存和发展。回归"人性"是其本质核心，无论男人和女人，只要放置于时间有限和生长要求之中自我参照，对于非人的恶的境遇，以及自己的人性维度，就不能不保持清醒，而清醒地表达这一切，比之性别抵抗、反击，要更具体为社会批判与人性批判。女性写作中呈现出的男性形象激烈对抗的撕裂感，也引起了女性主义的反思和批评。

在中韩两国的传统文化中，男性形象是基本上接近的，对他们好坏的区分都是以伦理道德和责任感来进行的。有责任感的男人都是高大稳重的形象，他们事业成功、家庭稳定、性情宽厚、心胸开阔、真诚和勇敢，而没有责任感的男人都是坏蛋，做卑鄙的事情，最终受到惩罚。在传统观念中，男人大部分都是有责任感的男人，值得信赖，男性是女性的依靠，他们有权威、有力量，同时也有毅力和责任感。传统观念告诉我们，男人阳刚，女人阴柔，男主外，女主内。在这个准则下，男人和女人之间的关系是举案齐眉、相敬如宾的关系，是和谐的关系。

一直到了20世纪初期，反传统、反礼教等社会思潮才在新文化运动的推动下风起浪涌，也正是在此意义上促使一大批女作家开始否定以往的社会性别身份的规范，彻底与封建伦理制度相脱离，在此过程中也彰显出了她们那离经叛道、追求自我的勇气。而要想真正打破旧有的男权体制的藩篱，就必须从根本上深入认识它，用观察、想象、期待与批判的视角来真正了解他们，不只是塑造男性的容貌、言行与举止，而是通过写作揭示他们内在的精神与灵魂，赤裸裸地展示她们对男性的欲望空间，将男性作为被捕猎的对象，进而颠覆几千年来两性关系的地位。同时，这也意味着大历史的进程不再单单只有男性来书写，而且女性也开始介入其中，站在独属于自己的视角来观看20世纪初中国大地上发生的种种。

此时期的代表作家，在中国有凌叔华、冰心、丁玲、沉樱等；韩国代表作家有罗惠锡、金一叶、许英肃、金明淳等。

到了20世纪30年代，女性小说的创作在当时社会历史转型的影响下发生了转向，但依然不变的主题是，女性作家依然追求曾经不被归纳为自身特色的理性，对男性依然进行着不停的剖析与批判，一方面包含着对底层大众的深深同情；另一方面又将其中扭曲性的病态一面展示，显现出时代的批判精神，并表达出浓厚的女性主义色彩。此时期的代表作家，在中国有萧红、白薇、庐隐、冯沅君、石评梅、陈衡哲等；在韩国有姜敬爱、朴花城、白信爱、田有德等。她们的目的是揭示出男性自私、懦弱、卑微、恶劣的本性。

萧红与姜敬爱以男性塑造的许多人物形象都有着独特的性格发展变化过程，她们俩都通过特定时代、特定社会人民的生活，以及具有心理性质的实体，来为人物塑造完整的性格发展轨迹，但是两位作家塑造人物的作用是不同的。萧红小说中的人物是叙事结构的一个副产品，也就是说他们是具有建构性质而不是心理性质的实体，而姜敬爱小说中的人物是具有心理性质的实体，以塑造典型人物和典型性格为主，其刻画的许多形象都有独特的性格发展变化过程。因此，两位作家作品中的男性形象因其不同特点而主要分为两种类型：一种是麻木、愚昧、挣扎的当时社会最常见的处于社会最底层的乡土农村的愚夫类型，另一种是处于城市文明中的市民知识分子类型。

（一）乡土农村中的愚夫

在整个中国古代社会，稳定的男权文化系统使得文学史的书写权掌握在男性手里，而文学史也就成了男性自我标榜英雄气质与行为的历史，偶尔为之的女性创作被淹没其中，不仅仅是作为数量的点缀，而其实质内涵大多围绕着同一主题，那就是对男人的思念、期待，在或不在的男人成为她们谈论、写作及期待的对象。萧红是以现代女性意识为视角，以自己的心灵去感受、体会男性世界。在她看来，男性世界是没有真正的英雄人物的，也没有什么敢作敢当的大丈夫，事实上在萧红笔下，大多数男性都是极为平凡的小人物，在生活的压力下混混沌沌地生活着，或者调解自己心态，或者将怨气转移到更为弱小者的身上，如妻儿，或者让自己的生命在死寂、单调的环境下萎缩灭亡，无论如何，这样的人生都充满了悲凉感和幻灭感，偶尔为之的呼喊，也不能算是启蒙意义上的抗争，而是一种无奈的痛苦的呻吟而已。

赵三（《生死场》）就是生活在奴性文化色彩里的农民。"在乡村，人

第六章 中韩现代女作家的女性意识比较

和动物一起忙着生，忙着死"①，这句话用在他身上再不为过。麻木、愚昧、无知等特点体现在对待生与死的态度上，只要没有触及生命的底线，他们就绝不会反抗，"蚊子似的生活着，糊糊涂涂地生殖，乱七八糟地死亡，用自己的血汗、自己的生命肥沃了大地，种出粮食，养出畜类，勤勤苦苦地劳动，在自然的暴君和两只脚的暴君下面"②。只有当最后一点儿生存空间也被剥夺时，也想过反抗、斗争，但这些都在强大的背景色彩下被弱化了，显得那么孤单无力，而个人对这一切，也都是无能为力的。二里半（《生死场》）在与林家发生争吵后，被打得仓皇逃跑，这个当众的失败者，回到家中，却成了耀武扬威的施暴者，将一腔怨气撒到老婆身上，打骂成为家常便饭。而男性这种卑劣性其实非常值得深思，作为生命力早已极度萎缩的愚昧、麻木的灵魂的代表，赵三的肉体与精神可以说早已消失，但这一切并不能全部归结到个人身上，事实上，最为重要的原因是人文环境、人的生存方式的闭塞、落后，造成了扼杀人性的"集体无意识"。

萧红在《呼兰河传》中并没有将乡土中国描写成想象中的乐园，农民的淳朴更多地显现出的是愚昧，作品中更多地展示出的是乡土农民死水般愚昧凝固的生活，有二伯便是其中一例。有二伯作为地主家的穷亲戚，做了一辈子帮工，已经六十多岁了，没有妻儿家庭，虽然坚守着自己做人的本分，勤劳能干，却不仅要忍受生活原本带来的孤苦伶仃，更要忍受着人们的歧视和嘲笑。他每天与天空中的鸟雀说话、与大黄狗聊天，自己的卑微、受欺辱后的心酸却无处倾诉，只能对作为小孩子的"我"来诉说："你二伯虽然也长了眼睛，但是一辈子没有看见什么……听也是一样，听见了又怎样，与你不相干。"③有一次，有二伯因与女主人争了几句嘴，遭到男主人的批评，及其得不到周围人的同情，从此后，他经常"摊在火堆旁边，幽幽地起着哭声，被烟所伤痛的眼睛什么也不能看到了，只是流着泪"。这其中的个人感受可谓五味杂陈，活着正如死了一样荒凉痛苦，孤单一个人的一生便是一辈子的凄凉和悲惨。磨馆冯二成子（《后花园》）的命运也颇能展现出人生的悲凉感。日复一日、年复一年地单调枯寂着，喂头驴、摇风车的生活将原本只有

---

① 萧红. 生死场 [A]. 萧红小说全集 [C]. 南京：凤凰出版社，2010.

② 彭放，晓川. 百年诞辰忆萧红 [M]. 哈尔滨：北方文艺出版社，2011：101.

③ 萧红. 呼兰河传 [A]. 萧红小说全集 [C]. 南京：凤凰出版社，2010.

三十岁的他折磨得像头发花白、牙齿脱落的老人一样。关于自身的所有记忆都已经被他遗忘了，而过去便是未来，回忆不起过去的人也就再也不可能想象出怎样的未来了。年轻姑娘的笑声从生命最深处唤醒了这个已经对生活彻底失去希望的男人，从此便细细地观察她，因爱而紧张，甚至会因此而感到莫名的悲伤落泪，这一切也促使他用自己的生命来思考、回味自己的一生。但这并不能彻底改变他的生活，只是在他平静堕落的生活上短暂地激发起了一些波澜，最终他也没能表达出自己的爱意。赵姑娘最终出嫁了，冯二成子也就宿命般的回到了原来的生活，没有历史与时序的生命年轮中。人生也就像磨坊里的磨道，也如拉磨的小驴一样，重复着原有的轨迹，永远难以挣脱宿命。而这一点，也不同于对以往男女关系启蒙形象的描写，传统叙事中，男性往往扮演着启蒙者与唤醒者的角色，而女性则往往扮演着被拯救者的角色，萧红的故事恰恰相反，这种不经意的书写，便解构了男性权威的中心文化思想观，显现出独特的女性意识。

韩国的20世纪30年代，是家庭里"男人"——父亲、儿子等，最薄弱的一段时期。因为韩国被日本殖民统治以后，有的参加民族解放运动而离开家，有的被日军召集去战地，有的去别的城市赚钱，因而大多数男性不在家里。当时，无论是在城市还是在农村，人民生活都是非常艰难的。从这个意义上看，女性虽然作为家长，但这并不意味着女性的权利比以前强，虽然女性担当着家长的角色，但在家中精神上的家长仍然是"男人"——那些不在家的父亲或者丈夫却无处不在，甚至于儿子成为小家长。姜敬爱对"小人物"倾注了更多的笔墨和最大的同情，即则七星、老大、阿大等典型的贫苦农民的底层人物，而萧红也一样刻画了众多生活在贫穷与生死边缘的不幸人物，及其侧重书写的悲剧感情，以人物的情绪好坏来显示精神特征，这就是两位作家的最大的特征和共同点。

姜敬爱塑造了时代苦难农民悲惨命运的典型代表——阿大。他是从小失去父亲，靠打柴为生的贫穷农民。阿大妈妈为了养活孩子，被迫出卖肉体挣钱以维持生存。由于这样的生活背景，阿大对母亲的行为很不满与反感，并常常喝酒并打人。因而，在村子里，没有人把阿大母子俩当成人看待。村里的地主郑德浩勾结日本警察、郡守，经常压迫残酷农民，向农民收取很高的租地税，农民一年辛苦打下的粮食因还不够还地主的租税而在饥饿当中生活。阿大忍不住，和村民们在一起把牛车弄坏了，结果被巡警抓走了。阿大被抓并遭到拷打拘禁之后，对整个丑恶社会产生了反感，但无知无识的他却又无可奈何。出狱后，他被迫离开家乡走向城市。阿大来到当时经济最发达的仁川码头当劳力，在这儿，他遇到了精神启蒙者信哲。在信哲的启发教育下，阿大的思想发生了很大的变化，日益明白了社会现实并产生了阶级觉悟。这种背景和信哲的支持下，阿大参加了罢工斗争，他走在队伍的前列，进行了非常强烈而坚强勇敢的反抗斗争。每次遇到危险的时候，阿大总先考虑信哲的安全，认为斗争可以没有无知无识的工人，而不能够没有信哲。可是信哲在被捕并面临生死抉择之后，屈服了，走了新的道路，娶了有钱的女人，找到待遇优厚的职业，过上了美好的生活。阿大起初对信哲这种行为不理解，极为不满和反感，继而从中悟出了明白道理，无论是地主的压迫，还是信哲的背判，都不能动摇阿大，而更激起他对社会的更强烈的反抗，走上了自己的新的道路。阿大的遭遇是那时广大农民的真实写照，尤其是30年代前后，日本帝国主义积极准备发动侵略中国的战争，对韩国人民加重了镇压和剥削，成千上万的农民失去了自己的土地，一大批人为了生存离开故乡流入城市或移民。姜敬爱把他们放在民族国家危难时期特殊的环境中进行刻画，写他们所受到的掠夺和压迫，写他们贫穷而苦难的生活和命运，写他们阶级觉悟的觉醒与反抗，并采用心理独白、对话和动作等艺术手法揭示他们性格发展和心理转变的过程，展现在读者面前的每个人都拥有独特的深厚的感情。

（二）城市文明中的市民知识分子

萧红与姜敬爱笔下这类男性形象虽然不多，却更能体现其解构男权中心文化的力度和彻底性。在传统文学乃至新文学思潮以后的许多叙事作品中，男性知识分子大都被描述或想象成社会的精英，他们领社会潮流之先，发挥着启发民众、领导民众的先锋模范作用，是人们追随的对象。而作为一个有着现代女性意识的作家，萧红与姜敬爱敏感于周围的男性知识分子的言行，结合着自己的亲身体验，通过作品让读者看到了男作家们所没有看到的或者说即使看到了也不愿描写的东西，即所谓的"精英"自私虚伪、苍白无聊、无能无耻、可怜卑鄙的一面，表达出一名现代女性对男性的深刻洞察。

萧红直接讽刺了知识分子的空虚、无聊、冷漠与自私，她总是以调侃的语调讽刺他们，这些无聊的男人总是做着各种事情来打发时光，比如吃着鱼罐头或者吃着面包，或者躺在床上睡觉，萧红一旦以女性特有的眼光来观察这些男性，就会对男性社会进行攻击、嘲讽和批判。

萧红在未完成的长篇小说《马伯乐》中则揭示他们内在生命力的枯萎，

极尽讥讽、嘲笑之能事，更是对男人进行了无情的鞭挞。《马伯乐》以萧红创作于1936年的短篇小说《逃难》中的何南生为原型，主人公马伯乐在战乱中种种可爱而丑陋的言行得到了生动的描述，作者进行了颇为精彩的讽刺，展示出他虚伪、自私无耻的一面，进而对男权中心社会进行批判。该作品颇为精彩之处是将其放在了家庭和社会两个层面上来描写。在家庭中，已经成为人夫与人父的马伯乐，经济上不能独立，以向父亲与妻子讨钱来生活。在社会上，马伯乐无任何民族使命感，在家国灾难面前，马伯乐将"挽救中华民族""抗日"等豪言壮语放在了嘴边，似乎随时准备为家国现身的表现，但事实上他内心的最深处想的是如何沽名钓誉，如何在抗日这一最具有诱惑性的话语下挣到一大笔钱。而这种虚伪在萧红笔下得到入木三分的描写。因而，他整天只忙着"省钱第一，逃难第二"的无聊生活。通过马伯乐的形象，萧红有关男性的虚假谎言讽刺了知识分子的思想和生活态度。

而姜敬爱笔下的男性形象走的是精神蜕变的过程。尤其是，知识分子形象显然是以她的丈夫张河一为生活模式。姜敬爱从小时候失去了父亲，而对父爱方面感情缺少，在她的作品里很少看见对父亲的描述。张河一是很有进步思想的革命者，是姜敬爱创作与政治思想方面的引导者。由此可见，姜敬爱在早期作品中表现出的阶级观念、革命思想主要是受张河一的影响，《漂母之心》《二百元稿费》和《初次朗读原稿》等作品中都表现出来。姜敬爱与张河一结婚不久就来满洲，作为移民的身份和特殊的社会情境使他们俩生活非常艰苦，在这时期，姜敬爱又做家务，并从事创作。姜敬爱在那个时期很少接触作家团体，主要是在张河一的帮助下了解政治形势的变化。张河一对姜敬爱思想上的帮助和影响是巨大的。而随着时势的变化，同时许多知识分子也变化，姜敬爱的创作思想也转向了。这在姜敬爱笔下的《母子》与《黑暗》中的"我"的丈夫和医生的形象中明显地显示出来。

女性文学要宣扬女性意识，并树立独立的女性形象，就必须对以往在传统文化中形成的男性与女性的历史进行了解，否则会歪曲真正的解构过程。萧红与姜敬爱她们俩塑造男性形象的方法，两国文学评论界都有贬低的评价。鲁迅在《生死场》"序言"中很支持小说的成就，同时明确指出人物塑造上的不足："叙事写景胜于人物描写，并不是好话，也可以解作描写人物并不怎么好。"而茅盾也在《呼兰河传》"序言"中指出："故事和人物都是零零碎碎的，都是片段的，不是整个有机体。"因此，萧红所追求的人物想象，不注重传统的典型人物性格塑造。如果写作民族革命历史题材的作品，一般

第六章 中韩现代女作家的女性意识比较

而言,作家们会选择那些独特的先行者,他们在庸众还没有觉醒的时代中,就开始了自身为社会奋斗的努力,也就是说,他们总是将目光放在了关注社会的非常规者、个别的或偶然的事件和人物身上,萧红与他们不同,她将目光总是放在最为大多数的人、最普遍的生活上,是最一般的思想状态,改造国民性也应该在这一层面展开。这才是真正的众生相。萧红也正是通过这种描写展示出民族的乡土群像。

姜敬爱笔下的男性人物形象也几乎是不完整的,尤其是表现男女主人公与父爱时的描写很单纯、很一般。这些是萧红与姜敬爱的共同之处,原因在于她们俩小时候都失去了父亲,且有不幸的婚姻生活等。两相对比,无论萧红还是姜敬爱,都是更注重政治历史背景及其民族国家灵魂中的意义。

在粗略地对萧红和姜敬爱男性形象作了分析以后,这里还要附带提一下萧红笔下的祖父:一个充满温暖与爱的男性形象。作者是这样描写她的祖父的:"等我生来了,第一给了祖父无限的欢喜,等我长大了,祖父非常爱我,使我觉得这世界上有了祖父就够了,还怕什么呢?虽然父亲的冷淡,母亲恶言恶色,和祖母的用针刺我的手这些事,都觉得算不了什么。"从祖父和父亲身上,萧红最初领略了善与恶的人性两极分化,也体现了爱与恨的情感巨大反差。这两种极为强烈却又截然不同的情感态度,表现了萧红对他们难以释怀的爱与恨,尤其是她对男性既渴望又抗拒的矛盾心理态度。从人类文艺心理学的角度来看,这也是文学写作的一种必然。

在《呼兰河传》中有关祖父的篇章和其他自传体的散文或杂记,我们都明显看出,她祖父是她小时候唯一爱她的人,并是给她影响最深刻的人。由于祖父的爱,她培养了热爱自然和美的天性。祖父也是家中唯一敢仗义执言的人。正因为拥有了祖父的爱,她便无所畏惧,祖父就是她的一切,甚至在幼小的心里,感到祖父的后园即是她的整个世界,"一到后园里,立刻就另是一个世界了,决不是那房子里狭窄世界,而是宽广的,而和天地在一起,天地是多么大,多么远,用手摸不到天空。而土地所长的优势那么繁华,一眼看上去,是看不完的,只觉得眼前鲜绿一片"。在萧红眼里的祖父是生活中的太阳,一旦祖父故去,萧红的世纪就荒寂无生气了。"从前那后花园的主人,而今不见了。老主人死了,小主人逃荒了"。因而,萧红在《祖父死了的时候》中说到,对呼兰的家她再无留恋之情。

而在姜敬爱的整个作品中,则似乎没有这样一种充满温暖与爱的男性形象。《人间问题》《菜田》《烦恼》《破琴》《地下村》等都是读者读不到通常小说里的情节，读到的仅是生死与共的语言表露，或者是埋藏在内心的爱意。姜敬爱的童年是没有安全感的，慈爱和宽容的母亲是她唯一的精神支柱。这种略显畸形的环境，也是造成姜敬爱不完整的心理期待，始终对人类抱有信心，而在感情的孤独寂寞中离世的原因。这就为后世读者搜索其情感历程提供了真实的依据和佐证。

经历过太多男性给予她们的爱恨情仇，萧红与姜敬爱短暂的一生文化写作中都将其作为写作重点，影响乃至左右了她们的人生哲学，也就体现在了对文学形象的塑造。而男性在她们笔下，也就显得相对复杂一些，渴望而又抗拒的极度矛盾心态极为明显。贯穿其中的便是对男性的理解、失望、有时不失戏谑的情绪。

二、女性人物形象塑造

中韩两国社会长期受着封建主义的统治，而女性受害最深——封建宗法思想、传统道德观等，束缚着她们的言行与思想，甚至不被当人看待。萧红与姜敬爱在小说创作中特别注重揭示女性的生存情境。作为"社会第二性"的女性，当她们生活在封建宗法制度严峻的旧社会，她们现实的生存环境是特别恶劣的。因为封建社会除了给妇女带来繁重的劳动以外，更重要的是对她们精神上与人格上的严重摧残，以及残酷的经济剥削等，女性在超越自己现实生存状态时，要付出更加可悲的代价。萧红和姜敬爱都在文化思想上接受了女权主义、人道主义与民主主义等的形象，这在她们俩的作品中得到了充分的体现。在这些思想文化中，她们笔下最突出、最重视的就是女性意识与女性思想。萧红塑造女性形象时重点考虑三个方面：第一，女性争取独立自由的实践；第二，女性争取婚姻自由的实践；第三，女性争取人格自由的思考与实践。这三个方面不仅各具特征，同时也是最具"萧红色彩"的文化现象。姜敬爱也从三个方面塑造女性形象：其一，对母亲与母爱的怀念；其二，对生活的贫困与悲剧命运；其三，对觉醒与反抗的女性形象。萧红笔下鲜明的女性形象如王阿嫂、王亚明、金枝、月英、王婆、翠姨、黄良子等，她们都基本上属于愚昧而麻木的底层女性的悲剧形象。姜敬爱也大部分描写无知无识的底层女性的悲剧命运形象，如善妃、保得妈、珊瑚珠、美丽、英实、姬淑、奉艳妈、承浩妈等。她们多是善良、贫苦的女性，最后遭遇惨死的悲剧。

（一）艰苦环境中命运悲惨的女性

萧红在现实生活中，遭受一连串的失败和厄运之前，她有过冷淡孤独的童年。她出生于东北农村一个封建地主家庭，在缺乏温暖与怜爱的家庭环境中，萧红精神与肉体受到严重扭曲与伤害，这些影响着她的心灵内在的发展与个性的形成。萧红的整个童年生活中，除了祖父的疼爱以外，她所看到的，只是冷漠、压抑、暴力与残酷。这给她的价值观与思想观念笼罩上了浓重的阴云，形成了她看待整个世界独特的眼光与思想观念。逃离家庭的契机是被迫的婚姻，她又遇到男性的抛弃与伤害，还怀着孕，心灵伤痕累累且又无经济来源，她深深地感到现实社会的痛苦与悲惨。尽管萧红最初从困境中得以逃脱，萧军的出现帮助了她，但同样严重的贫穷依然纠缠着这对相依为命的夫妇，为此，萧红甚至放弃了做母亲的权利。作为生存的最基本权利，萧红甚至被饥饿带来的死亡所威胁着："从昨夜饿到中午，四肢软弱一点儿，肚子好像被踢打放了气的皮球。这次我决心了！偷就偷，虽然是几个'列巴圈'（即面包圈）我也偷，为着我'饿'，为着我'饿'。"萧红逃离家是因为对美好的青春的憧憬与追求独立自主的生活，但是生活所给她的青春岁月，是流浪的风暴雨雪，是残酷的人生及其无穷的饥寒煎熬与耻辱。她在萧军等人的帮助下，开始了文学创作，得到精神的安慰与享受，但不久后九一八事变爆发，东北沦为日本的殖民地，萧红便开始了她漫长的流浪，从东北到上海，最终到香港，直到最终怅然地离开人世。一般认为，正因为怀抱理想与希望，所以极度追求生命价值的人，是不愿自欺欺人的，也总是直面人生的种种无奈，直接面对现实生活与理想中存在的种种矛盾冲突及不可解。萧红笔下描写的女性形象，都是在艰苦的环境中，遭受了人间的严酷与辛酸。

萧红以满怀同情的笔触描写了女性在社会、家庭环境的影响下被损害与造成人生悲剧命运的作品。在《手》中的主人公王亚明，是出身于贫穷农民家中的小女孩，家里环境的肮脏使她身上总是带着一股味道，而这使她在上学的第一天，因为乡下气息很重，没有城市的孩子干净，而受到同学乃至老师、校长的欺负。最被人歧视的莫过于那双因为勤劳地染布而使得指甲全部变色的手，黑的、蓝的与紫的，各种各样的颜色混在一起，使她被人当作下层人看待。校长对她一点儿人情味也没有，用歧视的言语与态度侮蔑王亚明。最终校长说她考试不及格应离校，终于王亚明没念完中学就回家了。作者在王亚明身上展现的是，在阶级社会中，艰苦的底层人民受到的侮辱和欺负。

外在这种特殊环境下的苦难农民,无论在"文明社会"里怎样进行反抗斗争,都无法改变命运,避免受到社会的压制。《小城三月》也刻画了家庭、社会、封建礼教的环境下造成悲剧命运的女性形象。翠姨是沉静善良,性格传统内向,感情较为丰富的一个典型的农村姑娘。她生活在受封建传统规范约束的偏僻的农村里。翠姨是个寡妇的孩子,村民们都说命不好——加上母亲又改嫁了,而好女不嫁二夫,因此都对翠姨另有看法。所以,她总是自觉自己的命不会好的,在心理上产生悲凉的感觉。翠姨从小备受母亲的影响,不爱与外人交往,这是她性格养成和命运悲剧产生的重要因素。她想卖什么东西都过于犹豫或疑虑重重:"翠姨的妹妹的那绒绳鞋,买来了,穿上了……翠姨她没有买,也许她心里边早已经喜欢了,但是看上去她都像反对似的,好像她都不接受。她必得等到许多人都开始采办了,这时候,看样子她才悄悄有些心动。"[①]还有,她明明心里爱上了"我"的哥哥(伯父的儿子),但她想到自己的身份就压抑她的感情,从不表白出来,只是悄悄地埋在心底,没有一个人知道。有一天,反对母亲为她订的婚,只心里想反抗,但又却不说出来。后来她到开明的"我"家里来往,开始接触文化氛围,精神上受到冲击,不想接受"包办婚礼"。她对新文明的接触与文化差异构成了强烈的内心冲突,却改变不了自己的内心情感,终于郁闷而死。萧红通过典型的方式来描写,揭示出主人公翠姨的内心世界与心理悲剧。她的小说里有很多受压迫、歧视、侮辱、剥削的生活在底层社会的软弱人民。她们虽然没有足够的力量改变自己的命运,也没有足够的力量对付不公平的社会,但是,她们却以各自不同的方式进行着反抗斗争。在《呼兰河传》里的王大姐与小团圆媳妇,是封建礼教的牺牲品的女性形象。王大姐是美丽、善良、能干的姑娘,是令人喜爱的人物。可是她爱上了穷磨官冯歪嘴子,并且没有通过明媒正娶后,村民们都说她有了孩子等,连她的外貌在他们眼里也变了形,对她议论纷纷。还有老胡家的小团圆媳妇,也和王大姐一样,漂亮、有同情心和责任感,可是婚后她被婆婆折磨致死。她的婆婆"管教"她,一天打八顿、骂三场等,当她全身发青、出血、精神失常时,人们又以驱邪治病的办法,用滚烫的水给她洗澡,烫了几次,又昏了几次,终于把她折磨致死。人们都用几千年传下来的封建束缚,批判漂亮、善良、年轻的王大姐与小团圆媳妇。然

[①] 萧红. 小城三月 [A]. 萧红小说全集 [C]. 南京:凤凰出版社,2010.

而，人们并没有反省封建礼教的罪恶，却编造出荒唐可笑的神话来遮蔽这种罪恶。萧红对于"女性悲剧""生命悲剧""人生悲剧"等产生的根源看得很透彻。并且进行了独特的描写，传达出对于人生的尊严、温暖的呼唤。

姜敬爱小说《母与女》中的主人公美丽是因其漂亮且年轻被地主李春植喜爱，并被娶回家当小妾。当地主产生厌弃之后，她的生活就变得更加糟糕，也就必然遭到地主老婆与儿女的欺侮，也就必然过着连女仆都不如的生活。因而，她为了生存，靠出卖肉体来换取生活必需品与金钱，过着麻木而卑鄙的生活。而她的女儿玉，命运也不太好。玉的丈夫留学东京，玉把自己一生的所有希望都寄托在丈夫的身上，当她收到丈夫从东京寄来的离婚书后，受到了巨大的打击。当放假回家的丈夫公开玩弄别的女人时，玉却不嫉妒也不做任何的反抗，反而觉得自己应该多替丈夫考虑，并心甘情愿地照顾丈夫，甚至还期望丈夫找一个美好的理由来对她进行解释。这都是两代女性在男权社会中的悲惨遭遇，令人感到很同情又很悲痛。在《人间问题》中善妃的苦难，从龙渊村的生活到仁川的两个空间展现，无论在农村，还是在城市，她都遭遇悲惨的生活，终于离开了人间。间男也是和善妃一样，由于贫困被迫做了地主德浩的小妾，当地主对她厌倦时，她立即离开了龙渊村，到仁川纺织厂做工。但新的生活里她们同样受到了阶级的剥削与经济上的压榨，及其作为女性的身份仍然遭受不同男人与不同方式的残酷剥削。新川媳妇与老大母也跟生活在贫穷饥饿的环境中大部分妇女的生活状态一样，吃饭成了最大的问题。在这种艰苦的情况下，老大母选择了跟许多男人发生不正当的关系来维持生活，而新川媳妇又被迫给地主德浩做小妾。不久，新川媳妇由于不怀孕而经常被德浩打骂，当她发现德浩又开始注意别的女人的时候，毅然离开了德浩家。萧红与姜敬爱小说中的这类女性的悲惨遭遇都是那时中韩女性的普遍遭遇，提示了一切被压迫，受剥削女性的现实苦难生活。

（二）接受新式教育的新女性

五四运动翻开了女性解放新的一页，女性有可能离开家庭进入社会，逐渐摆脱依附的地位，这就是大家说的新女性。她们诞生的主要原因是"五四"新思潮的影响。这类女性虽然生活在不同时代，但是接受过新式教育，她们追求自由恋爱、自由婚姻、性解放，但是她们面临着现实生活中新的社会秩序与旧的生活方式之间的矛盾冲突，因而并没有完全改变女性的命运。由于萧红与姜敬爱作品的重点大多放在了这些默默无闻的底层女性身上，而所谓的新女性在她们笔下并不占据中心地位，而且也多成为被否定的对象。

姜敬爱笔下对新女性在人的精神自觉与思想觉醒上有一定的肯定，但其他方面都主要是持批判与否定的态度。譬如，作为地主德浩的独生之女，玉簪（《人间问题》）在得到父母的宠爱时，养成了傲慢骄傲、冷酷自私的性格。在碰到了自认为的心爱之人信哲的时候，她马上将他带回自己家中，并向父母表明自己的心意，而且对待信哲也一直采取了较为主动积极的方式来表达自己的情感。在瓜棚中为了得到信哲的一个吻或者是一个拥抱，她可谓是极尽手段。但因为信哲已有心上人善妃，最终选择了离开。出于女性特有的羞涩与矜持，她只能放下了。然而，有一天信哲被迫于父亲的命令来看玉簪，玉簪看到信哲的出现，却装出一副冷冰冰的态度，对信哲爱答不理。从这个角度来说，从她身上，令人看不到读书人的气质，只看见庸俗做作的欲望。作者对玉簪的形象刻画持完全否定的态度。《其女》中的玛丽娅，是作者塑造的典型的自我反省的新女性。她傲慢、骄傲、虚荣心过重，自己认为有学历有文采，是美丽又迷人的知识女性，而歧视底层劳动人民。她在演讲中提到的"就是被砍掉脖子，就是粉身碎骨，我们也要生活在自己的土地上"与"我就是死也要死在自己的土地上，讨饭也是在自己的故乡讨"，与《母与女》玉的看法极为相似，正是通过此种方式，来说明自私是违背人民的实际利益的，如果与现实的实际环境不相符合，也就只能是空中楼阁而已。姜敬爱在小说中对玛丽娅极不符合现实的浪漫幻想演讲的态度，事实上也是对现实中此种看法的否定，因为从根本上来说是不符合农民的实际需求的。种种不切实际的许诺是启蒙主义文学中启蒙者的一大特点，这遭到了姜敬爱的摒弃，最根本的原因是这种承诺给弱小者"制造"了希望，但最终承诺者是无法兑现的，这最终必然造成弱小者被"不合时宜"的想法深深伤害。如《同情》中"我"曾答应山月会帮助她逃离苦难，但事实上，在山月时时刻刻等待救援之手时，"我"却退缩了，山月最终只能跳井而死。

萧红作品中很少有新女性的形象，而且缺乏真实感，一般情况下都是作为现实困境和苦难的陪衬性人物而出现的。事实上，这种人物关系设置的安排也说明了创作者对新女性和所谓的旧女性的态度，这些在苍茫大地上悲惨生活着的女性，才是真正中国农民的本色，才是真正值得浓墨重彩书写的对象。

第七章
中国文学家与韩国现代文学

第十章
中国文学家与神国兴代文学

第一节　胡适对韩国现代文学的影响

一、胡适的文学主张

胡适不但是中国新文化运动的领导人，而且对韩国现代文学的发展也产生了巨大影响。胡适的《文学改良刍议》和《建设的文学革命论》两篇文章引起了当时韩国文学家的注意。这两篇文章的核心思想有三：一、通过形式的解放创作"活文学"；二、文学形式与社会功能相结合；三、以进化论视角看待文学的发展。胡氏"国语的文学，文学的国语"[①]的主张为韩国新文学的发展提供了重要理念。

基于"言文一致"的近代思想，胡适追求白居易"无识老妇听之即懂"的精神，其文学革命论主张写文章要为普通人易懂，并易于为普通人模仿写作。他认为，新文学应以"言文一致"的白话文来写，并将"言文一致"的创作视为文学革命的基本目标，在这一点上，他所主张的"文学革命"实为一种"文字革命"。[②] 但如果将胡适的"文学革命"理解为单纯的形式之举，则无疑没有抓住其论述之核心内容。正如"古代汉语与现代汉语之间的根本差别存在于语言作为思想思维和世界观的层面上"[③]的论断一样，"白话"与"文言"的基本区别存在于不同的知识领域（episteme）。[④] 胡适结合中国情况，具体提出：

一、曰须言之有物；二、曰不模仿古人；三、曰须讲求文法；四、曰不作无病之呻吟；五、曰务去滥词套语；六、曰不用典；七、曰不讲对仗；八、

[①]　彭德惠. 从胡适的文学革命观看语言改革对新文化运动的贡献 [J]. 文艺理论与批评，2005（04）：117.

[②]　同上。

[③]　高玉. 重审"五四"白话文学理论 [J]. 学术月刊，2005（01）：71.

[④]　米歇尔·福柯（Michel Foucault）提出的概念。

曰不避俗字俗语。[①]

胡适主张，要创作"活文学"就必须开创新形式。所谓"活文学"，并不是对有"死文学"之称的前代文学进行的对比修辞，而是通过"语言"联系个人与外部世界的极端方式来描述所发生的变化。文言文的世界里充斥着各种概念，比如松树并非单纯之树木，而是含有气节和忠义等意旨；但若依据"言文一致"的基本信条，松树则仅只能单纯地代表着松树本身。

为阐释"言文一致"的原理，胡适将语言定义为情感与文章的媒介，提出"情感＝话语＝文学的灵魂"这一等式。在他看来，"情感"是指从"意义"这种中世纪普遍主义中解放出来的近代性自我"内在经验"，它的外化则通过"话语"（语音）得以实现。"言文一致"的"话语"和"字面意义"（表达）应具有一致性，可如实表达个人的内在世界，而文言文则应被否定，因为其"典故、模仿、无病呻吟、陈词滥调"等写作手段只是将汉语中世纪"共通观念（connotation）"支配下的表达方式重新组合而已。"五四"时期的新文学运动使白话文成长为大众文体，将中国人的思维从"中世纪共通观念"中解放了出来。

"言文一致"也可能带来十分复杂的现实问题。如果单纯将"话语"进行文字化，各种方言中可能出现成千上万种"言文一致"的问题，最终将使不同阶层、地域和种族的各类方言在写作领域中泛滥开来。但在现实世界里，"普通话"和"（汉语）书写"系统对现代的文字书写进行了彻底的规范，在一定程度上解决了统一性问题。这些规范和规则的执行与"国语"（nationallanguage）这个西方概念的影响不无关系。有声语言的存在与国家和民族无关，但文字语言必然与政治"价值"有关，而且会涉及经济"价值"，尤其在近代国民国家中，标准化"文字形式"的政治功能则显得更为重要，因为"言文一致"的效果之一，就是使人可能将国家想象成由个人构成的同质性国民群体。

考虑到上述因素，可以说，胡适对"国语"形成过程的认识是进化论式的，他认为"国语的文学"是"文学的国语"的先决条件。这种观点有其合理之处，却也有不甚确切的地方。"国语"的形成需要通过"文学"进行语言实验，"五四"时期就有许多中国文人通过文学作品对自己所理解的"言文一

---

① 胡适. 文学改良刍议 [A]. 胡适文存 1 集 [C]. 上海：上海书房，1989：8-9.

第七章　中国文学家与韩国现代文学　◆

致"进行过实验。但其中某一文体成长为"国语"文体的过程，却不是胡适所描述的"进化式过程"。正如霍布斯鲍姆（E.J.Hobsbawm）的观点，"国语"的形成带有浓重的人为色彩，表现为一种方言依靠国家权力被赋予特权，再通过教育得以广泛传播。具体到中国，如果1920年教育部部长曾发表训令，承认用北京官话编纂的白话文教科书为正式《语文》教材，恐怕"文学革命"运动所带来的变化也很难达到"革命"的高度。

　　而对于处于启蒙期的韩国国文运动，其目标则是摆脱以中世纪通用之汉字词为基础的汉字文章，创作出新型的书写方式。人们为了将"言文一致"这种新兴思潮实际应用到文体当中，先后进行了多种尝试。至1926年，主要"尝试"文体大致可有五种，分别是："第一，全部以汉字书写的纯汉字法；第二，用口诀或国文在汉字下方补充语法功能的悬吐法；第三，汉字和国文混合使用的韩汉混用法；第四，基本使用韩语书写，一但汉字语句用汉字书写的所谓言文一致法；最后是纯粹仅使用韩语的纯国文法"。1926年，占据新闻媒体"最高霸权"的是第四种文体，该文体在20世纪20年代韩国代表性作家金东仁和廉想涉的短篇小说中也有所使用。

　　上述第四种文体在1919年前后与"言文一致"发生了联系。五四运动爆发前两个多月，韩国的"三一运动"迫使日本统治方式由"武断政治"转变为"文化政治"，并最终促成"新报刊法"的出台，使韩国人获得了使用母语出版报纸、杂志的权利。环境的变化使人们开始思考纸质媒体中文体的选择问题，人们强烈希望以一种更为大众化的文体代替启蒙期使用的韩汉混用体。在这种情况之下，胡适的"文学革命论"为韩国"言文一致"的创作指明了方向，特别是其《文学改良刍议》和《建设的文学革命论》所提出的"八不主义"，更是得到了多位文学家的直接引用。

　　1919年之后，胡适的"文学革命"论被小说家梁建植[①]和韩语语言学家

[①] 梁建植（1889—1944），20世纪20年代韩国自然主义作家的代表，曾将1917年后中国新文学运动的中国诗人及作家的作品翻译成韩文。

李允宰[①]介绍到了韩国,时调诗人兼国文学者李秉岐[②]也紧随其后,力图以韩语为基础,根据胡适的理论创立新型文学用语。这些学者在对"八不主义"表示接受的同时,还根据个人理解加以重新阐释,建构起自己的文学理论。

二、胡适对韩国现代文学影响的主要表现

(一)对国语文学论的响应:梁建植、李允宰

较早将胡适介绍到韩国的代表人物是梁建植和李允宰先生。他们都以中国留学派著称,李允宰1920年至1923年期间在北京大学历史系学习的经历目前已得到证实,而梁建植的中国留学经历和时间却尚未找到可靠依据。

在众多韩国文学家当中,梁建植最早认识到《新青年》的价值并将该杂志引入朝鲜半岛,还翻译介绍了其中胡适、陈独秀等人的文章,以及新文化运动时期一些作家的诗作和小说。此外,他还翻译出版了《红楼梦》等白话文小说,被誉为韩国"红学"的创始人。在《归去来》《痛苦的矛盾》等小说中,他尝试使用了狭义的"言文一致体",并于担任编辑委员期间,在1922年创刊的小报式周刊《东明》上使用该文体,为"言文一致"精神在民众中的传播作出了巨大贡献。

梁建植在题为《以胡适为中心的中国文学革命》的文章中介绍了胡适的《文学改良刍议》和《建设的文学革命论》,对中国的新文学运动表示出强烈好感,认为"与其固守三千年前的死语言,不如使用20世纪的活语言;与其去卖弄秦汉六朝的文言,不如多用些世人皆知的俗语"[③]。他同时指出,胡适的主张"只强调文学形式的改良,不注重内容的省察,在内容方面仅列举了'不作无病呻吟'和'须言之有物'两点意见",认为重形式轻内容的

---

① 李允宰(1888—1943),1924年毕业于北京大学历史学系,朝鲜语研究会(1921)及朝鲜语学会(1931)的领导人,主持发行了《韩字》杂志,并在1927年开始的"朝鲜语辞典"编纂运动中担任干事。

② 李秉岐(1891—1968),号嘉蓝,国文学者,著名时调诗人,《文章》(1939.2—1941.4)杂志的核心编辑。

③ 梁建植.以胡适为代表的中国文学革命[A].南允朱.梁建植文集[C].江原大学校出版部,1995:279.

倾向是胡适思想中不尽如人意的地方。有人认为，梁建植如此评论，只是因为胡适不曾提出具体思想——诸如无政府主义或社会主义之类的"主义"，但这实际上只能表明梁建植没能充分理解胡适"八不主义"所包含的认识论转换过程。胡适"文学革命"的目标是虽然创造新型文学文体和新的文学形式，但是，每当论及时代变化对知识领域表达"形式"所提出的新要求时，他总是倡导应积极予以回应，因此我们不能指斥胡适重视的仅仅是形式。而梁建植本人早期小说所注重者恰恰是新文体的实验，并不是内容的变革。

对《建设的文学革命》，梁建植则表现出十分强烈的赞赏，其中最令其感兴趣者当是胡适关于白话文用语问题的主张。对北京大学文科学生傅斯年《文言合一草议》所倡导的"制订标准国语，无论北京还是杭州都使用普通话"之主张，梁建植颇不以为然。他认为这是人为的"言文一致"，相反，他称赞胡适所向往的"言文一致"乃非人为。梁氏认为胡适提出的"国语的文学是文学的国语的先决条件"，"最为进步地解决了白话文学的用语问题"[1]，并对胡适"当前的中国尚未达到新文学的准备和创造阶段。现在仅仅共同承担创造的方法和手段是不够的，与此相比，我首先要努力去适应工具和方法这两个阶段的准备时间"[2]的主张表示赞同。同时，梁建植似乎也对胡适的进化论主张表示赞同，认为"创造文化的国语"这一重要任务应该由具有创作才能的艺术家来承担。

涉及具体的创作方法，梁建植较为关注的是胡适对"描写"的说明。而梁氏之所以对"描写"表示出浓厚兴趣，是因为胡适以精确的语言概括出了梁氏本人对新文体内涵的期望。梁建植认为胡适《短篇小说论》(《新青年》第4卷第5号)中"借助最为经济的文学手段将作者欲表达的事实中最为精彩的一段或一面描写出来"[3]的观点，证明后者对文学的过人感悟。要想明确区别尚未摆脱故事范畴的古小说和进入正式文学范畴的现代小说，"描写"应该是一个决定性的标准。梁建植将其属于故事范畴的作品称为"讲谈"，属于正式文学范畴的称为"小说"，并在不同的文章中使用不同的文体。此

---

[1] 梁建植.以胡适为代表的中国文学革命[A].南允朱.梁建植文集[C].江原大学校出版部，1995：294.

[2] 同上.

[3] 同上.

后，"小说"文体便发展成狭义"言文一致体"之样板。

在对胡适的介绍中，梁建植最为重视的是文学用语问题。胡适"文学革命论"的核心是"使用白话文进行创作，塑造未来中国的普通话"，梁氏的用意则是借此拥护韩字（朝鲜文字）创作的必要性。但是，梁建植的部分评论也带有否定色彩，认为胡适"文学革命"侧重点不在内容而在形式。当然，由于"文学革命"的目标在于创作新的文体和新的文学形式，对内容方面的重视稍显不足，但考虑到这是在探索与新认识方式相适应的新文学形式，我们不能以此断言胡适的重点仅在于"形式"。梁建植早期小说对文体"实验"的强调也超过了内容，通过文体实验追求对事物内外的描写，也说明他没能摆脱"形式"的束缚。以此推来，胡适的局限也就是梁氏的局限。20世纪20年代以后，当"言文一致体"作为韩国近代文学的一种文体开始确立自己的位置——当时也正是各种主义泛滥的时代，梁建植却没能以作家的身份在文坛发挥特别的影响，这也正说明其局限性之所在。

继梁建植之后，将胡适介绍到韩国的代表人物当数李允宰。李允宰是韩语语言学家，他领导的以朝鲜语学会为中心的"韩字运动"，被后人评为日本殖民统治期间朝鲜半岛最为成功的文化民族主义运动。李允宰在北京大学留学期间接触到了胡适、陈独秀等人，并将他们领导的"文学革命"介绍到朝鲜半岛。1922年11月5日至1922年11月12日，他在时事周刊《东明》上连续发表《中国的新文字》（上）、《中国的新文字》（下）两篇文章，之后又以《胡适的建设的文学革命论》为题，在1923年4月15日至1923年5月6日期间分四次转载了胡适《建设的文学革命论》一文。

1919年"三一运动"以后，日本殖民者制定《报刊法》，批准"朝鲜人"办报，《东明》①便是为数不多的几种报纸之一。韩日合并后，朝鲜半岛官方语言和教育用语都是日语，"朝鲜语"仅被视为地方性语言，其标准化难度非常大，离"国语"的地位更是极其遥远。但由于1919年"三一运动"的影响，日本开始实施文化政策，朝鲜语报纸杂志的出版终于成为可能，本尼迪克特·安德森（Benedict Anderson）所想象的共同体②也随之具备了最

---

① 《东明》是1922年9月3日创刊的20页小报式周刊，崔南善任社长，秦学文任编辑兼发行人。

② 本尼迪克特·安德森较为极端地主张，是公用语塑造了民族主义，而不是民族主义催生了公用语。

基本的建构条件。李允宰选择在"三一运动"的产物《东明》上翻译刊登胡适的《建设的文学革命论》,也表明他在国权丧失、日语成为国语的情况下,对恢复"朝鲜语"国语地位所进行的苦心思索。只要有了"国语的文学","文学的国语"或许也将成为可能——胡适的进化论观点与朝鲜半岛当时的状况十分吻合,具有很强的感染力。

作为一名语言学家,李允宰对树立"新语言"的工作抱有浓厚兴趣,他写下《中国的新文字》一文介绍中国的"新文字"运动,并尤为详细地介绍了以拼音这种新型注音体系代替汉字的尝试。在李允宰看来,"中国人想用新文字代替汉字,而真善真美的'正音'是我们朝鲜民族的一大骄傲"。以此,他强调"韩字"的优秀性,其背后的意图即取缔汉字,在写作时积极使用韩字。当时"春花外開赴(春天花会开)"这种韩汉混用体的使用依然十分普遍,以"韩字"为基础的"言文一致"文体尚未确立主导地位。

此外,尽管从启蒙期流传下来的"韩字"标记法(基于七终声法的传统标记法)得到了总督府的支持,但整个朝鲜半岛却并没有统一的标记法。与传统韩字标记法相比,李允宰更为支持"语法式",即按照发音进行书写,同时注意对词干的保留。据说,在1933年《韩字标记法统一案》发布之前,他就辗转于《东光》和《东亚日报》等杂志社和报社之间,几乎无偿地对他们的稿件进行校对。当时流传着这样一种说法,在整个半岛发行的书刊里面,没有一本书没被李允宰先生校对过。可见他为"语法式"标记法的普及付出的努力。以"朝鲜语学会"等社论研究团体为中心,朝鲜语研究也同时得以进行,1933年10月19日发布了《韩字标记法统一案》,随后1936年又发表了修正版的《标准语元音表》。朝鲜语学会的会员们在汉字使用问题上的见解稍有不同,但大体上都主张专门使用国语,李允宰的立场也是如此,他认为虽然"言文一致体"较韩汉混用体更为进步且1919年以来在新闻界逐渐得势,但其中却隐含着某些内在矛盾。在李允宰看来,"言文一致体"仅从字面上理解了"言文一致"的含义,带来的结果是忽视了表音主义特征。尽管"言文一致体"忽略了形容词和动词中的汉字,实现了最为接近韩语口语的书写形式,却仍未能完全摆脱汉字的影子。这是因为人们总是将纯粹用韩文写成的文章当成下层社会的下等文体。李允宰对这种思维方式进行了批判,指出只有纯粹的韩文才是"将朝鲜语置于本位的纯正朝鲜文",坚持主张以纯国文语法进行文章创作,即使出于规范标准文体之目的。

虽然梁建植和李允宰都是把胡适介绍到朝鲜半岛的先驱人物,但他们的实践活动却完全不同。梁建植对"言文一致体"进行了实验，并为该文体在新闻界确立地位作出了贡献，而李允宰却对这种文体持批判态度，追求"语法式"①的"纯国文体"。之所以会产生指向性的差异，是因为胡适虽然指出了某种"理念"，却没能展示具体的实施方法。同时，由于中韩两国的政治文化差异以及更为根本的语言差异，即便胡适提出了适合中国的具体行文模式，也很难原封不动地移植到朝鲜半岛。但无论如何，胡适提出了某种理念，而当时的"朝鲜文学家"们热诚地接受了该种理念，并为实现其理想展开了多方面的努力，这些事实才是我们最应该关注的。

（二）"言文一致"思想的引进与"文学语言"：李秉岐

谈及对胡适思想的引进，李秉岐也是一位不可不提的重要人物。李秉岐是朝鲜语学会的发起人之一，时调诗人，光复后在首尔大学担任教职，并执笔了《国文学概说》和《国文学全史》等著作。胡适对李秉岐的影响，在后者的《时调革新论》中便有所表现。"时调革新论"不仅仅是审美主义的革新，同时也反映了"文学"整体领域的重大变化，完全有理由称其为文学理论。

为了变革文言文主导下的传统中国文学，胡适提出了"不模仿古人"（第二条）、"不作无病之呻吟"（第四条）、"不用典"（第六条）等方法，力图与中世纪"共通观念"断绝干系。在这个方面，胡适对李秉岐的影响十分明显，后者批判古文学的激烈程度并不亚于胡适。"汉诗作者们围绕一个韵脚无病呻吟，引经据典，重复古人说过的老话；时调必然也是这样写成的，又有什么新意可言？"以此为前提，他对广为流传的古代时调进行了分析和批判，并为现代时调和诗歌指出了发展方向。

  a.天朗气清，惠风和畅。
  桃李红白，柳莺黄绿。
  值此太平盛世，不享乐更待何时？
  b.九万里长路，痛失故人。
  我心无定处，独坐溪边。
  溪水竟解人意，夜行中留下泣声幽幽。

---

① 并非完全按照发音进行书写，而是在遵照发音的同时尽量保存词干，是表音主义与表意性相互折中。

第七章　中国文学家与韩国现代文学

a 是金寿长[①]的时调作品，虽然不能代表这位"大家"的所有诗作，但作品中确实出现了胡适反对的"用典"。在描述和暖春日时，诗人引用了王羲之《兰亭集序》的"天朗气清，惠风和畅"。李秉岐认为，"春天"在这里已不再是作者直接体验到的纯粹的时空存在，而成了王羲之诗句的派生物：也就是说，由于"春天"这个单词受到汉文学"共通观念"的支配，个体对春天的感知从一开始就是不可能存在的。与此相仿的还有山水画家描绘松林的例子，他们笔下的只是作为概念的松林，而不是真正的松林本身。b 是王邦衍[②]的时调作品，与端宗退位事件有一定渊源。李秉岐认为这首诗"既不是说明，也不是理论，而是真情实感的如实表达"，一名不得已将幼主留在流放地的臣子，其撕心裂肺的痛苦被自然地表达了出来，而没有掺杂"忠臣不事二主"等概念性的教条。作品很好地摆脱了概念的束缚，精确地捕捉到主人公充满悔恨的内心呼声。李秉岐将这种摆脱既有"共通观念"束缚的表达命名为"实情实感"，认为这才是现代时调应该追求的方向。

李秉岐认为表达"实情实感"的方式应该是"写生"，这个概念通常被理解为"sketch"一词的译文，含义是"drawingfromlife"。写生并不是完全的写实，它追求的是"对象让人明确联想到的意象美感"。写生超越了从视觉角度去理解事物构造的高度，而要为对象注入最为人性化的内容。有人说"要想发现一处美景，没有独立的内在发现是不可能实现的"，写生也是如此，离开体会事物固有美感的主观运动，也不可能实现。李秉岐之所以认为写生是表达"实情实感"的方式，也是因为他在相信外在形象的同时，也相信对内部世界的描写，"写生可以描绘所有事物和所有情景……至少可以肯定的是，写生以某种实物、实事、实景、实情、实感为根据，因此其素材广泛而丰富，其内容真实而新颖。"

从前的文学家受典故的约束，倾向于重复创作类似内容的作品。文学对他们来讲只是一种"知识"，所谓优秀作家的能力，也不过是将众多典故进行重新组合。相反，对新意的追求则是现代性（modernity）的本质特征，判断现代文学有无价值的标准就在于新意。无论写作对象是事物还是人心，

---

① 金寿长（1690—?），朝鲜后期歌客兼时调作家．当时的专业时谜歌唱团体——敬亭山歌坛的中坚人物之一。

② 王邦衍．生卒年不详．世祖（1417—1468）年间担任禁府都事。b 时调据传作于1457（世祖三年）。

都必须有不同于以往的全新的描写、记叙和解释,这就是判断作品"原创性(originality)"和作家作品水平的根本标准。胡适和李秉岐之所以明确反对"用典"和"无病呻吟",也是由于意识到"新意"及其派生之"原创性"的缘故。

在《建设的文学革命论》一文中,胡适主张为了打破以往作品的倾向,应对有新意的取材予以关注,这也是为了实现现代文学的价值评判标准——"原创性"。即便诗歌的素材有限,但如果不同诗人被触发的感觉各有不同,也可以形成新的诗作对象。反之,如果诗人没能超越中世纪"共通观念"的限制,仍被关在既有的狭小空间里,则无论如何也写不出有新意的作品。因此,胡适非常关注富有新意的取材,并提出了具体实施方式:第一,扩大取材范围;第二,重视实际观察和作者的经历;第三,以周密的创作力对实际观察和作者经历进行补充。① 李秉岐吸收了第一条思想,认为这是时调革新的重要原则。

胡适和李秉岐之间也存在一定的差异,胡适关注的是扩大取材的外部范围,而李秉岐追求的却是作家自身审美眼光的质的扩张。李秉岐主张,古代时调作家常沉迷于"大题材",即能够表达中世纪理想的题材,但如果注重发现事物固有的审美价值并努力将它们形象化,诗人的收获将是"无穷无尽"的。为了支撑自己的观点,他还借用了惠特曼"天地四方皆我所有"的主张。

惠特曼和胡适一样,都很反对认识过程中掺杂外部概念。"在写诗的时候,我不允许任何优雅、效果或原创性像帐幕一样遮掩在我和外物之间。无论写什么,我都要精确地刻画它们的本来面目。"但惠特曼所言之"事物的本来面目"并不是"绝对客观"的存在。如果事物不以自我为媒介,就无法借助语言表现自我。表面看来,惠特曼似乎极度缩小了自我的作用,但实际上被最小化的只是认为自身存在优先于其他事物的自我意识,而自我的作用反而会更加活跃,会应对外物及其固有的特性有所知觉。另外,惠特曼还相信,诗是诗人对事物的反应在语言领域的反映,在这个界限之内,诗人的语言在本质上与事物的语言是相同的。

为了如实表现某种事物,自我的作用——应对外物及其他性有所知觉——是非常重要的。李秉岐用"鉴识眼"这个概念明确表述了自我的这种作用。

题材本身不是问题,关键是诗人能否从所有题材中得到诗歌的灵感,这

---

① 《文学改良刍议》,第87-88页。

就是"鉴识眼"的含义。"所谓'夫物之不齐，物之情也'，任何事件都有自己独到的特性，能够识别这种特性的人才能成为诗人"，只有具备超人的"鉴识眼"，才能成为优秀的诗人。因此，对于李秉岐来说，扩大取材范围这句话的含义就是拓展诗人的"鉴识眼"。

综上所述，李秉岐把胡适的主张作为重要方法，却没有生搬硬套，而是结合"写生"和"鉴识眼"等新概念，将这些方法融入了自己的思想中。

第二节 梁启超与鲁迅对韩国文学的影响

一、梁启超与鲁迅文学思想在韩国的影响

清末民初时期是中国近代思想的"启蒙时期"，19世纪末20世纪初也是韩国的"开化期"，此时的中韩两国因受到帝国主义列强的侵略而被迫打开国门，签订了种种不平等条约，从而沦为半殖民地或殖民地国家，中韩两国文学家的共同目标就是以文学来改变整个社会的政治格局，以求救亡图存、独立自主。其中，梁启超与鲁迅的文学观对韩国小说家产生了全面而深远的影响。

（一）梁启超文学主张对韩国文学的影响

梁启超最早被介绍到韩国，大概是在1897年。1897年2月15日，《大韩独立协会会报》第二号上刊登了《清国形势的可怜》一文。文章在评介1896年8月29日发表在《时务报》上的《波兰灭亡记》时，介绍了作者"清国新会人"梁启超，这大概是梁启超的名字在韩国报刊上第一次出现。在《波兰灭亡记》中，梁启超借鉴波兰亡国的史实，暗喻当时中国政局的混乱和国家的衰败，并期望中国当权者积极以波兰亡国为前车之鉴，谋求本国的独立与自强。这是一篇"缘时事悲愤，借波兰国灭亡之史以托意"的思想启蒙文章。《清国形势的可怜》根据梁启超的思维，不再像《波兰灭亡记》那样"以史托意"，而是直接引用文章中列举的波兰灭亡的史实与当时的大清国进行

对比，说明大清国灭亡的时日已不远矣。文章在当时的韩国产生了很大影响。梁启超对韩国影响力的加强是在其创办《清议报》之后。《清议报》创办于1898年12月23日，最后一册发行于1901年11月11日，总共发行100期，系梁启超逃往日本后在横滨创办。作为梁启超流亡日本后创办的第一份报纸，《清议报》在中国国内发行量巨大，并且远销海外。我国历史学家张朋园在《梁启超与清季革命》一书中详细介绍了《清议报》的发行份数和传播途径，"清议报的发售虽不如时务报在'大府奖许'下的畅销，然亦相当可观……大致清议报的平均销售数目，总在三千至四千份。由于清廷一再查禁任公的言论，群众的好奇心理反愈使清议报广传，读者人数当不下四五万人。清议报的发售与代售处，初时有二十三县市三十二处，以后间有增减，最多时为二十四县市三十八处，遍及海内外各地……日本：东京二、大阪一、神户一、香港四、澳门一，俄国：海参崴二，朝鲜：京城一、仁川一"。可以看出，当时《清议报》在韩国的汉城（今首尔）和仁川各设了一个海外代售点。当时韩国《皇城新闻》的一篇评论文曾对梁启超和《清议报》进行过介绍，说明了《清议报》在韩国的发行及影响情况。

  梁启超对韩国的影响最集中的还是体现在小说界革命上。韩国"小说革命"的代表人物是申采浩和朴殷植。不管是对传统小说的批判、对小说政治作用的过分强调，还是对小说感化力的认识，他们的小说革命观与梁启超的小说观如出一辙。甚至可以说，当时韩国的"小说革命"理论就是梁启超小说观念的韩国版本。梁启超在小说理论中提出首先提高小说地位，认为小说具有其他文体无法比拟的感人作用，可以用来进行思想启蒙。他在《论小说与群治之关系》中对小说的感化力进行了强调："小说之为体，其易入人也既如彼……嗜他文不如其嗜小说，此殆心理学自然之作用……此又天下万国凡有血气者莫不皆然，非直吾赤县神州之民也。"梁启超认为小说具有"易入人"和"易感人"的特性，同时强调受感化与人类的普遍性有关。同样的观点出现在韩国近代史家朴殷植的《瑞士建国志序》中，他也说："夫小说者，感人最易、入人最深，与风俗阶级、教化程度之关系甚巨。"这些观念和相同词汇的使用显示出朴殷植曾经阅读过梁启超的有关作品。申采浩对于小说感化力也具有一定的认识，他曾经在《近今国文小说著者的注意》一文中强调读者的思想感情会随着小说故事情节的变化而变化，而随着时间的推移，读者的德性也会被感化。特别值得注意的是，他对小说的影响力用"薰、陶、凌、染"四个字进行了描述。虽然申采浩并没有对这四个字的具体含义进行详细说明，但这与梁启超就小说感化力所提出的"薰、浸、刺、提"四种影响力非常相似。这说明，梁启超关于小说具有"感人""入人"的"薰、浸、刺、提"四大力量的阐述，在韩国当时为申采浩、朴殷植等爱国启蒙思想家所接受，成为他们阐释小说魅力的重要理论依据。梁启超在《译印政治小说序》和《论小说与群治之关系》中通过倡导新小说来贬低传统小说，并将传统小说看成是"诲淫诲盗"之作。这使得韩国小说家申采浩在《今古国文小说著者的注意》《小说家的趋势》等文章中也采用了梁启超的思想主张去批评韩国传统小说。申采浩直言韩国的传统小说基本上都是"桑间上的淫谈和崇佛乞夫之怪话，此亦败坏人心风俗之一端"。另外，朴殷植在《瑞士建国志序》中也把韩国传统小说看成是"淫靡无稽、荒诞不经"，要是这种小说在韩国民间大范围流传，其后果最终就是让社会风俗败坏，对"政教世道"极为不利。朴殷植将小说看成是"匹夫匹妇的菽粟茶饭"，这和梁启超的主张"小说之在人群也，既已如空气如菽粟"如出一辙。由此可见，梁启超"小说革命"的倡导对韩国的传统小说批判与创新有着重要影响。

基于小说的政治作用，韩国"小说革命"也赞同并借鉴了梁启超的文学思想。梁启超认为要通过政治小说的全面创作来实现"新国民"的要求，而且在《译印政治小说序》中将政治小说看作欧洲社会变革的头号功臣。朴殷植通过《瑞士建国志序》对西欧政治革新进行评价，将社会的进步归功于政治小说的作用。梁启超的《论小说与群治之关系》认为小说"易入人""易感人"，别的文体在感人程度上是不能与之相比的。同样，朴殷植在《瑞士建国志序》里谈到小说"感人最易、入人最深，与风俗阶级、教化程度之关系甚巨"。两人的观点相同且用语相似。两人在思想上及小说观点用词上的相同并不是偶然的，证明了梁启超的文学思想在韩国文学中留下了很多启示，主张韩国小说革命者对梁启超文学思想是认同的，而且也在他们的文学主张中实践下来。

（二）鲁迅文学思想对韩国文学的影响

作为中国20世纪以来最伟大的文学家，鲁迅20世纪前期在东亚很有影响力。[①]韩国作家梁白华1920年翻译了日本学者青木正儿的《以胡适为

---

① 金洪大．中、韩近代文学及文艺思想研究[D]．济南：山东大学，2005：23．

中心的中国文学》，并发表在当时的《开辟》杂志上。而关于鲁迅的介绍也出现在该文中，梁白华评价鲁迅是中国的小说大家，水平很高，韩国人也首次知道了鲁迅。到了1927年，柳树人在《东光》杂志上发表了他翻译的《狂人日记》，韩国对鲁迅的关注由此更加密切。虽然鲁迅的文学思想在韩国很有影响力，可是因为种种原因，目前我们却很难看到关于影响史的资料，可以考据的文字也很少。但是，从当前一些资料中我们可以推论或者证实，例如在日本殖民时期的禁书中存在鲁迅的作品。另外，我们还可以根据上述鲁迅作品的翻译设想鲁迅作品在韩国的传播与影响情况。因为鲁迅对韩国有很大影响，这也使得日本对鲁迅有极大的警惕。1937年抗日战争全面爆发，朝鲜总督府对中国文学在韩国的传播开始限制，尤其将鲁迅作品列为禁书，并严格限制相关的研究。鲁迅文学作品在韩国的传播与研究虽然和日本同步，但因为韩国受到日本的殖民统治，这种传播及影响趋势逐渐减弱。

1910年日韩合并之后，韩国被日本殖民统治了35年，这是韩国的一段黑暗历史，而鲁迅的文学作品在韩国的传播却正在那时。鲁迅作品中体现的反帝反封建思想、斗争精神，使处在殖民统治下的韩国人产生共鸣。研究鲁迅文学的学者、文学界人士都对鲁迅的民族主义与爱国主义表示赞同，尤其看重鲁迅文学中的启蒙主义思想。韩国民族诗人李路史不但十分重视鲁迅作品的文学价值，还重视其作品的社会价值，他对鲁迅文学作品中所表现出来的社会改革意识以及革命精神有着非常高的评价。韩国作家韩雪野通过传播鲁迅文学接受了革命精神与人道主义思想，将鲁迅当作是启蒙思想家与人道主义者。当然，有一位韩国小说家李光洙比较特殊，他对鲁迅文学作品有着不同的意见。他对鲁迅的小说才能是承认的，却否定了鲁迅文学作品中的一些典型人物，比如阿Q、孔乙己。这是因为这位小说家推崇日本帝国主义，他从自身的处境出发而故意歪曲鲁迅小说中的文学人物形象的历史启蒙价值，对这些人物的中国现代文学价值进行选择性忽视。但不可否认的是，鲁迅作品对于20世纪二三十年代的韩国文学产生了一定的影响。

20世纪40年代末，韩国又掀起了鲁迅文学作品研究热。1946年，丁来东、金光洲等学者将鲁迅的重要短篇小说翻译成韩文进行出版，并对鲁迅的作品进行了介绍与评论。不过，1950年的战争使得鲁迅文学在韩国的传播受到了影响，直到20世纪70年代后才又出现了对鲁迅文学作品进行研究的新局面。80年代很多年轻的韩国学者开始学习中国文学、研究鲁迅，即从鲁迅的小说到散文、诗歌进行全面研究。到了 90 年代，韩国文学界又渐渐开始看重鲁迅文学作品的文学价值，并通过不断深入的研究扩大鲁迅文学对韩国文学的影响，尤其是看重鲁迅作品中的现代性与文学价值。韩国文学吸收了鲁迅作品的人物描写、语言风格、叙事特征等特点，对鲁迅文学的现实主义及现代主义性质进行了深入研究，从而使鲁迅文学思想对韩国文学产生了重要影响。

韩国当代著名作家崔仁浩在长篇小说《商道》中将鲁迅称为"中国最著名的作家和思想家"。韩国学者以一首诗中的陀螺形容鲁迅在亚洲的地位：转动的陀螺是东洋整体性的象征，而占据同心圆中心位置的，古代是孔圣人，现代则是鲁迅。鲁迅文学思想是留给人类的共同遗产，也使中韩文化交流更加深入。对鲁迅文学思想和作品的研究可能成为中韩文化深层交流的切入点。

二、梁启超与鲁迅对韩国文学产生影响的原因

（一）梁启超文学主张对韩国小说产生影响的原因

韩国"小说革命"的历程深受梁启超文学主张的影响。自古以来，中韩文学的交流就十分密切，韩国文学对中国文学思想具有先天的亲近感。近代以来，韩国的社会历史变化也让文学出现了新变化，梁启超文学主张的传播正与韩国"小说革命"诉求不谋而合。同时，还有一个重要的客观原因就是梁启超十分关注韩国。当时的韩国还没有全面普及韩文，韩国人依然将繁体汉字作为主要的书面文字，而韩国的"小说革命"倡导者及思想家们对汉文的解读水平很高，能够不用翻译就对梁启超的著述与思想进行准确阅读。所以，以申采浩、朴殷植为代表的韩国文学家在自己的著述中使用和梁启超著述相同的词句也就不奇怪了。20 世纪初，韩国遭遇了和中国相似的内忧外患。自甲午战争以后，韩国深受日本侵略的困扰，1910 年日韩正式签订《韩日合并条约》，日本吞并了韩国。日本在殖民统治韩国时，韩国的爱国者进行了顽强抗争，小说启蒙理论、小说革命在文学中的出现正适应了当时韩国社会的发展。对传统小说的批评是梁启超小说思想的中心，他非常看重小说的政治功利性以及对人民的启蒙性，而韩国进步知识分子也想将小说当作爱国新民的武器，因而不谋而合地使梁启超文学思想成为韩国文学革命中的一件重要思想武器。当然，梁启超的立场以及他对韩国局势的深刻分析才是韩

国主张小说革命者对其思想理论极为推崇的最终原因。梁启超对日本的强权侵略强烈反对,同时也批判了韩国管理者的怯弱,他说韩国是因为内部问题导致亡国的。因为对韩文不懂,所以在日本流亡时梁启超对韩国形势的了解都是来自日本媒体。虽然日本媒体一直在歪曲或者回避日本对韩国的侵略以及韩国的真实情况,但梁启超还是认为这是日本的侵略行为。

韩国近代"小说革命"深受梁启超文学思想的深刻影响,而在韩国被日本统治以后,日本开始严格控制梁启超的著述在韩国的传播。1912年以后,日本大肆收缴、销毁梁启超的有关著述。1937年日本全面入侵中国后,中国文学在韩国的传播基本中断,但我们也应该看到梁启超是中韩文学最后影响关系的典型代表,他的文学思想影响着韩国开化期的"小说革命",这在韩国文学史的发展过程中是不可忽视的。

(二)鲁迅文学思想对韩国文学产生影响的原因

鲁迅文学能够在韩国几经波折而广泛传播,吸引着无数韩国文学家进行研究,并影响着韩国文学,是有着深刻社会历史原因的。20世纪二三十年代的韩国有着和中国社会类似的经历。当时的韩国遭受日本侵略并最终成为日本的殖民地,而中国属于半殖民地半封建社会,两个国家都存在相似的问题,而鲁迅作为文学家与思想家,对现实的深刻剖析以及对历史的敏锐洞察让韩国人深感钦佩。[①] 尽管20世纪50年代以后,中韩两国的根本制度完全不同了,可是中韩的文化、道德、伦理、社会行为规范等方面还是有很多相似之处。所以,鲁迅及其文学作品的价值依然没有过时。并且,鲁迅文学作品中体现出来的思想包容性、文学经典性让韩国的文学受众接受并深受感染,在影响韩国文学的过程中让韩国的先进知识分子产生了共鸣,形成了同感。鲁迅文学作品正如其他影响韩国文学的中国作家一样,最早通过韩国的留学生、新闻人士传播到韩国,这些人当中有的人和鲁迅谋过面,有的是受鲁迅的影响,主动在韩国介绍、传播鲁迅文学,并将这些具有代表性的20世

---

① 李大可,全炳俊.鲁迅在韩国社会变革运动中的接受方式——以李永禧为中心[J].鲁迅研究月刊,2011(6):35.

中国文学当作韩国文学改革的一些有益借鉴来学习。① 此后，不少韩国作家将鲁迅看作是进步的、优秀的文学家，通过全面发掘他的文学作品的价值来革新韩国文学，并由此推动韩国社会的变革发展。

20世纪前半叶，韩国社会一直处在不断的变革中，当时的韩国将文学看成是给予大众力量的源泉，通过民族历史的净化以及现代民主主义精神的注入来唤醒韩国的民族意识，而鲁迅的文学作品所体现出来的思想给了他们很大启发。对于韩国作家来说，鲁迅的作品不仅对中国人民的觉醒具有重要的启示作用，同样对韩国人民的觉醒意义重大，鲁迅文学所体现出来的巨大价值既影响着中国人民，同时也让韩国人民深受启迪。

总之，20世纪中国文学在韩国的广泛传播以及对韩国文学的深刻影响是值得我们研究的，这和中国古代文学对韩国文学的影响有着很大的区别。中韩两国的社会情况都经历了相似的阶段，尽管中国文学一直就是韩国文学学习的榜样，但在某些特殊的历史时期，中国文学不只是韩国文学的学习对象，更成为韩国进步知识分子用以改造社会的一把锐利武器。中国文学的发展给韩国文学以启迪，对韩国文学变革的影响是多方面的。当然，影响韩国文学的不只是梁启超与鲁迅两位文学家，也包括胡适、郭沫若、巴金等作家，本章以梁启超、鲁迅为典型代表进行研究论述，也是为当前这方面的研究提供一些参考，但愿起到抛砖引玉的作用，希望今后在这方面有更加深入、更加全面的探索。

第三节　周作人与李光洙文学思想比较

周作人与李光洙作为中韩两国现代文学的两大代表人物，他们生活在几乎相同的时代，有很多相似的经历。中韩两国同属于东亚文化圈，自近代以来受到西方文化的影响，经历了相似的社会变迁与转型的历程。另外，在东亚内部，中韩两国同时遭受到西方列强的侵略和影响，又遭受日本侵略，韩

---

① [韩]金京善.20世纪中国文学对韩国文学的影响研究[J].韩国汉文学研究会，2010(6)：153.

国还被日本强行吞并。在这样的东亚国际环境中，尽管周作人、李光洙所属国家不同，然而两人的文化心理却有许多相同感受，在个人经历和文学思想上也有相似之处。因此，将两位文学家的文学思想进行比较研究，既可以从中看出两位文学家成长的国情背景，也可以比较出两位文学家文学思想上的相同与不同，探讨他们文学思想的价值维度。

一、人的文学与情的文学

（一）周作人"人的文学"

"五四"时期，周作人和许多先进知识分子一样，对社会改造和文学革命洋溢着理想主义的光彩。他热衷于日本作家武者小路实笃等人带有空想社会主义性质的新村运动，就是一个力证。在文学上，他更以一种叱咤风云的气势为"人的文学"呐喊，成为新文学运动理论上的潮头人物。追求个性解放本是当时新思潮的重要内容，周作人的个性主义思想这时已见，但还只是"人的文学"这一复杂的思想综合体的一种因素，和人道主义的博爱精神既互相联系又互相矛盾地交织在一起。在思想上，它以反对封建主义对个性的压抑为主要目标；在文学上，则以反对封建的"非人的文学"为主要特点。周作人一方面提倡"平民文学"的口号，重视反映下层人民的生活和愿望，强调文学的普遍性和全民性；另一方面则强调自己所说的人道主义，"并非世间所谓'悲天悯人'或'博施济众'的慈善主义，乃是一种个人主义的人间本位主义"。"人的文学"是周作人在"五四"时期高举的一面旗帜，也是其对文学本质的认识。他指出："在文学革命上，文字改革是第一步，思想改革是第二步，却比第一步更重要。""人的文学"要实现的就是内容、思想上的双重革命。周作人关于"人的文学"的解释是，"用这人道主义为本，对于人生诸问题，加以记录研究的文学，便谓之人的文学"。

"人的文学"直接源于他的启蒙理论。和许多早期觉醒的知识分子一样，周作人最先关注的中国问题是"人的问题"。从梁启超到五四运动，中国文化革命的一个重大成果就是人的发现。把人从封建束缚中解放出来，肯定人的价值，这意味着历史的进步。要把中国从腐朽的封建制度下挽救出来，致力于民族富强，人的觉醒就成了一个必不可少的条件。周作人正是从社会和历史的构成上，深入挖掘人之为人的价值。

第七章 中国文学家与韩国现代文学

《人的文学》中包含两部分核心观点：一是以灵肉一元观为核心的自然人性论；一是以人道主义为核心的社会—道德理想。自然人性论是以进化论影响下的生物学与人类学为基础，核心思想是灵肉一元观。他认为人是"从动物进化的人类"，这包括了两层意思：一是人是"从动物"进化的，重在"动物"，人是以生理欲求为生存基础的，肯定自然属性存在的合理性。"所以我们相信人的一切生活本能，都是美的善的，应得完全满足。"二是人是从动物"进化"的，重在"进化"，人脱离动物界而进化到高尚平和的境地，逐渐发展其社会属性。"人是一种进化的生物，他的内在生活，比动物更为高深，而且逐渐向上，有能改造生活的力量。"人是灵肉一致的统一体，兽性与神性，合起来便是人性。"总之是要还他一个恰如其分的人间性，也不要多，也不要少就是了。"由自然人性论出发，周作人试图建立一种能够调节人类关系的社会—道德理想，这种理想以人道主义为核心，可称之为人道主义的社会—道德理想，这是周作人所认定的理想生活。从其人道主义的社会—道德理想中，周作人又进而生发出"人道主义"为本的"人的文学"的理想：首先承认个人与人类、利己与利他原是一体。因此表达个人的情感欲求与表达人类的意志是统一的，于是个人的自我表现同时也就是人类普遍的思想感情与共同理想的表达，所以文学是能够沟通人们的心灵情感的，而人道主义文学的任务便是以富于人道主义理想的文学来感染人，并影响于个人的思想情感，使人道主义理想成为每个人的思想根基，以期达到人们共同改造生活与社会的目的。在文学上提倡人道主义思想可以从两方面进行：一是作家可以写人的正面生活或者说人的理想生活，也就是写人的不断进化的过程。周作人对中国文学及其"五四"时期的新文学批评，就是立足于这一高度，加以衡量估评的。二是作家可以侧面地表现人的生活，可以描写人的生活的光明一面，也可以写暗黑一面，即非人的生活。可以因此明白人生实在的情状，与理想生活比较出差异与改善的方法。"人的文学"与"非人的文学"不在于材料使用、创作方法的不同，根本差异在于著作者的态度。同是写人欲的文学，莫泊桑的《人生》是"人的文学"，中国的《肉蒲团》是"非人的文学"，区别在于作者态度一个是严肃、一个是游戏；一个对于非人生活怀着悲哀或愤怒，一个则是满足、玩弄与挑拨。周作人具体而精辟地阐述了作品主题与作家倾向关系的问题，突出了作家思想倾向对于创作的重要指导作用。

除灵与肉的关系之外，个人和人类的关系在周作人的"人的文学"理论框架中占有同样重要的地位。由此,他提倡"个人主义的人间本位主义",力图调和自我与他人、自然与社会的关系,坚持个人主义与普遍的人道主义的统一,为我与兼爱的统一。他说:"……人的理想生活应该是怎样呢,首先便是改良人类的关系,彼此都是人类,却又是一类的一个,所以须营一种利己又利他,利他即是利己的生活。"在他看来,文学要表现的人类之情,既非基督徒式的"无我的爱,纯粹的利他",更不是超人式的极端利己,而是两者之间的和谐融合。周作人一再表明:"我所说的人道主义,乃是一种个人主义的人间本位主义","我所说的人道主义,是从个人做起"。这就赋予了人道主义更强烈的个性化色彩。

周作人从发表《人的文学》开始,逐渐形成把对人的认识与对文学的认识日渐融合的文艺思想观。此时,他热心于对人的问题的研究,对人性的探讨和对妇女、儿童人格解放的强烈关注,都是基于人道主义思想和启蒙思想基础之上的。应该说,此时他的文学观更多的是"为人生"的成分。"中国的文学中,人的文学本来极少"。周作人对于中国传统文学中表现人性的作品,肯定的也极少。他既排斥对于文学"含着游戏的夸张的分子"的作品,又否认那些"妨碍人性的生长,破坏人类的平和的东西"。他将它们视作"非人的文学",统统归入"黑名单"。其中也包括《西游记》和《水浒传》,周作人只是将它们作为民族心理研究的材料,而非人的文学。为了将新文学引入向"人的文学"发展轨道,周作人翻译了大量西方文学作品,极力称赞陀思妥耶夫斯基小说中那些陷入受苦的不幸的人们和犯罪的人物,让人体会到必然的残酷与"人性的美"。他还高度评价《玛加儿的梦》,称它"写自然的美与人性的罪恶与人性的高贵,两者都写到,是写实主义后的理想派文学的一篇代表作品"。周作人还对新文学中描写人性的作品给予了充分的肯定和鼓励,在1922年"文艺与道德"的论争中,他第一个站出来为当时饱受争议的《沉沦》进行辩护。他认为《沉沦》描写的是青年的苦闷,"他的价值在于非意识的展览自己,艺术地写出升华的色情,这也就是真挚与普遍的所在。至于所谓猥亵部分,未必损伤文学的价值;即使或者有人说不免太有东方气,但我以为倘在著者觉得非如此不能表现他的气分,那么当然没有可以反对的地方。"[1]认为《沉沦》性暴露"并无不道德的性质",真诚地

---

[1] 刘炎生.中国现代文学论争史[M].广州:广东人民出版社,1999:99.

为小说色情描写的合理性张目，"艺术地写作升华的色情，这也就是真挚与普遍的所在。"同时，周作人也指出《沉沦》乃是"受戒者的文学"，而非一般人的读物。在他看来，《沉沦》是写给那些了解人生、懂得性爱价值的人们看的。只有这样明智的读者，才能从中获得特别的受益。这些独特的见解在当时实属空谷足音，代表了时代批评的水平。而周作人对于《沉沦》的肯定与维护，正是对新的"人的文学"的肯定与维护。

（二）李光洙"情的文学"

"情"的问题是李光洙早期文学论的重点。在《文学是什么》《今日我韩青年和情育》《文学的价值》等文中，可以看出李光洙的"情"的文学观。在《文学是什么》中，李光洙特别强调了"情"的意义和地位。他认为，文学是一种表达人间思想和感情的特定形式，文学的内容应该是人的思想和感情。在《今日我韩青年和情育》里，李光洙着重强调知、德、情三者之间的关系："人是情的动物，有情的地方没有权威、道德、健康、名誉、羞耻、死生，掌握了人类至高的权利。"[①]

在李光洙的作品中，呼吁"情"的小说不占少数，而这些作品的特色是"情"与"理"的冲突。对于李光洙作品"情理冲突"特色的理解，正是考察李光洙"情"的文学观的极好切入点。李光洙认为人的解放首先是"情"的解放，他在作品中不断呼吁解放人的"情"，他坚定地把情与理对立起来，向社会提出正面的挑战，表现了以情抗理的启蒙思想。在《无情》中，这种情与理的冲突被描写得极其细腻而丰富。小说中英采与友善（情）、亨植（理）的情感纠葛，秉国与英采（情）、妻子（理）的情感纠葛，都体现了几个年轻人内心的情与理的冲突。就如小说中的英采，她并不是真正爱亨植，而是因为幼时父亲的意愿，即所谓的"理"而追随亨植，而她对自己真正喜欢的友善的"情"却始终被压抑着，从未流露过。还有小说中的秉国，因为父母的包办，娶了大自己五岁、毫无感情而言的妻子，当英采暂住自家时，他心中产生了微妙的情感波澜，但是因为道德和封建思想的束缚，他又不得不压制自己内心的"情"，而屈服于所谓的"理"。小说《有情》讲述了一对彼此产生爱恋之情的养父女之间的故事。在小说中，

[①] 金芳实．李光洙文学的特色 [J]．国外社会科学，2003（5）：119，119．

养父崔晳与少女南贞妊相互产生了感情，而世俗对这种感情的不认可令二人不敢面对自身感情，而不断在痛苦与矛盾中挣扎，特别是男主人公崔晳在"情"与"理"之间徘徊、矛盾，在自身痛苦和外界诽谤中煎熬，最后选择逃避，孤独地客死他乡。小说《爱》描写的是男主人公安宾和为他奉献的三个女人之间的感情纠葛。在小说中，已有妻室的中年男子安宾和少女石荀玉相互爱慕，但是二人却不敢表白自己的真实情感。在李光洙的爱情小说中，主人公不断"以情抗理"，最终又不得不屈服于"理"，也正是这种"情"与"理"之间的冲突构筑了生动且丰富的艺术世界，展现了李光洙独特的文学特色。

（三）东亚新文学上的互补互衬

综合来看，周作人的"人的文学"和李光洙的"情的文学"在东亚新文学上是互补互衬的。

第一，在近代中韩两国面临着唇亡齿寒的相似的社会文化背景之下，西方文化不断涌入，传统文化受到冲击，中韩两国面临着共同的历史命运，两位文学家几乎面临着共同的文学使命，他们都在努力地吸收、引入西方的文学思想以及文学表现形式，并都成为各自国家新文学的开拓功臣之一。

周作人的《论文章之意义》与李光洙的《文学是什么》《文学的价值》都吸收了西方与日本的文学概念并向各自国内进行了介绍，在东亚新文学史上有互补互衬的作用。他们在文学定义及文学概念上融汇了东西方的文学使命，又都同时受到日本文学概念的影响，并把他们的文学论和文学概念分别介绍到中国和韩国。

第二，他们的文学思想的特点是"人"与"情"。这也是两人新文学创作的标志。

这在东亚新文学史上有着"相映成趣""相得益彰"的互衬式、比照式的互补特点。"人的文学"就是新文学，以"一种个人主义的人间本位主义的人道主义"为基准，讲求"要讲人道，爱人类，便须先使自己有人的资格"的人道主义。所谓"情的文学"，凡是包含"情的分子"的文章就是情的文学。以智力、强健、道德、情育作为"情"的原动力，把"情的分子"表达的文学才有价值的文学。只要人的思想和感情来记录的文学就是"情的文学"。

在周作人"人的文学"的"人"中，有"儿童和妇女"的发现。强调儿童就是完全的个人，有独立人格，儿童有独立的生活，儿童的精神生活与大人不同，需要理解与尊重。儿童与成人没有太大的差别，他们也有文学上的需要，就是"儿童的文学"，供给儿童对他们将来生活上有益的一种思想或习性，培养读书的趣味，知情与想象的等。对于妇女也是如此，尊重妇女的独立人格，女子有了为人或为女的两重的自觉，才会有女子解放的运动。有必要使妇女获得经济解放、性的解放，以及从缠足恶习之中的解放。现代女子必须拥有常识性的知识，这样才能使女性们获得真正解放。从儿童与女子中发现"人"，也包含着独立人格与人间本位的人道主义思想。

李光洙的启蒙比较独特，他启蒙的主题是人性解放、自我觉醒、个人权利，这些体现在他的文学中，就是人道主义文学思想。"人性解放"是他的"情的文学"；"自我觉醒"是改掉儒教理念的旧道德思想，并从中生发出自我觉醒及爱国民族的觉醒；"个人权利"是改掉虚伪虚饰的各种旧陋习及早婚制度，强调维护个人的权利，尊重个人的人格。他主张改善从家庭内的夫妇、父子、男女关系的不平等的人际关系，提出至今韩国家庭的缺点并参酌文明国新式家庭进行改良的观点。同时，他还积极地反对不尊重个人意见的传统婚姻制度，批判传统婚姻制度以及早婚的不合理性，主张尊重个人自由恋爱的婚姻。

周作人的启蒙主义文学思想表现于个人及在社会上，主张旧思想的革命，批判封建旧思想的弊端。他强调各种儒道礼仪都是以传统迷信为根基的遗物，主张为建设新文明应努力养成文明的常识，指出中国人只有认识到自己的丑陋并改革传统的谬思想、恶习惯，以求自立，这样才有希望。周作人看重个人的尊严，个体的权利，精神上的自由。李光洙反对儒教礼仪之中的陋习以及封建旧思想造成的弊端，强调改革社会上的旧思想，从旧思想、旧观念、旧道德、旧制度、旧习中解放出来，尊重个性、尊重独立人格，才能走向开化及启蒙的路。

第三，通过周作人与李光洙早期文学作品来探讨他的文学思想在文学创作中的表现性以及在新文学的文学形式建构；通过周作人在《访日本新村记》中对日本新村的向往与李光洙在《东京杂信》中对于东京城市文明的憧憬，可以看到他们理想主义与启蒙主义的理想画卷。

二、"个性的表现"与"民族使命"

(一)"个性的表现"

自20世纪20年代起,周作人以"个性的表现"即"自己的表现"为核心对文学本质问题展开了多方面论述。他的基本看法是:"文学是用美妙的形式,将作者独特的思想和感情传达出来,使看的人能因而得到愉快的一种东西。"周作人在谈及文学创作目的时说:"我并不想这些文章会于别人有什么用处,或者给予多少怡悦;我只想表现凡庸的自己的一部分,此外并无别的目的。"周作人的"自己"是相对完备的自我,是具有独立完全的意义和价值的自我。他用"自己表现"的理论区别于那些特别重视文学功用的人,文学创作是自己的表现,以满足趣味为主,不再是一种工具、手段,而是生存本身,它满足了自己,也就达到了目的。

周作人的这种文学本质观,具体表现为三个侧面:一是从主观的追求方面讲,他认为文学无功利的目的。他得出结论:文学只有感情没有目的。若必谓为是有目的的,那么也单是以说出为目的。二是从客观的效果方面讲,认为文学无教训的效用。他认为:"文学是无用的东西","里面,没有多大鼓动的力量,也没有教训,只能令人聊以快意"。三是从基本的属性方面讲,认为文学无阶级的分野。20年代初期,他就强调"文学家是必跳出任何阶级的"。"革命文学"兴起后,阶级论盛极一时,周作人则以强调"人类共通"的人性而对此持更激烈的否定态度。

周作人的这些观点包含了他对传统文学观念的反省和批判,但后来又更多反映出对当时兴起的"革命文学"的不满。他看到了"左翼"文学的许多缺陷和偏颇,主张"文学即是不革命,能革命就不必需要文学及其他种种艺术,因为他已有了他的世界了;接着吻的嘴不再要唱歌,这理由正是一致"。

20年代,周作人意识到:要文艺创作揭示出中国人的社会能否长进,能否改好,对文艺来说,可能是一件过于沉重的使命。"我们太要求不朽,想于社会有益,就太抹杀了自己。""艺术是独立的,却又原来是人性的;所以既不必使他隔离人生,又不必使他服侍人生,只任他成为浑然的人生的艺术便好了。"他不再用"主义"涵盖艺术,也不再追求"科学"地表现现实,那种"科学"很可能使作家"自我"消融。况且"科学"只是招牌,究竟是否真正做到科学,那是要受历史实践的检验,绝不是打着"科学"的招

第七章 中国文学家与韩国现代文学

牌就可以决定的。对于作家来说,当然是忠实于自己的生命体验,表现自己的生命体验更为切实重要。

所以当20年代中期,一些人提倡"血和泪"的文学时,郑振铎指出:"文学是情绪的作品,我们不能强欢乐的人哭泣,正如不能叫那些哭泣的人强为欢笑。"周作人出来支持郑振铎的主张,并且进一步提出:"文艺是人生的,不是为人生的;是个人的,因此也即是人类的;文艺的生命是自由而非平等,是分离而非合并。一切主张倘若与这相背,无论凭了什么神圣的名字,其结果便是破坏文艺的生命,造成呆板虚假的作品,即为本主张颓废的始基。"[①]他的这一认识尽管在当时未能成为文学主流,但今天看来无疑是正确的。

周作人于1925年2月26日在《晨报·副刊》上发表的《诗的效用》一文提出:"个人将所感受的表现出来,即是达到了目的,有了他的效用",文学家不必将自己的艺术去迁就群众。"倘若舍己从人,去求大多数的了解,结果最好也只是通俗文学的标本,不是他真的自己的表现了";"善字的概念也是游移惝恍,没有标准,正如托尔斯泰所攻击的美一样",如"以为文学必须劝人为善,反会使文学步入歧途"。3月27日,他又致书俞平伯,信中说:"我以为文学的感化力并不是极大无限的,所以无论善之华恶之华都未必有什么大影响于后人的行为。因此,除了真是不道德的思想外(如资本主义、军国主义及名分等)可以放任。"这场争论,涉及新诗发展的基本方向问题,具有重要的理论与实践意义。对于周作人与俞平伯,则是显示了他们由于年龄、经历的不同而产生的差异。正如后来废名所说,这时候俞平伯正是"年青的时候有大欢喜,逞异想",受着启蒙主义思潮的熏染,做着"时代"的"梦",而周作人此时已步入中年,对"五四"时期的启蒙主义产生了一定程度的怀疑。

于是,他采取了一种游戏文学以至于游戏人生的态度。集中体现这种游戏态度的文学观就是他著名的"草木虫鱼"论。这里,他把文学描写的对象归结为"草木虫鱼",认为文学只是供有知识趣味的人赏玩的工具,只可宣泄个人情感、反映自我意识,而无任何社会意义。

1925年,周作人的《元旦试笔》开始反映出他对"文学无用论"的赞同与偏爱,明白承认自己不仅对社会大事、思想发展不懂,而且也不懂文

[①] 周作人. 文艺的统一 [A]. 周作人. 自己的园地 [C]. 北京:北京十月文艺出版社,2011:31.

学。"从前在上海某月刊上见过一条消息，说某人要提倡文学无用论了，后来不曾留心不知道这主张发表了没有，有无什么影响，但是我个人却的确是相信文学无用论的。"周作人强调文学无用，其实是针对文学参与社会革命或救亡图存一类功利性要求的。"凡在另有积极方法可施，还不至于没有办法或不可能时，如政治上的腐败等，当然可去实际地参加政治改革运动，而不必藉文学发牢骚了。"周作人认为文学具有无形的功利："文学是无用的东西，因为我们所说的文学，只是以表达出作者的思想感情为满足的，此外更无目的之可言。里面，没有多大鼓动的力量，也没有教训，只能令人聊以快意。不过，即这使人聊以快意一点，也可以算作一种用处的：它能使作者胸怀中的不平因写出而得以平息，读者虽得不到什么教训，却也不是没有益处。"由此可见，文学的目的乃是他人接触艺术产生共鸣，使其精神生活充实而丰富。宣扬文学无用论实际上是针对革命文学者给文学烙上鲜明阶级印痕，将之视为政治斗争的工具这一现状提出来的，有点"以毒攻毒"的味道。实际上，他并不否认文学对人的净化作用，他认为文学是人精神上的体操。可以说，文学无用论背后隐藏的"无形功利论"才是周作人真正奉行的文学功能论。

周作人"自己表现"是一种表现论的文学观，也是他的个性主义思想的彻底流露和表达。作为一种文学的本体论，它注重作家自我思想和情感的表现，充分注意到了创作过程中作家情感的抒发，强调经过作家感情和心智的浇灌创造出独特的风格。无疑从创作的角度看是非常有道理的，与此相应地，他提倡文学无用论，不过多强调文学的社会功能。由此观之，他否定的其实是带有载道目的的文学。实际上，周作人并非真的认为文学没有功利性，他肯定的是不同于革命文学的独特的文学审美功用。这实际是一种强调文学作为精神产品的特殊性质，文学无用论的提倡反映了周作人对文学独立地位的重视和强调，文学创作具有独立的存在价值，这种思想是具有一定审美现代性的，并具有相当的超越性和合理性。

（二）民族使命

李光洙在个人的文学认识上，有民族成员里的个人意义。在李光洙所处的时代与社会中，几乎没有像他那样能敏锐地感受到时代潮流的人，意识到需要用文学手段来开展民族启蒙或独立运动。所以，他认识的近代自我的意识与西方文艺复兴那样的自我发现的意识有所不同。

李光洙所认识的个人就是时代与社会之中的个人。"在春园发现的人不是近代个人主义的、肉体（物质）的、现实的个人，而是比人类更多的属于叫民族共同体里的一分子的个人。那是为了共同体，个人是该无条件服务的责任。"

李光洙的小说创作之中虽然表达了他所追求的个人，但是，他所追求的个人是一种群体中的一员，《无情》的主人公亨植、英采、善馨、炳旭四个人，为了帮助水灾难民，他们在火车站候车室里召开了慈善音乐会，之后他们回到住处谈到为这些没有教育而生活困难的居民，"'给他们力量！给他们文明。'……'教育他们！引导他们！'……'用教育来，用实行来。'"这固然是小说中的内容，但其实是李光洙的真实想法。

李光洙在初期发表的论文中，追求自修自养的人生、具备有能力而前进的人生、作为朝鲜民族觉醒的资格者的人生等，表达了他个人主义和民族主义兼有的文学思想。在《今日我韩青年的境遇》（1910年6月）里强调朝鲜青年人要学好科学文化知识，提升人格修养，促使学艺进步，"自己教养自己而成为新大韩建设者，能养成作为第一代新大韩民国的资格……因而我们青年是否能够自觉改变自己的境遇，就决定着朝鲜民族荣枯的未来境地。"

强调青年在自修自养的境遇里，有着个人和团体的自修自养。强调为了民族觉醒，青年应有改造民族为现代文明国家的使命，为此必须自修自养。这种使命感贯穿了李光洙的整个人生。

（三）个人文学与民族文学的相生相克

第一，周作人的"个人的文学"与李光洙的"民族的文学"有不同的对比之处。周作人从"人的文学"主流的文学思想转变为"个人的文学"主流的文学思想，是"尊重个性独立与自由"的个性主义、自由主义的人道思想。从此把"个人的文学"应用到文艺批评之中，主张文艺批评的宽容性。他还通过写社会评论来批判社会上各种封建陋习及丑恶的文化现象，反对群体对个体的压迫，主张个人的自由思想。李光洙则从"情的文学"主流的启蒙、人道主义文学思想转变为"民族的文学"的民族主义文学思想。他是为了民族的独立而选择民族改造主义的思想，是以个人的自修自养及务实力行作为团体及全民族成员最基础的出发点。他在文学观点上主张文学的平常性，表达为民族而有的个人。中庸与平常，是他来表达民族主义文学思想的两个重点概念。

第二，他们之间在文学观点上的相生之处，都重视"个人"；他们在文学观点上的相克之处，就是"自己"与"民族"的园地之中的"个人"，即个人的立足点的不同。周作人的个人是为自己的，李光洙的个人是为民族的。在这点上他们之间的有反比及对比意义，也是差别和相异性。周作人与李光洙对个人与社会之间的追求的基本原则上，周作人表达自己独有的人道主义，就是"个人主义的人间本位主义"，而李光表达自己独有的民族主义，就是"为了民族而需要个人自修自养的改造主义"。另外，从周作人的观点来看，他的个人是个人——社会——人类的世界主义之中的自我的、个性的个人；从李光洙的务实力行的观点来看，他的个人是个人——团体——社会——民族的民族主义。他们有共同的"个人"，但这共同的"个人"在周作人那里，个人是人类中的一个，应该最重视这个"个人"本身；但是在李光洙那里，"个人"是为民族而存在的个人，甚至这个"个人"是为了民族归属而可以牺牲的个人。仅就这点来看，他们之间的文学思想就有相生相克之处。

他们之间的相生之处都有"个人"，只是他们这个"个人"的归属是不同的，从而在价值层面选择上表现为不同的文学取向。

第三，他们在文艺评论上是相生的，只是在功利性与非功利性的问题上有相克之处。周作人希望在文艺之中找回来自己的价值意义。"我是爱好文艺者，我想在文艺里理解别人的心情，在文艺里找出自己的心情，得到被理解的愉快。在这一点上，如能得到满足，我总是感谢的。所以，我享乐天才的创造，也享乐庸人的谈话。"①

周作人是通过文章来表达自己内心被理解的满足。周作人在文艺价值的追求上是非功利性的，而李光洙文学思想的主流则是民族主义的，当时在社会中存在着有产阶级与无产阶级的矛盾对立时，他超然于两个阶级的对立，站在民族主义的队伍之中，以代表民族主义文人的立场，写各种文艺评论的文章，鼓吹民族真正需要的文学就是"平常的文学"。李光洙认为"文艺是刺激人心而激发活泼的精神的活动，同时，文艺自身亦会成为对新思想新理想的宣传者。文艺作家具有利用文艺特有的人的情绪来把自家的理想和思想

---

① 周作人. 自己的园地旧序[A]. 周作人. 谈龙集[C]. 北京：北京十月文艺出版社，2011：34

注射到世人的精神深处的魔力。它宣传理想和思想的能力,是专依真实冰冷的理智判断的科学或哲学所不能比拟的"①。可见,他充分肯定了文艺作为宣传工具和思想传播工具的重要性,具有非常的功利性目的。

参考文献

[1] 苏文菁. 文学人文化问题的现代性考察[M]. 北京: 民族出版社, 2020.

[2] 胡庄. 佛教与审美[M]. 桂林: 浙江工商大学出版社, 1933.

[3] 吴中杰. 中外意识流研究[M]. 上海: 复旦大学出版社, 2016.

[4] 朱栋霖. 论中国现实主义文学思潮[M]. 厦门: 厦门大学出版社, 2015.

[5] 宋剑华. 现代中国文学的审美精神与现代意识[M]. 北京: 中国文联出版社, 2017.

[6] 王瑶等. 王瑶. 中国现代作家: 现代视角读文学史[M]. 北京: 文化艺术出版社, 2017.

[7] 杨厚真. 现代文学精神与思想[M]. 昆明: 云南大学出版社, 2012.

[8] 张学. 中外文学的比较: 韩国与中国文学的对话[C]. 济南: 山东教育, 2017.

[9] 陈思和. 中国文学的现代化与东亚[M]. 上海: 学林出版社, 2014.

[10] 丁士良. 朝鲜文学与江文学的比较研究[M]. 延吉: 延边人民出版社, 2002.

[11] 刘雅宁. 比较文学简史与案例[M]. 北京: 中国文学出版社, 1990.

[12] 许东辉. 现代文学与现代思想[M]. 济南: 山东教育出版社, 1995.

[13] 陈学龙. 比较文学观念与文化诗学的解构再思[J]. 文学评论, 2022 (2) : 190-192.

[14] 钱理群. 我看朝鲜文化对东方现代文学的影响[J]. 文学评论, 2006 (8) : 191-193.

---

① [韩] 李光洙. 文士与修养[A]. 李光洙全集(第16卷)[C]. 首尔: 三中堂, 1968: 18.

参考文献

[1] 罗立桂. 文学大众化问题的现代性境遇 [M]. 北京：民族出版社，2020.

[2] 胡倩. 继承与革新 [M]. 杭州：浙江工商大学出版社，2020.

[3] 吴中杰. 审美意识的现代化 [M]. 上海：复旦大学出版社，2016.

[4] 林朝霞. 现代性与中国启蒙主义文学思潮 [M]. 厦门：厦门大学出版社，2015.

[5] 徐楠，徐润润. 现代中国文学的审美批评与理论探索 [M]. 北京：中国文史出版社，2014.

[6] 王纯菲，宋伟. 中国现代性：理论视域与文学书写 [M]. 北京：文化艺术出版社，2013.

[7] 宋凤英. 现代文学比较与审美 [M]. 昆明：云南大学出版社，2012.

[8] 张克. 颓败线的颤动：鲁迅与中国文学的现代性 [M]. 上海：上海三联书店，2011.

[9] 赵恒瑾. 中国新文学的现代性追求 [M]. 上海：学林出版社，2006.

[10] 俞兆平. 现代性与五四文学思潮 [M]. 厦门：厦门大学出版社，2002.

[11] 宋剑华. 现代性与中国文学 [M]. 济南：山东教育出版社，1999.

[12] 旷新年. 现代文学与现代性 [M]. 上海：上海远东出版社，1998.

[13] 夏艳. 论韩国文学概念及其文化审美特征 [J]. 名家名作，2022（2）：140-141.

[14] 方香玉. 论梁启超与鲁迅对韩国文学的影响 [J]. 学术交流，2016（8）：191-195.

[15] 崔京花. 试论朝鲜韩国文学的概念及其文化审美特征 [J]. 求知导刊，2015（20）：156-157.

[16] 王金霞. 韩国近现代著名作家李光洙文学思想探微 [J]. 延边大学学报（社会科学版），2014，47（4）：35-40.

[17] 金美英. 中韩现代女作家的女性意识比较研究 [D]. 浙江大学，2012.

[18] 贺殿广. 论周作人文学思想的现代性 [J]. 文艺争鸣，2011（15）：71-75.

[19] 马立新. 论现代性作为现代中国文学的审美诉求 [J]. 东方论坛，2011（1）：72-77.

[20] 金瑞恩. 胡适在韩国九十年 [J]. 现代中文学刊，2011（6）：110-117.

[21] 金明淑. 李光洙和川端康成作品中的女性形象比较 [J]. 中央民族大学学报（哲学社会科学版），2010（2）：133-139.

[22] 杨春时，朱盈蓓. 现代性与中国文学思潮的发端 [J]. 中州学刊，2007（2）：230-235.

[23] 裴开花. 胡适对韩国文学家的影响 [J]. 当代韩国，2007（2）：80-89.

[24] 金芳实. 李光洙文学的特色 [J]. 国外社会科学，2003（5）：119，119.

[25] 刘广铭. 影响与接受：朝鲜作家李光洙思想探源 [J]. 东疆学刊，2001（1）：45-48.

[26] 刘广铭. 试论托尔斯泰对李光洙文学创作的影响 [J]. 东疆学刊，1999（4）：49-53.

[27] 金柄. 略论韩国现代文学及其研究 [J]. 延边大学学报（哲学社会科学版），1998（2）：93-99.

[28] 赵恒瑾. 韩国现代文学先驱——李光洙 [J]. 怀化师专学报，1997（1）：65-69.

[29][韩] 李明信. 鲁迅与李光洙文学观比较 [D]. 长春：东北师范大学，2010.

[30][韩] 孙麟淑. 东亚文学的近代化研究——以鲁迅、李光洙、夏目漱石小说为中心 [D]. 辽宁：辽宁师范大学，2013.

[31] 崔一. 韩国现代文学中的中国形象研究 [D]. 延吉延边大学，2002.

[32] 崔京花. 试论朝鲜韩国文学的概念及其文化审美特征 [J]. 求知导刊，2015（20）：156-157.

[33] 熊曼伯.韩国文学的文化审美特征探微[J].智富时代,2018,399(9):184.

[34] 徐寅蕾.论韩国文学的发展过程及文化特征[J].新一代(下半月),2015(9):3.

[35] 崔雄权.试论韩国朝鲜文学的概念及其文化审美特征[J].东疆学刊,2009,26(3):1-5.

[36] 汪超.明词的境外创作及其流布:论朝鲜朝《皇华集》中的词[J].东疆学刊,2020(3):88-95.

[37] 徐玉兰.延边地区朝鲜族文化对外传播的现状与路径:以面向韩国和朝鲜为例[J].当代传播,2020,211(2):95-96.